DER ERMITTLER

NORCROSS SECURITY BAND 1

ANNA HACKETT

Der Ermittler

Copyright 2022 by Anna Hackett

Aus dem Englischen übersetzt von Lena Springer

Umschlaggestaltung: Lana Pecherczyk

Bildquelle: Wander Aguiar

ISBN (ebook): 978-1-922414-64-9

ISBN (Printversion): 978-1-922414-65-6

Originaltitel: The Investigator

ISBN (ebook): 978-1-922414-10-6

ISBN (Printversion): 978-1-922414-11-3

KAPITEL EINS

Zu Hause erwartete sie ein Glas Chardonnay mit ihrem Namen darauf.

Haven McKinney lächelte. Das Museum war geschlossen und sie war für heute *fertig*.

Als sie durch die Ostgalerie des Hutton-Museums schritt, klackten ihre Absätze auf dem Marmorboden.

Gott, sie liebte diesen Ort. Der cremefarbene Marmor, aus dem der Fußboden bestand und mit dem die großen Säulen verkleidet waren, war wunderschön. Es herrschte diese gedämpfte Atmosphäre der Erhabenheit, bei der sich ihr Herz jedes Mal ein wenig zusammenzog, wenn sie eintrat. Aber noch mehr als das, sprach die großartige Kunstsammlung, die das Hutton beherbergte, die Kunstliebhaberin in ihr an.

Als sie vor sechs Monaten eine Stelle als Kuratorin hier erhalten hatte, war ein Traum für sie wahr geworden. Damals war sie an einem Tiefpunkt in ihrem Leben angelangt gewesen. Am *tiefsten* Punkt. Haven schluckte ein Schnauben hinunter und umkreiste eine atemberaubende Skulptur aus weißem Marmor, die eine nackte, liegende Frau mit einem verachtenden Gesichtsausdruck darstellte. Niemals hätte sie gedacht, dass ihr Leben im Alter von neunundzwanzig Jahren in sich zusammenfallen würde.

Sie hob ihr Kinn. Miami war ihre Vergangenheit. Das Hutton und San Francisco waren ihre Zukunft. Sie durfte nicht noch einmal die Vorsicht in den Wind schlagen. Sie hatte einen Plan und sie würde sich an ihn halten.

Vor einem beeindruckenden Exponat traditioneller chinesischer Malerei und Kalligrafie blieb sie stehen. Es war eines der neueren Ausstellungsstücke und es anzuschaffen, war Havens Idee gewesen. Gleich daneben war eine interaktive Ausstellung bereits teilweise aufgebaut. In den nächsten Tagen würden ihre Mitarbeiter die Installation fertigstellen. Haven war ganz aufgeregt. Sie konnte es kaum erwarten, die Touchscreens in Betrieb zu nehmen. Es war ihre Leidenschaft, Kunst zugänglicher zu machen, insbesondere für Kinder. Sie wollte ihnen helfen, Teil der Kunst zu sein, anstatt sie nur zu betrachten. Zu lernen, zu fühlen, zu genießen.

Die Kunst hatte ihr durch einige der schwierigsten Zeiten in ihrem Leben geholfen und das wollte sie mit anderen teilen.

Sie betrachtete wieder die wunderschönen alten Gemälde. Auf einem war eine Berglandschaft mit traumhaften Ahornbäumen abgebildet. Es wirkte beruhigend auf ihre Nerven.

Auch Wein würde ihre Nerven beruhigen. *Ach ja.*

Sie musste nach oben in ihr Büro gehen, ihre Handtasche holen und sich dann ein Taxi nach Hause nehmen.

Ihr Handy klingelte und sie nahm es von dem Karabiner an ihrem Schlüsselband, das sie im Museum um den Hals trug. „Hallo?"

„Planänderung, liebste Freundin", sagte eine rauchige Frauenstimme. „Lass uns ausgehen und feiern, dass wir wunderschön, erfolgreich und single sind. Ich bin fertig im Büro und glaub mir, es war ein *aufreibender* Tag."

Haven lächelte über ihre neue beste Freundin. Sie hatte Gia Norcross kennengelernt, als sie im Hutton angefangen hatte. Gias wohlhabender Bruder, Easton Norcross, war der Besitzer des Museums und Havens Vorgesetzter. Das Museum war allerdings nur ein kleiner Teil des Imperiums des Geschäftsmanns. Haven vermutete, dass Easton zumindest ein Drittel von San Francisco sein Eigen nannte. Vielleicht sogar die Hälfte.

Sie mochte und respektierte ihren Boss. Easton konnte hart sein, aber er schätzte ihre Meinung. Und sie liebte seine rechthaberische, energische Schwester, die gern das Heft in die Hand nahm. Gia leitete eine sehr erfolgreiche PR-Firma in der Stadt und kümmerte sich auch um die gesamte PR und Werbung für das Museum. Sie hatten sich kennengelernt, kurz nachdem Haven ihren neuen Job hier angetreten hatte.

Nach ihrem ersten Meeting hatte Gia Haven in ihr Lieblingsrestaurant – und danach in ihre Lieblingsbar – geschleppt und der Rest war Geschichte.

„Ich schätze, die Leute auf Instagram natürlich schön aussehen zu lassen, und nicht so künstlich und inszeniert, ist tatsächlich harte Arbeit", sagte Haven mit einem Grinsen.

„Du Biest", lachte Gia auf. „Gott, ich hatte ein Meeting mit einem Geschäftsmann, der erwischt wurde, als er ... nun, sagen wir einfach, es waren *keine* Notizen, die er sich mit einem Mitglied seines Teams auf dem Konferenztisch gemacht hat."

Haven spürte eine alte, unerwünschte Erinnerung in ihren Gedanken aufsteigen. Sie verdrängte sie schnell. „Mir tut dabei allerdings nicht das fremdgehende Arschloch leid, sondern der Pechvogel, der mehr zu sehen bekommen hat, als ihm lieb war, als er den Konferenzraum betreten hat."

„Nun, der Pechvogel war die Ehefrau des fremdgehenden Geschäftsmanns."

„Oh, oh."

„Und das Mitglied seines Teams war männlich", fügte Gia hinzu.

„Doppeltes oh, oh."

„Dann spaziert besagter Betrüger in meine PR-Firma und verlangt von mir, ihn aus diesem Schlamassel herauszuholen, da er erwägt, irgendwann als Gouverneur zu kandidieren. Ich meine, ich bin gut, aber zaubern kann ich nicht."

Haven vermutete, dass Gia den Mann erst zur Schnecke gemacht und dann hochkant hinausgeworfen hatte. Gia Norcross hatte eine scharfe Zunge und scheute sich nicht, sie zu benutzen.

„Also – ein aufreibender Tag und ich brauche Alkohol. Wir treffen uns im ONE65 und der erste Drink geht auf mich."

„Ich bin ziemlich erledigt, Gia ...“

„Nein, keine Ausreden. Wir treffen uns dort in einer Stunde.“ Damit legte Gia auf.

Haven hängte ihr Handy zurück an das Schlüsselband. Nun, es sah so aus, als würde sie ihren Chardonnay im ONE65 trinken, dem sechsstöckigen französischen Restaurant, das Gia so liebte. Jede Etage bot etwas anderes, von einer Patisserie über ein Bistro mit Grill bis hin zu einer Bar und Lounge.

Haven betrat die Hauptgalerie des Museums und ihr Blutdruck sank wieder auf ein halbwegs normales Niveau. Das hier war ihr Lieblingsbereich im Museum. Der Geruch von Holz, die prächtig strahlenden Deckenlichter und die großartigen Gemälde erschufen zusammen einen beruhigenden Raum. Sie strich mit den Händen über ihren taillierten, schwarzen Rock. Haven war groß, einen Meter fünfundsiebzig, und kurvig. Genau, wie ihre Mutter es gewesen war. An ihren Brüsten, die derzeit von einer hübschen weißen Schluppenbluse bedeckt wurden, hatte Mutter Natur eher gespart, ihre Röcke musste sie dagegen eine Nummer größer kaufen. Sie seufzte. Egal, wie oft sie zügig spazieren ging oder joggte – okay, sie joggte nicht besonders oft –, sie hatte immer noch viel Hintern.

Selbst in den letzten Monaten in Miami, als sie stressbedingt eine Menge Gewicht verloren hatte, war ihr Hintern nicht davon beeindruckt gewesen und hatte sich eisern dagegen gewehrt, zu schrumpfen.

Erinnerungen an Miami – und an ihren Hornochsen von einem Ex – bahnten sich wieder an und türmten sich in ihrem Kopf auf wie Sturmwolken am Horizont.

Oh, nein. Sie verbannte sie aus ihren Gedanken. Daran würde sie *nicht* denken.

Sie hatte einen Plan und Regel Nummer eins, um ihr Leben zurückzuerobern und neu aufzubauen, lautete: *keine* Männer. Sie hatte jedem Wesen, das über ein Y-Chromosom verfügte, abgeschworen.

Sie brauchte keinen, wollte keinen, sie war F-E-R-T-I-G, fertig.

Vor der Hauptattraktion des Museums hielt sie inne. Claude Monets *Seerosen*.

Haven liebte die Werke des Impressionisten. Sie liebte die Farben, die zarten Pinselstriche. Dieses Werk aus einer ganzen Serie zeigte Seerosen und Seerosenblätter, die auf der Oberfläche eines ruhigen Teichs schwammen. Seine Gemälde berührten sie immer wieder aufs Neue und hatten eine eindringliche und doch beruhigende Wirkung auf sie.

Das Kunstwerk war im Übrigen etwas mehr als hundert Millionen Dollar wert.

Das Preisschild ließ ihr Herz immer noch höher schlagen. Sie hatte Easton ein Geschäftsszenario unterbreitet und vor drei Wochen hatten sie das Gemälde schließlich ersteigert. Haven hatte die Ausstellung bis ins kleinste Detail selbst geplant. Sie hatte sich mit all ihrer Energie in das Projekt gestürzt.

Gia hatte gleichzeitig eine geniale Werbekampagne auf die Beine gestellt und Haven hatte sich sogar widerwillig von der Lokalzeitung interviewen lassen. Aber es hatte sich gelohnt. Die Ticketverkäufe für das Museum waren in die Höhe geschnellt, denn jeder wollte die *Seerosen* sehen.

Schritte hallten durch das leere Museum und als sie sich umdrehte, sah sie einen uniformierten Wachmann in der Tür auftauchen.

„Ms. McKinney?"

„Ja, David? Ich wollte gerade gehen."

„Tut mir leid, dass ich Sie aufhalten muss. Da steht ein Lieferwagen am Hintereingang. Der Fahrer sagt, er hätte eine Lieferung, eine Bronzeskulptur von Zadkine."

Haven runzelte die Stirn und ging im Kopf den Zeitplan für den nächsten Tag durch. „Die sollte doch erst morgen kommen."

„Es hörte sich so an, als hätte er noch andere Lieferungen in der Nähe gehabt und diese hier vorgezogen."

Sie sah auf ihre schmale, silberne Armbanduhr und kämpfte gegen ihren Unmut an. Sie hatte einen langen Tag hinter sich und jetzt würde sie auch noch zu spät zu ihrem Treffen mit Gia kommen. „Na gut. Er soll sie abladen."

Mit einem Nicken verschwand David. Haven zückte ihr Handy und schickte Gia eine Nachricht, um sie wegen der Verspätung vorzuwarnen. Dann machte sie sich auf den Weg in ihr Büro und sah ihren Plan für morgen durch. Sie musste unzählige Anrufe tätigen, um ein paar Stücke für eine neue Ausstellung aufzutreiben, die sie im Winter eröffnen wollte. Außerdem musste sie mehrere Angebote für die Restaurierung von Exponaten durchgehen und eine Benefizgala für ihre wohltätige Kunststiftung planen. Sie musste den Lagerbereich durchstöbern und nach Dingen suchen, die sie ausstellen und versteigern konnte.

Gott, sie liebte ihren Job. Nicht viele Menschen

ANNA HACKETT

würden sich darum reißen, in staubigen Lagerräumen herumzuwühlen, aber Haven konnte es kaum erwarten.

Sie vergewisserte sich, dass ihr Laptop ausgeschaltet war, und griff nach ihrer Handtasche. Dann schlüpfte sie mit dem Kopf aus ihrem Schlüsselband und steckte das Handy in ihre Tasche.

Als sie unten an der Treppe ankam, hörte sie ein seltsames Geräusch. Es kam aus der Galerie. Ein dumpfer Knall, dann ein gedämpfter Schlag.

Stirnrunzelnd machte sie einen Schritt in Richtung der Galerie.

Plötzlich taumelte David durch den Türrahmen, ein roter Fleck auf seinem Hemd.

Havens Puls schnellte in die Höhe. *Oh Gott, war das Blut?* „David –"

„Laufen Sie." Dann brach er auf dem Boden zusammen.

Die Angst schnürte ihr die Kehle zu, als sie ihre High Heels abschüttelte und hastig herumwirbelte. Sie musste Hilfe holen.

Aber sie war erst zwei Schritte weit gekommen, als sich eine Hand in ihren Haaren vergrub, sodass sich ihre fein säuberlich hochgesteckten Haare lösten und ihr braunes Haar ihr über die Schultern fiel.

„Lassen Sie mich los!"

Sie wurde in den Hauptbereich der Galerie gezerrt und als sie den Kopf hob, krampfte sich ihr Magen zusammen.

Fünf schwarz gekleidete Männer, die allesamt Sturmhauben trugen, standen in einer kleinen Gruppe zusammen.

Nein ... oh, nein.

Der andere Museumswächter, Gus, stand mit erhobenen Händen da. Er war älter, ein ehemaliger Berufssoldat. Sie wurde näher zu ihm geschoben.

„Ms. McKinney, geht es Ihnen gut?", fragte Gus.

Sie schaffte es, zu nicken. „Sie haben David erschossen."

„Ich w–"

„Klappe halten", knurrte einer der Männer.

Haven hob ihr Kinn. „Was wollen Sie?" Ihre Stimme zitterte leicht.

Der Mann, der sie gepackt hatte, funkelte sie an. Seine kalten, blitzblauen Augen bohrten sich durch die Schlitze in seiner Sturmhaube in sie, wie die eines Eisbären, der seine Beute fixierte. Dann ignorierte er sie und zusammen mit den anderen wandte er sich den *Seerosen* zu.

Haven fiel das Herz in die Hose. *Nein.* Dazu durfte es nicht kommen.

Ein hagerer Mann machte ein paar Schritte auf das Gemälde zu und untersuchte mit seinen Händen, die in Handschuhen steckten, den vergoldeten Rahmen. „Es ist verkabelt und mit einer Alarmanlage verbunden."

Der Eisbär, eindeutig der Anführer der Gruppe, drehte sich um und richtete die Waffe auf Gus' breite Brust. „Entsichere es."

„Nein", sagte der Wachmann angriffslustig.

„Das war keine Bitte."

Haven hob ihre Hände. „Hören Sie –"

Ein Schuss wurde abgefeuert. Gus fiel auf ein Knie und presste eine Hand gegen seine Schulter.

„Nein!", schrie sie.

Der Anführer ging auf Gus zu und drückte dem älteren Mann die Pistole an den Kopf.

„Nein." Haven kämpfte gegen ihre Angst und Panik an. „Tun Sie ihm nicht weh. Ich werde es entsichern."

Langsam näherte sie sich dem Gemälde, wobei sie sorgfältig dem dürren Mann auswich, der immer noch knapp davorstand. Sie berührte das Bedienfeld der Alarmanlage, das neben dem Rahmen in die Wand eingelassen war, indem sie ihre Handfläche darauf drückte.

Eine Sekunde später ertönte ein leiser Piepton.

Zwei weitere Männer traten vor und packten den Rahmen.

Sie drehte ihren Kopf zur Seite, um sie zu beobachten. „Sie machen einen Fehler. Wenn Sie wissen, wer der Eigentümer dieses Museums ist, dann wissen Sie auch, dass Sie mit dieser Sache nicht durchkommen werden." Wer würde sich mit dem Norcross-Imperium anlegen? Easton war steinreich und hatte eine Menge Verbindungen, aber sein Bruder Vander ... Haven unterdrückte ein Schaudern. Gias mittlerer Bruder mochte unsagbar attraktiv sein, aber er jagte Haven eine Heidenangst ein.

Vander Norcross, ein knallharter ehemaliger Soldat, war der Eigentümer von *Norcross Security and Investigations*. Sein Team hatte für die hochmodernen Sicherheitsvorkehrungen im gesamten Museum gesorgt.

Niemand, der bei klarem Verstand war, wollte sich mit Vander, oder dem dritten der Norcross-Brüder, der ebenfalls in Vanders Firma arbeitete, anlegen – oder mit dem Rest von Vanders Team von hart gesottenen Typen.

„Hören Sie, wenn Sie einfach ..."

Der Schlag gegen ihren Kopf ließ sie taumeln. Sie blinzelte, als ein Schmerz sich auf ihrer Wange ausbreitete. Der Eisbär hatte ihr mit dem Handrücken ins Gesicht geschlagen.

Er holte aus und schlug sie erneut, woraufhin Haven aufschrie und sich die Hände vors Gesicht hielt. Es war nicht das erste Mal, dass sie geschlagen wurde. Ihr Ex, dieses Arschloch, hatte es auch einmal getan. An jenem Tag hatte sie ihn für immer verlassen.

Aber das hier war schlimmer. Viel schlimmer.

„Halt die Klappe, du dumme Schlampe."

Der nächste Schlag ließ sie zu Boden gehen. Sie glaubte, jemanden glucksen zu hören. Er setzte mit einem Tritt in die Rippen nach und Haven rollte sich zu einer Kugel zusammen, ein Schluchzen in ihrer Kehle.

Ihre Sicht verschwamm und sie blinzelte. Der Eisbär hockte sich hin und drückte seine Hand direkt vor ihr auf die Fliesen. Ein Schwindelgefühl überkam sie und sie nahm vage einen spiralförmigen Pigmentfleck auf der Hand des Mannes wahr.

„Mir widersetzt sich niemand", knurrte der Mann. „Erst recht keine Frau." Damit entfernte er sich.

Sie sah, dass die Männer damit beschäftigt waren, das Gemälde von der Wand zu heben. Zwei Personen konnten es problemlos tragen. Sie kannte die genauen Maße – achtzig mal hundert Zentimeter.

Niemand schenkte ihr Aufmerksamkeit. Sie kämpfte gegen die Übelkeit und das Schwindelgefühl an und schleppte sich ein paar Zentimeter über den Boden, näher an eine Säule heran. Es war eine jener Säulen, in die einer von mehreren unsichtbaren Hightech-Panik-knöpfen eingebaut worden war.

Als die Männer sich abwandten, griff sie nach oben und drückte den Knopf.

Dann wurde ihr schwarz vor Augen.

***

HAVEN SASS auf einer der schönen Holzbänke, die sie im Museum hatte aufstellen lassen. Sie wollte, dass die Gäste Möglichkeiten hatten, sich zu setzen und die ausgestellte Kunst ausgiebig zu betrachten.

Niemals hätte sie damit gerechnet, jemals selbst auf einer davon zu sitzen, während sie einen Eisbeutel auf ihr pochendes Gesicht hielt und auf jene leere Wand starrte, an der ein millionenschweres Meisterwerk hängen sollte. Und sie hatte definitiv nicht damit gerechnet, dass sie es tun würde, während die Polizei die Wände des Museums mit schwarzem Spurensicherungspulver einstaubten.

Tränen brannten ihr in den Augen. Sie war am Leben und ihre Wachmänner waren zwar verletzt, aber lebendig, und das war das Wichtigste. Die Polizei hatte sie befragt und sie hatte ihnen alles gesagt, woran sie sich erinnern konnte. Danach hatten die Sanitäter sie untersucht und ihr den Eisbeutel gegeben. Es war nichts gebrochen, aber man hatte ihr gesagt, sie müsse mit Schwellungen und Blutergüssen rechnen.

David und Gus waren ins Krankenhaus gebracht worden. Man hatte ihr versichert, dass die beiden Männer sich von ihren Verletzungen erholen würden. Das Letzte, was sie gehört hatte, war, dass David operiert werden musste. Ihre Kehle schnürte sich zusammen. *Oh, Gott!*

Was sollte sie nur Easton sagen?

Haven biss sich auf die Unterlippe und eine Träne lief ihr über die Wange. Sie hatte seit Monaten nicht mehr geweint. Sie hatte mehr als genug Tränen wegen Leo vergossen, nachdem er ausgerastet war und sie geschlagen hatte. Am Tag darauf hatte sie Miami verlassen, hatte räumliche Distanz zwischen sich und ihren Ex bringen müssen, und obwohl sie ihren Job in einer noblen Kunstgalerie in Miami geliebt hatte, befand sich diese leider im Eigentum von Leos Cousine. Alyssa war diejenige gewesen, die sie einander vorgestellt hatte.

Haven hatte die schmerzliche Lektion gelernt, Geschäft und Vergnügen nicht zu vermischen.

Sie hatte die Nase voll gehabt von Leos zunehmender Launenhaftigkeit, seinen Wutausbrüchen. Die Tatsache, dass er sie betrogen und am Ende sogar geschlagen hatte, hatte das Fass zum Überlaufen gebracht. *Arschloch.*

Sie wischte sich die Träne weg. Kaum ein Ort war weiter von Miami entfernt als San Francisco, wenn sie die Staaten nicht verlassen wollte. Hier hatte sie neu anfangen wollen.

Jetzt hörte sie Schritte – fest, schnell und zielstrebig. Easton marschierte herein.

Er war ein groß gewachsener Mann mit dunklem Haar, das sich am Kragen seines perfekt sitzenden Anzugs leicht kräuselte. Haven hatte zwar den Männern abgeschworen, aber sie war immer noch Frau genug, um das gute Aussehen ihres Bosses schätzen zu können.

Seine Mutter war Italo-Amerikanerin und hatte ihre ausgezeichneten Gene an ihre Kinder vererbt.

Wie seine Brüder war auch Easton beim Militär gewesen, obwohl er zur Elite-Spezialeinheit der Army Rangers gegangen war. Man sah es an seinem muskulösen Körper. Einmal hatte er bei einem späten Meeting die Ärmel seines Hemdes hochgeschlagen. Seine Haut zierten ein paar sehr interessante Tätowierungen, die so gar nicht zu seinem Image des kultivierten Geschäftsmanns passten.

Sein Kiefer war angespannt, als er seinen Blick durch den Raum schweifen ließ, bis er an ihr hängen blieb. Er kam auf sie zu.

„Haven ..."

„Oh Gott, Easton. Es tut mir so leid."

Er setzte sich neben sie und nahm ihre freie Hand. Er drückte ihre kalten Finger, betrachtete dann ihr Gesicht und fluchte.

Sie hatte sich noch nicht getraut, einen Blick in den Spiegel zu werfen, aber sie vermutete, dass es schlimm war.

„Sie haben die *Seerosen* mitgenommen", sagte sie.

„Okay, mach dir darüber jetzt keine Gedanken."

Es klang wie Schluckauf, als sie sarkastisch auflachte. „Keine Gedanken? Das Gemälde ist einhundertundzehn *Millionen* Dollar wert."

Ein Muskel zuckte in seinem Kiefer. „Dir geht es gut und das ist die Hauptsache. Und die beiden Wachleute sind in einem ernsten, aber stabilen Zustand und werden im Krankenhaus versorgt."

Sie nickte betäubt. „Es ist alles meine Schuld."

Eastons Blick wanderte zu den Polizisten und dann wieder zu ihr zurück. „Das ist nicht wahr."

„Ich habe sie hereingelassen." Ihre Stimme brach. Gott, sie wünschte, der Marmorboden würde unter ihr aufbrechen, damit sie in einem Loch darin versinken konnte.

„Mach dir keine Sorgen." Eastons Gesichtsausdruck wurde sehr ernst. „Vander und Rhys werden das Gemälde finden."

Der Tonfall ihres Bosses ließ sie erschaudern. Etwas daran ließ sie vermuten, dass Easton mehr Wert darauf legte, dass seine Brüder die Diebe fanden, als das unbezahlbare Kunstwerk selbst.

Sie leckte sich über die Lippen und spürte, wie sich die Haut an ihrer Wange spannte. Schon bald würde sie ein paar spektakuläre Blutergüsse im Gesicht haben. *Na toll. Danke, liebes Universum.*

Dann ruckte Eastons Kopf hoch und Haven folgte seinem Blick.

Ein Mann stand in der Tür. Sie hatte ihn nicht kommen hören. Nein, Vander Norcross bewegte sich lautlos, wie ein Geist.

Er war knapp einen Meter neunzig groß, hatte einen kräftigen Körper und strahlte Autorität aus. Sein Anzug trug nicht besonders dazu bei, das Gefühl zu mildern, dass sich ein Raubtier in den Raum geschlichen hatte. Easton war gut aussehend, Vander hingegen nicht. Sein Gesicht war zu rau, um schön zu wirken, und obwohl er blaue Augen hatte wie Easton, waren Vanders Iriden dunkel indigoblau und so kalt wie die tiefsten Tiefen des Ozeans.

Er sah nicht glücklich aus. Sie kämpfte gegen ein weiteres Schaudern an.

Dann stellte sich ein weiterer Mann neben Vander.

Havens Brust zog sich zusammen. *Oh, nein. Nein, nein, nein.*

Sie hätte es wissen müssen. Er war Vanders bester Ermittler. Rhys Matteo Norcross, der jüngste der Norcross-Brüder.

Auf den ersten Blick erkannte man, dass sie verwandt waren – ein ähnlicher Körperbau, viele Muskeln, dunkles Haar und diese bronzefarbene Haut. Aber Rhys war der jüngste der drei Brüder und er besaß einige charmante Charakterzüge, die seinen Brüdern fehlten. Er lächelte häufiger als die beiden und beim Anblick seines unge-kämmten, dichten Haars musste sie ihn sich immer als Rockstar vorstellen, der eine Gitarre in der Hand hielt und die Mädchen zum Kreischen brachte.

Hinzu kam, dass Haven vollkommen und unbe-streitbar scharf auf ihn war. Jedes Mal, wenn er in ihre Nähe kam, erwachte das Feuer in ihrer Weiblichkeit, schlug ihr Herz schneller, und erstarrte ihr Gehirn. Sie konnte in seiner Gegenwart kaum Worte bilden.

Sie wollte *nicht*, dass Rhys Norcross auf sie aufmerksam wurde. Oder mit ihr sprach. Oder sie mit seinen tiefgründigen, braunen Augen ansah.

Oh, nein. Keinesfalls. Schließlich hatte sie den Männern abgeschworen. An diesem hier sollte sogar ein riesiges Warnschild hängen. *Achtung – gebrochenes Herz vorprogrammiert.*

Rhys war mit Vander beim Militär gewesen, bei einer streng geheimen Spezialeinheit, über die niemand sprach. Jetzt arbeitete er bei Norcross Security – und war scheinbar dafür zuständig, alles und jeden aufzuspüren.

In seiner Freizeit fuhr er Autorennen und Bootsrennen. Der Mann liebte die Geschwindigkeit. Oh, und er beglückte Frauen. Sein Ruf war legendär und wenn man den Gerüchten Glauben schenken konnte, stand Rhys auf eine Vielzahl von Abenteuern und Praktiken.

Ein Glück, dass Haven den Männern abgeschworen hatte.

Besonders, da es sich bei einem davon um den Bruder ihres Bosses handelte.

Und ganz besonders, da es sich dabei gleichzeitig um den Bruder ihrer besten Freundin handelte.

Tabu.

Sie sah, wie die beiden Männer sich in ihre und Eastons Richtung drehten.

Verdammt. Mit rasendem Puls starrte sie auf ihre nackten Füße und ihre rot lackierten Zehennägel, was ihr bewusst machte, dass sie sich ihre Schuhe noch nicht zurückgeholt hatte. Es war ihr Lieblingspaar.

Sie spürte die Blicke der Männer auf sich und wie von einem Magneten angezogen, sah sie zu ihnen auf. Vander blickte mürrisch vor sich hin. Rhys' finsterer Blick war hingegen direkt auf sie gerichtet.

Und Havens verräterisches Herz tanzte einen feurigen Tango in ihrer Brust.

Bevor sie wusste, wie ihr geschah, ging Rhys vor ihr auf ein Knie.

Sie sah, wie Wut seine schönen Züge verzerrte. Dann schockierte er sie, indem er eine Hand an ihren Kiefer legte und den Eisbeutel beiseiteschob.

Sie hatten nie viel miteinander geredet. Auf Gias Partys ging Haven ihm absichtlich aus dem Weg. Er hatte sie noch nie zuvor berührt und jetzt spürte sie, wie sie von seiner Wärme durchflutet wurde.

Seine Augen blitzten. „Alles wird gut, Baby."

Baby?

Er streichelte mit seinen langen Fingern sanft über ihren Wangenknochen.

In der Hoffnung, ein wenig Kontrolle über die Situation zu erlangen, legte sie ihre Finger um sein Handgelenk. Sie schluckte. „Ich –"

„Mach dir keine Sorgen, Haven. Ich werde den Mann finden, der dir das angetan hat, und dafür sorgen, dass er es bereut."

Ihr Bauch spannte sich an. *Oh, Gott.* Wann hatte das letzte Mal jemand sie auf diese Weise beschützt? Sie war sich sicher, dass ihr noch nie zuvor jemand versprochen hatte, jemanden für sie zur Strecke zu bringen. Ihr Blick fiel auf seine Lippen.

Er hatte wunderschön geschwungene Lippen, die etwas voller waren, als es einem so knallharten Mann erlaubt sein sollte, und von dunklen Bartstoppeln eingerahmt wurden.

Plötzlich schlug der Blick in seinen Augen um und seine Züge wurden sanfter. Seine Finger strichen weiter über ihre Haut und sie konnte die zärtliche Geste am ganzen Körper spüren.

Dann hörte sie das schnelle Klacken von Absätzen. Gia stürmte in den Raum.

„Was zum Teufel ist hier los?"

Haven zuckte vor Rhys und seinen hypnotischen

Berührungen zurück. Verdammt, dieser Moment hatte es bestätigt – sie war so schwach, wenn es um diesen einen Mann ging.

Gia eilte auf sie zu. Sie war einen Meter siebzig groß, hatte einen kurvigen, zarten Körper und dichtes, dunkles, gelocktes Haar. Wie üblich trug sie eines ihrer Power-Outfits – kurzer Rock, tailliert geschnittener Blazer und sündhaft hohe Absätze.

„Weg da", schob Gia Rhys mit ihrer Schulter zur Seite. Als ihre Freundin einen Blick auf Haven warf, verzerrten sich ihre Lippen schmerzhaft. „Ich werde diese Typen *umbringen*."

„Gia", sagte Vander. „Hier wimmelt es von Polizisten. Vielleicht solltest du deine Pläne für Mord und Rache besser für dich behalten."

„Bring das in Ordnung." Sie deutete erst auf Vanders Brust, dann auf Rhys'. Dann drehte sie sich um und umarmte Haven. „Du kommst mit mir nach Hause."

„Gia ..."

„Nein. Keine Widerrede." Gia hielt ihre Handfläche hoch wie ein Verkehrspolizist. Haven hatte ‚die Hand' schon zuvor zu Gesicht bekommen. Sie umzustimmen, war hoffnungslos.

Außerdem wurde ihr langsam klar, dass sie nicht allein sein wollte. Und je schneller sie Rhys' dunklem, viel zu aufmerksamen Blick entkam, desto besser.

KAPITEL ZWEI

R hys Norcross hielt am oberen Ende der Museumstreppe inne und beobachtete, wie Gias Fahrer vor dem Hutton hielt. Gia half Haven ins Auto und mit einem Aufleuchten der Rücklichter gliederte sich der Mercedes in den Verkehr ein.

Fuck. Er schob sich die Hände in die Hosentaschen. In seinem Kopf tauchten immer wieder die Schwellungen in Havens hübschem Gesicht auf. Er war stinksauer. Er wollte die Arschlöcher finden, die ihr wehgetan hatten, und sie windelweich schlagen.

Vander stellte sich neben ihn. „Wenigstens hast du sie endlich dazu gekriegt, mit dir zu reden."

„Ha, ha", knurrte Rhys.

Seine Brüder und Freunde bei Norcross fanden es zum Totlachen, dass Rhys es bisher nicht geschafft hatte, Haven dazu zu bringen, sich mit ihm zu unterhalten. Sie war ihm vor ein paar Monaten auf einer Party bei Gia aufgefallen. Sie war hübsch, hatte ein umwerfendes Lachen und ihre blauen Augen bargen

Geheimnisse. Etwas an Haven McKinney ließ ihn nicht los.

Die Frau hätte ein Mitglied ihres alten Ghost-Ops-Teams sein können, so gekonnt, wie sie ihm immer wieder auswich.

Sie geschlagen zu sehen, verängstigt ... verdammt, jemand würde dafür büßen.

„Ich werde nicht länger zulassen, dass sie mir aus dem Weg geht."

Vander sah ihn zweifelnd an. „Sie ist nicht die Art von Frau, mit der du sonst Spaß hast, Rhys."

„Spaß ist bei Weitem nicht alles, was ich von ihr will." Er holte tief Luft. „Aber zuerst muss ich diese Diebe finden und ihnen eine Lektion erteilen."

„Und das Einhundert-Millionen-Dollar-Gemälde unseres Bruders finden."

„Ja, das auch."

Easton schritt durch den Haupteingang des Museums, das Handy an sein Ohr gepresst. „Ja. Tun Sie es." Dann ließ er das Handy in seine Jackentasche gleiten. „Meine Versicherungsgesellschaft ist ... nicht glücklich."

„Wir werden das Bild finden", sagte Vander. „Ich werde Hunt anrufen und herausfinden, was die Polizei weiß."

Detective Hunter „Hunt" Morgan war mit ihnen bei der Delta Force gewesen. Eine Verletzung hatte ihn gezwungen, das Militär vorzeitig zu verlassen, und daraufhin war er der Polizei von San Francisco beigetreten. Er trank regelmäßig ein Bier mit dem Norcross-Team und sie riefen ihn an, wenn sie polizeiliche Hilfe benötigten. Er war oft stinksauer auf sie.

„Und Rhys ist der beste Ermittler. Außerdem haben ein paar hübsche blaue Augen und zwei tolle Beine seine Motivation zusätzlich beflügelt", fügte Vander hinzu.

Rhys warf seinem Bruder einen demonstrativen Blick zu.

Easton sah zu Rhys. „Dann hast du es also endlich geschafft, dass Haven mit dir redet?"

Rhys streckte seinem Bruder den Mittelfinger ins Gesicht.

Eastons Lippen zuckten kurz, aber dann wurde er wieder ernst. „Sei vorsichtig mit ihr, Rhys. Sie hat viel durchgemacht. Nicht nur das hier. Sie hat nicht viel über Miami erzählt, aber ich habe das Gefühl, dass es dort nicht gut für sie gelaufen ist."

Hmm, vielleicht war es an der Zeit, dass Rhys ein paar Nachforschungen über seine hübsche Brünette anstellte. „Ich werde mich um sie kümmern. Aber zuerst muss ich deine Kunstdiebe finden."

„Die Aufzeichnungen der Überwachungskameras hast du ja", schnaubte Easton. „Die Arschlöcher haben sich als Fahrer für eine Lieferung ausgegeben, die eigentlich erst für morgen geplant war."

„Woher wussten sie, dass diese Lieferung anstand?", überlegte Rhys laut.

Easton zuckte mit einer Schulter. „Sie haben die Wachmänner angeschossen und Haven gezwungen, den Alarm am Gemälde abzuschalten, bevor sie sie verprügelt haben."

„Sie ist zäh", sagte Vander. „Sie hat den Panikknopf gedrückt."

Rhys' Magen verkrampfte sich. Wenn sie sie dabei

erwischt hätten, wäre sie vielleicht noch viel übler zuge-
richtet worden.

Er hatte schon jede Menge krankes Zeug gesehen.
Ihr Ghost-Ops-Team, das aus den Besten der Besten aller
Spezialeinheiten der verschiedenen Bereiche des Mili-
tärs bestanden hatte, war für die härtesten und schwie-
rigsten Aufgaben eingesetzt worden. Wie Vander war
auch Rhys bei der Delta Force gewesen, bevor er sich
Vanders Team angeschlossen hatte. Sie hatten all jene
Jobs übernommen, die die Regierung ablehnte.

Er atmete tief durch. Ghost-Ops war vorbei. Erledigt.
Er hatte es geliebt, für sein Land zu kämpfen, aber für
Norcross zu arbeiten machte ihm noch mehr Spaß.
Außerdem wurde hier viel seltener auf ihn geschossen.

Vander war ein hervorragender Kommandant
gewesen und erwies sich jetzt als genauso hervorragender
Boss. Bei manchen ihrer Fälle ging es zwar auch wild her,
und einige bewegten sich an der Grenze zwischen geset-
zeskonform und illegal, aber Norcross Security hatte kein
Problem damit, sich in diese Grauzone zu begeben, um
einen Auftrag zu erledigen.

Sie alle wussten, dass das Leben nicht so schwarz
und weiß war, wie es die Menschen, die in ihren schönen
Häusern und in ihren sicheren kleinen Welten lebten,
gerne glauben wollten.

In Rhys' Brust baute sich Druck auf und in seinem
Kopf meldete sich wieder dieses weiße Rauschen. Das
passierte immer dann, wenn er an üble Situationen
vergangener Missionen dachte. Wenn das der Fall war,
sprang er normalerweise in sein Auto oder Rennboot.

Die Geschwindigkeit half.

Aber jetzt half ihm der Gedanke daran, wie weich sich Havens Haut unter seinen Fingern angefühlt hatte, sich besser zu fühlen. Ihre Wange zu streicheln, zu sehen, wie ihr der Atem stockte, und zu beobachten, wie die Realität in ihren blauen Augen aufgeblitzt war, als sie ihn wahrgenommen hatte. Verdammt, ja, dabei fühlte er sich gleich viel besser.

Jetzt wirst du dich nicht mehr vor mir verstecken, Engel.

„Ich fahre zurück ins Büro", sagte Rhys. „Ich schaue mir die Überwachungsvideos an. Mal sehen, ob wir den Lieferwagen finden können."

„Der wird nur gemietet sein", sagte Vander.

„Ich werde ihn finden." Das tat Rhys immer. Er liebte den Nervenkitzel der Jagd, liebte es, alle Teile eines Puzzles zusammenzusetzen.

„Falls du etwas von mir brauchst", sagte Easton, „lass es mich wissen. Ich will, dass Haven in Sicherheit ist, und ich will mein Gemälde zurück."

„Wir müssen die Protokolle für Anlieferungen verschärfen", sagte Vander. „Sicherstellen, dass so etwas nicht noch einmal passiert."

„Halte mich auf dem Laufenden, Bro." Dann ging Easton zu seinem schnittigen Aston Martin DBS Superleggera in Metallgrau, der auf der Straße parkte.

Rhys und Vander kletterten in den Firmenwagen, mit dem sie hergekommen waren. Sobald Rhys gehört hatte, was passiert war, war er in einen schwarzen BMW X6 der Norcross-Flotte gesprungen. Vander hatte kaum Zeit gehabt, einzusteigen, bevor Rhys zum Museum gerast war.

Jetzt fuhr er etwas langsamer in Richtung der Zentrale von Norcross Security. Das Hutton lag mitten in der Stadt, aber die Sicherheitsfirma befand sich in South Beach, direkt an der Grenze zum Embarcadero, einer von Palmen gesäumten Promenade, an der sich ein Restaurant an das andere reihte und die Menschen sich in ihrer Freizeit vergnügten.

„Kommst du mit der Sache klar?", fragte Vander.

Rhys' Hände zogen sich enger um das Lenkrad. „Ja. Und du?"

Vander hatte eine niedrige Toleranzgrenze, wenn es um Gewalt an Frauen und Kindern ging. Einmal hatte er während einer Mission das primäre Ziel aufgegeben, um Frauen und Kinder zu retten, die ein Warlord in einem Haus gefangen gehalten hatte, um sie zu vergewaltigen. Der Warlord lag nun kalt unter der Erde.

„Ja", antwortete Vander. „Finde diese Drecksäcke, Rhys."

„Oh, das habe ich vor." Sie hatten Haven verletzt und dafür würde er sie bezahlen lassen.

ALS HAVEN sich am nächsten Morgen im Spiegel betrachtete, unterdrückte sie einen Aufschrei.

Sie sah aus, als hätte sie ein paar Runden im Boxring verbracht ... und verloren. Haushoch.

Sie seufzte und tastete die geschwollene und verfärbte linke Seite ihres Gesichts ab. Keine noch so dicke Schicht Make-up konnte den Schaden verbergen. Der Einfachheit halber band sie ihr Haar zu einem Pferdeschwanz zusammen und zuckte bei den Schmerzen in ihrer Seite zusammen. Sie berührte ihre geprellten Rippen. Es war nichts gebrochen, aber es tat trotzdem weh. Sie kramte in Gias Schrank, fand ein paar Schmerztabletten und warf sich zwei der Pillen ein. Die würde sie heute brauchen.

Die Nacht hatte sie in Gias schönem Gästezimmer verbracht. Ihre Freundin bewohnte ein wunderschönes Apartment mit zwei Schlafzimmern in SoMa, dem Bezirk South of Market südlich der Market Street, mit einem fantastischen Blick auf die Stadt und den Hafen. Havens Wohnung war viel kleiner und obwohl sie schnucklig war, konnte sie bei Weitem nicht mit dem Luxus von Gias hellem, luftigem Raumgefühl mithalten.

Nachdem Easton aus dem Militär ausgeschieden war, hatte er sich dem Geschäft zugewandt. Offenbar hatte der älteste der Norcross-Brüder ein Händchen fürs Geldverdienen. Er hatte mit Immobilien angefangen und dann in verschiedene Unternehmen investiert. Mittlerweile kümmerte er sich auch um die Investitionen seiner Geschwister und Eltern.

Trotz des schönen Zimmers und des bequemen Bettes hatte Haven schlecht geschlafen. Sie hatte sich immer wieder auf ihre verletzte Seite gedreht und war aufgewacht. Außerdem hatte sie einen furchtbaren Albtraum gehabt. Die Hauptrolle hatte der Dieb gespielt, der sie geschlagen hatte, und sie hatte von seinen stechenden, blauen Augen geträumt, die sie durch die Sturmhaube hindurch anstarrten, bevor er sich in Leo verwandelte, der sie anschrie.

Haven atmete tief durch und machte sich fertig für

den Tag. Auf dem Weg zu Gia hatten sie am Vorabend einen Abstecher zu ihrer Wohnung in Pacific Heights gemacht, damit sie ein paar Klamotten einpacken konnte. Der Rock, den sie heute trug, war grau, und sie kombinierte ihn mit einer rubinroten Bluse. Die Farbe würde vielleicht von den blauen Flecken in ihrem Gesicht ablenken.

Sie warf noch einen Blick in den Spiegel und zuckte zusammen. Nun, vielleicht würde das Rot doch nicht die nötige Ablenkung bringen.

Sie betrat Gias helle, lichtdurchflutete Küche. Es war schon ironisch, dass ihre Freundin eine Traumküche hatte, die sie kaum benutzte. Gia konnte zwar kochen, hatte aber keine Zeit dafür.

Der Duft von Kaffee lag in der Luft und Gia wandte sich von der Kaffeemaschine ab. Sie warf einen Blick auf Havens Gesicht und presste ihre Lippen zu einer schmalen Linie zusammen.

„Ich werde diese Arschlöcher *umbringen*."

„Es sieht schlimmer aus, als es ist." Haven ließ sich auf einen der Hocker gleiten, die entlang der Kücheninsel standen.

Gia sah umwerfend aus in ihrem taillierten, weißen, ärmellosen Kleid. Es schmiegte sich an ihren kurvigen Körper wie ein entschlossener Liebhaber. Ihr dunkles, lockiges Haar war teilweise zurückgesteckt, während der Rest ihrer Locken über ihren Rücken fiel.

„Nun, es sieht so aus, als hättest du dich mit einem Bulldozer angelegt und verloren."

Haven rümpfte ihre Nase und spürte im nächsten

Moment ihre blauen Flecken. „Danke für die aufmunternden Worte. Jetzt fühle ich mich wunderschön."

„Du gehst heute nicht zur Arbeit", sagte Gia.

Haven versteifte sich. „Natürlich tue ich das. Ich bin etwas blau im Gesicht, nicht bettlägerig."

Die braunen Augen ihrer Freundin verengten sich. Sie knallte Haven ein Stück Toast vor die Nase.

Havens Magen drehte sich um. So hungrig war sie gar nicht. Sie machte sich vielmehr Sorgen um die Wachmänner und das gestohlene Gemälde.

„Ich möchte im Krankenhaus vorbeifahren und nach David und Gus sehen."

„Natürlich möchtest du das." Gia schob ihr eine Tasse Kaffee über die Insel zu. „Wie immer machst du dir Sorgen um alle anderen, nur nicht um dich selbst."

Haven ergriff ihre Hand. „Danke, dass du dich um mich gekümmert hast."

Ihre Freundin schwieg kurz. „Ich hasse es, dass du das mit einem leicht überraschten Ton in deiner Stimme sagst."

Haven ließ die Schultern hängen. Ihre Mutter war gestorben, als Haven elf war. Ihr Vater war seither auf Reisen, um kranke Kinder in Afrika zu retten. Sie trafen sich, wann immer er in den Staaten war, aber das war nicht oft, und wenn er hier war, war er meist mit der Beschaffung von Spenden beschäftigt. Sie passte schon sehr lange auf sich selbst auf.

„Ich werde immer für dich da sein, Haven", fuhr Gia leise fort. „Meine Brüder werden sich um die Situation kümmern."

Bestimmt war Easton sauer, weil der Monet weg war. Er musste wütend darüber sein, dass Haven die verdammten Diebe hereingelassen hatte. Ihre Schuldgefühle fühlten sich an wie tausend Nadeln, die in ihre Haut stachen.

„Ich habe heute Morgen mit Vander gesprochen", sagte Gia. „Beide der Wachmänner sind bei Bewusstsein und es geht ihnen gut."

Haven presste eine Hand auf ihre Brust. *Gott sei Dank.* Gus liebte es, Krimis zu lesen, also würde sie ihm ein paar mitbringen. Und David hatte eine Schwäche für mit Schokolade überzogene Mandeln, von der er dachte, sie wäre ihr nicht aufgefallen. Sie würde ein paar Geschenke besorgen und die beiden gleich als Erstes besuchen.

Jetzt schnappte sie sich ein Messer und das Glas Honig und strich etwas davon auf ihren Toast.

„Und", fuhr Gia fort, „Vander sagte, dass Rhys an dem Fall dran ist. Mein kleiner Bruder ist stinksauer und entschlossen, denjenigen zu finden, der dir wehgetan hat."

Havens Herz klopfte wie wild. *Nein. Nicht nervös werden.* Sie nippte an ihrem Kaffee und versuchte, ihr Gesicht ausdruckslos zu halten.

Gia lehnte sich mit der Hüfte an die Insel, ihren Blick wie einen Laser auf Haven gerichtet. „Willst du nichts dazu sagen?"

„Nein." Sie biss ein Stück von ihrem Toast ab.

„Du willst nichts zu dem Adonis mit den Herzchen in den Augen sagen, der dein Gesicht gestreichelt und geschworen hat, dich zu rächen?"

„Du darfst deinen eigenen Bruder nicht als Adonis bezeichnen, das ist gegen jede Regel."

„Fakten sind Fakten, Süße. Ich musste leider mein ganzes Leben lang damit klarkommen, drei heiße Brüder zu haben." Gias Blick wurde noch intensiver. „Also, wegen Rhys ..."

Haven schlürfte zu schnell an ihrem Kaffee und verbrannte sich die Zunge. „Ich habe den Männern abgeschworen. Außerdem ... muss ich dich daran erinnern, dass er erstens", Haven hielt einen Finger hoch, „dein Bruder ist? Der Bruder meiner *besten Freundin*. Das allein bedeutet schon mal Ärger. Und zweitens", sie hob einen weiteren Finger, „auch noch der Bruder meines Bosses? Das ist ein riesengroßes Tabu. Es war schon falsch von mir, mich mit der Familie meiner Vorgesetzten in Miami einzulassen. *Schwerer* Fehler."

Gia ergriff ihre Hand. „Ich weiß, dass Leo, dieser Widerling, dir wehgetan hat."

„Er hat mir eine Lektion erteilt." Haven warf ihren Pferdeschwanz zurück. „Ich brauche nicht noch einen Mann, der mein Leben durcheinander bringt. Schon gar keinen, der sowieso nicht lange bleibt. Männer wie Rhys, die jede Frau haben können, tun das nie."

„Mmm." Gia schaffte es, mit einem einzigen gebrummten Laut so viel zu sagen.

Nach ein paar hastigen Bissen von ihrem Toast stand Haven auf. „Ich gehe jetzt zur Arbeit."

Sie würde auch selbst Nachforschungen darüber anstellen, wer den Monet entwendet haben könnte. Sie war vielleicht bei keiner Spezialeinheit gewesen und auch keine hochkarätige Ermittlerin, aber die Kunstwelt war ihre Domäne.

Es wäre nicht einfach, einen Abnehmer für ein Gemälde wie die *Seerosen* zu finden, und es gab mehrere Leute, die sie anrufen wollte.

Gias Haustür öffnete sich. Easton kam herein, wieder einmal in einem maßgeschneiderten, perfekt sitzenden Anzug, und einem blauen Hemd, das ihm ausgezeichnet stand.

„Dein Schlüssel ist für Notfälle gedacht", sagte Gia frech. „Du könntest auch anklopfen."

„Ich klopfe nie an." Easton sah zu Haven. „Du gehst heute nicht zur Arbeit." Dann wanderte sein Blick zu seiner Schwester. „Kann ich einen Kaffee haben?"

Gia verdrehte ihre Augen. „Ja." Sie deutete in eine Richtung. „Die Kaffeemaschine ist gleich da drüben."

Easton zog Gia spielerisch an den Haaren und machte sich dann selbst einen Kaffee.

Haven holte tief Luft. „Ich kann wirklich zur Arbeit gehen. Ich will arbeiten."

„Nein", sagte Easton.

Möge Gott ihr Kraft geben. „Ich will nicht nur rumsitzen."

„Ich bin dein Boss. Ruh dich aus. Du wurdest letzte Nacht angegriffen."

Sie schluckte. „Das weiß ich. Aber ich möchte helfen, das Gemälde zurückzuholen." Ihre Stimme brach.

Easton drehte sich um und ging dann langsam um die Insel herum auf sie zu. Als sie ihm dabei zusah, wie er sich ihr näherte, erstarrte sie. Er legte seine Hände auf ihre Schultern und sie nahm den frischen Duft von

Zitronen in seinem Parfüm wahr. Sie starrte auf die Knöpfe an seinem Hemd.

„Haven, sieh mich an", befahl er.

Sie gehorchte.

„Es war nicht deine Schuld."

„Ich habe sie hereingelassen."

„Jeder hätte diese Entscheidung getroffen. Sie waren gut vorbereitet. Es ist *nicht* deine Schuld."

„Gus und David –"

„Nicht. Deine. Schuld. Und jetzt lass Vander und Rhys ihre Arbeit machen, denn sie sind wirklich gut darin. Ich möchte, dass du nach Hause fährst und den Tag ruhig angehst."

„Na gut." Der Versuch, ein Mitglied der Norcross-Familie umstimmen zu wollen, war aussichtslos. Da brachte es mehr, ihren Kopf gegen die Wand zu schlagen.

Easton zerrte freundschaftlich an ihrem Pferdeschwanz, genau, wie er es bei Gia getan hatte. „Braves Mädchen."

Als Gia und Easton sich wieder ihrem Kaffee widmeten, blendete Haven ihr Gespräch aus. Egal, was Easton sagte, sie hatte nicht vor, es ruhig anzugehen.

Ihr Gemälde war gestohlen worden, ihre Wachmänner verletzt, ihr Museum ausgeraubt. Sie hatte nicht vor, untätig herumzusitzen. Sie würde die verdammten *Seerosen* finden.

KAPITEL DREI

Rhys sah sich noch einmal die Aufzeichnungen der Überwachungskameras des Museums an. Alle fünf der Diebe trugen Sturmhauben. Und, wie sie bereits vermutet hatten, war der Lieferwagen nur gemietet gewesen, unter falschem Namen und mit einer gestohlenen Kreditkarte.

„Wer seid ihr Arschlöcher?" Rhys schlug mit der Faust auf den Schreibtisch.

Er befand sich in seinem Büro in dem umgebauten Lagerhaus, von dem aus Norcross Security operierte. Er war gut darin, seine Beute in die Enge zu treiben. Er ließ nie locker, überprüfte jeden Hinweis – gezielt oder vage – und drehte jeden Stein um, unter dem sie sich verstecken könnte. Mittlerweile hatte er sich mit allen seiner Kontakte in Verbindung gesetzt, damit sie nach jedem Ausschau hielten, der versuchte, das Bild weiterzuverkaufen.

Auf dem Bildschirm sah er, wie der Anführer Haven

schlug, wie sie zu Boden ging und wie der Wichser dann auch noch auf sie eintrat.

Rhys knurrte: „Ich werde dich finden." Dem Mann standen böse Schmerzen bevor und Rhys konnte es kaum erwarten, sie ihm eigenhändig zuzufügen.

Er hatte heute Morgen bereits Hunt angerufen, aber der Detective hatte keine konkreten Hinweise für ihn gehabt. Rhys ließ das Überwachungsvideo weiterlaufen. Im Gegensatz zu Hunt musste er sich nicht an so viele Regeln halten. Er würde diese Typen finden, egal wie.

Dann entdeckte er etwas und hielt das Video an. Der schmale Kerl neben dem Gemälde. Er hatte eine Tätowierung am Hals. Eine Art Stern.

Rhys war selbst tätowiert. Seine Mutter hatte jedes Mal einen leidenden Ausdruck im Gesicht, wenn sie die Tattoos eines ihrer Söhne sah. Dieses hier könnte einfach ein willkürliches Tattoo sein, etwas, das sich betrunkene Touristen stechen ließen und am nächsten Tag bereuten.

Es könnte sich aber auch um etwas Bedeutungsvolleres handeln, um etwas, dessen Spur er nachverfolgen konnte.

Sein Handy klingelte und als er einen Blick auf das Display warf, grinste er. Er tippte auf den Bildschirm. „Hi, Ma."

„Weißt du, dein Vater und ich wohnen nicht weit weg und wir werden langsam alt. Du könntest uns wirklich öfter besuchen kommen."

Er hatte seine Eltern vor einer Woche besucht und mit ihnen zu Abend gegessen. Seine Mutter machte die beste Lasagne in ganz Kalifornien. „Du und Dad seid nicht alt."

Clara Norcross schnaubte. „Es spielt keine Rolle, wie alt ich bin, du wirst immer mein *Bambino* sein, Rhys Matteo."

Das sagte sie zu ihnen allen. „Wo ist Dad?"

„In seiner Werkstatt. Er bastelt."

Rhys biss sich auf die Zunge. Vor vielen Jahren hatte Clara Bianchi vielen guten italienischen Junggesellen das Herz gebrochen, indem sie sich Hals über Kopf in Ethan Norcross verliebt hatte, den ganz und gar nicht italienischen jungen Mann von nebenan. Sein Vater war Feuerwehrmann gewesen und hatte sich bei der Feuerwehr von San Francisco bis zum Abteilungsleiter hochgearbeitet, bevor er in den Ruhestand gegangen war.

Rhys' Mutter hatte angefangen, ihm Elektrowerkzeuge zu schenken und ihn ermutigt, sich eine Werkstatt zu bauen. Bis zum heutigen Tag werkelte Rhys' Vater dort herum, auch, wenn er nicht viel zustande brachte. Er hatte zugegeben, dass er keine Lust hatte, Holz zu bearbeiten oder Dinge zu bauen.

„Also ... Gia hat mir erzählt, dass Haven da in etwas reingezogen wurde", sagte seine Mom.

Rhys' Lächeln verschwand. „Ja, Ma."

„Ich möchte, dass du dich um sie kümmerst, Rhys."

„Ich arbeite daran."

„Das Mädchen hat Schatten in ihren Augen. So viel Schmerz."

„Ich werde nicht zulassen, dass ihr jemand etwas antut."

„Gut." Seine Mutter hielt inne. „Vielleicht kannst du mal mit ihr zusammen zum Abendessen vorbeikommen."

Genau, was Rhys brauchte – seine Mutter, die ihn

verkuppeln wollte. Sie hatte die Raffinesse eines Vorschlaghammers und ein sehr starkes Bedürfnis nach Enkelkindern.

„Ma, ich muss jetzt los."

„Okay. Abendessen, bald, Rhys."

„Liebe dich, Ma."

Er beendete den Anruf und starrte auf den Bildschirm seines Laptops. Bevor er Haven irgendwohin ausführte, musste er für ihre Sicherheit sorgen.

„Hast du etwas?", fragte eine tiefe Stimme und riss ihn aus seinen Gedanken.

Er sah auf, als ein weiterer Mitarbeiter von Norcross in der Tür seines Büros erschien.

Saxon Buchanan – Vanders bester Freund und sein Stellvertreter bei Norcross. Saxon und Vander hatten sich in der Highschool kennengelernt und waren sofort Freunde geworden. Nach ihrem Abschluss hatten sie sich beide – sehr zum Entsetzen von Saxons wohlhabender Familie – zum Militärdienst verpflichtet, wild entschlossen, sich gegenseitig zu beschützen.

„Nicht viel", sagte Rhys.

Saxon legte den Kopf schief. Sein dunkelblondes Haar war immer sauber geschnitten und seine Anzüge maßgeschneidert. Obwohl er mehrere Jahre Ghost-Ops hinter sich und dort einige hässliche und schmutzige Jobs erledigt hatte, kam Saxon aus wohlhabendem Hause und machte keinen Hehl daraus, dass er die schönen Dinge des Lebens schätzte. Er mochte Designerkleidung und teuren Whiskey und besaß außerdem eine riesige Sammlung teurer Uhren. Sie alle zogen ihn gerne damit auf.

„Geht es Haven gut?", fragte Saxon.

„Ihr Gesicht sieht schlimm aus." Rhys atmete tief durch. „Aber das wird verheilen. Letzte Nacht hat sie bei Gia geschlafen und heute ruht sie sich aus."

„Haven hat auf mich immer einen robusten Eindruck gemacht. Sie ist bedacht und da steckt ein Rückgrat aus Stahl in ihrem wunderschönen Körper."

Rhys verengte seine Augen. „Ihr Körper braucht dich nicht zu interessieren."

Saxon grinste. „Ich bin ein Mann und ich habe Augen im Kopf. Damit fällt es mir schwer, diese Beine und diesen Arsch zu übersehen."

Rhys knurrte.

Saxons Grinsen wurde noch breiter und Rhys hätte seinem Freund am liebsten seine perfekten Zähne ausgeschlagen.

„Ein weiterer Vorteil ist, dass ich dich so gut damit aufziehen kann. Du hast seit Monaten ein Auge auf sie geworfen. Normalerweise brauchst du nicht so lange, um eine Zielperson zu sichern."

Das stimmte. Und Rhys war von dem Moment an, als er in Havens wunderschöne blaue Augen geblickt hatte, zölibatär gewesen. Er hatte viel zu viele Nächte damit verbracht, es sich selbst zu besorgen, sich ihre Hände auf seinem Schwanz vorzustellen, ihre heiseren Schreie der Lust in seinen Ohren.

Scheiße, er wurde schon wieder hart. Rhys rutschte in seinem Stuhl hin und her. Wenn Saxon das bemerkte, würde er ihn bis ans Ende seiner Tage damit aufziehen.

Dann verblasste das Lächeln seines Freundes. „Es tut mir leid, dass sie verletzt wurde."

„Nun, die Arschlöcher, die das getan haben, werden dafür bezahlen. Ich habe schon ein paar Hinweise."

„Brauchst du Hilfe?"

„Ich dachte, du hättest heute einen Auftrag wegen einer Alarmanlage?" Während Rhys der beste Ermittler von Norcross war, war Saxon ihr Troubleshooter. Er packte überall mit an und war oft derjenige, der zu den unangenehmen und stressigen Jobs geschickt wurde, um die beste Lösung für einen Kunden zu finden.

„Schon erledigt. Schickes Haus in Nob Hill, gleich um die Ecke von meinen Eltern." Einer seiner Mundwinkel hob sich. „Nicht, dass meine Eltern sich mit den Dillons abgeben würden. Das wäre weit unter ihrer Würde. Neureiche. Ich habe mir das Haus angesehen, die sehr offensichtlichen Angebote der sehr jungen und sehr hübschen Frau des Kunden, auch ihr Schlafzimmer zu besichtigen, ignoriert, und ihm dann ein Angebot geschickt."

„Ich habe E-Mails an ein paar Kunsthändler verschickt und ein paar unserer anderen ... Kontakte angezapft." Einige von Norcross' Kontakten arbeiteten auf der anderen Seite des Gesetzes. „Ich habe sie gebeten, sich zu melden, falls sich jemand bei ihnen nach dem Gemälde oder dem Hutton-Museum erkundigt. Oder versucht, einen Monet loszuwerden. Kannst du noch ein paar Händler für mich anrufen?"

„Mache ich." Saxon salutierte vor ihm und ging dann quer durch das Lagerhaus davon.

Rhys tätigte noch ein paar Anrufe. Er war aufgekratzt und frustriert und ging in die gut ausgestattete Küchenzeile, um sich einen Kaffee zu machen. Die großen Fenster boten einen Blick auf das Wasser und sogar auf die Bay Bridge.

Vander hatte das alte Lagerhaus gekauft und dann vollständig ausgebaut. Das Untergeschoß diente als Parkgarage für den Fuhrpark des Unternehmens und beherbergte außerdem einen gut ausgestatteten Fitnessraum. Daneben befanden sich mehrere Räume, die sie nutzten, wenn sie „Gäste" hatten.

Auf der mittleren Ebene befanden sich die Büros – dieser Bereich war größtenteils offen gestaltet, mit Holzbalken und sichtbaren Lüftungsrohren aus Metall an der Decke. Entlang der Außenmauern reihten sich Büros mit Glaswänden aneinander. Im Obergeschoss befand sich eine weitere Etage, ein Penthouse mit Dachterrasse, in dem Vander wohnte.

Rhys hatte eine Wohnung ganz in der Nähe in Rincon Hill – sie war schick und modern und die Aussicht war der Hammer. Easton hatte das ganze Geld, das Rhys während seiner Zeit beim Militär zur Seite gelegt hatte, investiert, sodass Rhys jetzt eine tolle Wohnung, ein geniales Auto und ein Boot besaß und zusätzlich noch einen netten Notgroschen. Er war nicht so reich wie Easton, und Vander machte mit Norcross Security das große Geld, aber Rhys war trotzdem glücklich und mehr als zufrieden. Er wollte sich nicht mit seinem eigenen Unternehmen herumschlagen, Aufträge an Land ziehen und sich mit idiotischen Kunden herumschlagen müssen.

Überdies hatte er einen Parkplatz für sein Auto und sein Motorrad und mietete zusätzlich einen Stellplatz für sein Boot unweit der Norcross-Zentrale.

Wie oft war er bei Einsätzen erschöpft gewesen, von der Hitze geplagt, und hatte Sand an Stellen seines Körpers gespürt, an denen wundgescheuerte Stellen unerträglich schmerzhaft waren. In solchen Momenten hatte er davon geträumt, am Wasser zu sein oder einfach nur auf einer bequemen Couch zu liegen und sich in Ruhe ein Footballspiel anzusehen.

Ein paar Mal war er verletzt worden und dachte, er würde es nicht zurück nach Hause schaffen. Er hatte wichtige Arbeit geleistet und beschissene Jobs gemacht, aber solche, die getan werden mussten, um die Freiheit so vieler Menschen zu sichern.

Heute entschuldigte er sich nicht dafür, dass er hart arbeitete und sich im Gegenzug teure Spielzeuge gönnte.

Mit Haven McKinney wollte er auch spielen. Er wollte sie aus diesen hautengen Röcken schälen, die sich an ihren Arsch schmiegten und ihm damit heiße Bibliothekarinnen-Fantasien bescherten.

Ein verkorkster Teil von ihm wollte auch die Schatten in ihren Augen vertreiben.

Rhys schnaubte. Er würde für niemanden den Helden mimen, aber er hatte die Fähigkeiten, sie zu beschützen und dafür zu sorgen, dass das Arschloch, das ihr wehgetan hatte, für seine Taten bezahlte.

„Ähm, Rhys?"

Er blickte zu Saxon auf, der mit den Händen in den Taschen dastand. Sein Freund hatte einen unleserlichen Ausdruck im Gesicht.

„Ja?", nippte Rhys an seinem Kaffee.

„Ich glaube nicht, dass Haven sich ausruht."

„Wie meinst du das?" Er senkte seine Tasse.

„Ich habe gerade mit einem Händler telefoniert. Sie war vorhin bei ihm."

Rhys versteifte sich.

„Und ein anderer Händler sagte, dass sie um elf Uhr bei ihm hätte vorbeikommen sollen."

Er warf einen Blick auf seine Uhr. Es war bereits nach elf.

Er fluchte, kippte seinen restlichen Kaffee in die Spüle und stellte seine Tasse ab, bevor er mit großen Schritten auf die Treppe zuging.

„Viel Glück", sagte Saxon und klang dabei viel zu amüsiert.

HAVEN BETRAT die elegante Galerie in SoMa. South of Market beherbergte viele der Museen und Galerien von San Francisco.

Sie liebte die Galerie ihres Freundes Harry. Sie erinnerte sie an jene Galerie, in der sie in Miami gearbeitet hatte. Die warme Beleuchtung passte zu den hellen Wänden und ganz vorne hing ein modernes Bild – auffallend dank der Verwendung kräftiger Neonfarben.

Aber bei jedem Kunstwerk lag die Schönheit im Auge des Betrachters. Dieses hier entsprach zwar nicht ihrem persönlichen Geschmack, aber sie konnte es trotzdem würdigen und wusste, dass es jemand anderem sehr gut gefallen könnte.

„Haven!"

Sie drehte sich um.

Harry Temple, ihr Freund im Kunsthandel, seines

Zeichens Galerist, schritt auf sie zu. Er war ein gut aussehender, gepflegter und stets elegant gekleideter Mann mit silbergrauen Schläfen. Haven hatte schon mehrere großartige Abendessen mit Harry und seinem Mann Trent verbracht. Sie waren beide liebenswert und unterhaltsam.

Als Harry ihr Gesicht sah, blieb er abrupt stehen. Sein entsetzter Blick wanderte über ihre Wange und ihr Auge. „Schätzchen, was ist denn passiert?"

„Du hast nicht davon gehört?"

Er berührte ihre Arme. „Nein. Sag mir, wer das war, und ich schicke Trent zu dem Kerl, um ihm eine Lektion zu erteilen."

Trent war Personal Trainer und der Besitzer eines örtlichen Fitnessstudios.

„Harry, es gab einen Kunstraub im Hutton. Sie haben das hier gemacht –" Haven deutete auf ihr Gesicht, „und die *Seerosen* gestohlen."

Harry schnappte nach Luft. „Okay, den millionenschweren Gemäldediebstahl kann ich gerade überhaupt nicht verarbeiten, aber die Diebe haben dich geschlagen?"

„Es geht mir gut", versicherte sie ihm.

Harry umarmte sie und sie lehnte sich einen Moment lang an ihn.

„Sag mir, dass Easton San Francisco auf der Suche nach diesem Abschaum durchkämmt?"

„Nun, er hat die Sicherheitsfirma seines Bruders damit beauftragt, sich darum zu kümmern."

Harry erschauderte. „Ich würde Vander Norcross jeden einzelnen Tag erlauben, sich um mich zu kümmern, wenn er mir nicht eine Heidenangst einjagen würde." Er tätschelte ihr die Schulter. „Schätzchen, Easton gehören vielleicht zwei Drittel von San Francisco, aber Vander hat das Sagen in der Stadt. Er wird diese Diebe finden."

„Das Gemälde ist weg, Harry. Und ich werde das Gefühl nicht los, dass es meine Schuld ist. Ich *muss* es finden."

Ihr Freund runzelte die Stirn. „Ich habe keinen Mucks gehört. Eine so große Sache würde für großen Wirbel sorgen."

Sie seufzte. „Hältst du die Ohren für mich offen?"

„Du weißt, dass ich das werde."

„Jedes Wort hinter vorgehaltener Hand, jedes Gerücht, du rufst mich an."

„Natürlich tue ich das. Aber jetzt ..." Harry hängte sich bei ihr ein. „... komm und setz dich. Tory macht uns einen guten Latte mit viel Schaum und ich zeige dir das neueste Werk, das ich von einem Künstler aus der Gegend bekommen habe, der in meinen Augen *ganz groß* rauskommen wird."

Haven ließ sich von Harry eine Weile verhätscheln.

Als sie seine Galerie verließ, ging es ihr ein wenig besser, aber das fehlende Gemälde fühlte sich an wie eine schwere Last auf ihren Schultern.

Gott, es war so verdammt ungerecht. Gerade erst hatte sie ihr Leben wieder in den Griff bekommen, sie liebte ihre Arbeit, hatte in Easton einen tollen Boss und in Gia eine wunderbare Freundin gefunden, und dann passierte *das*.

Haven ging die Straße hinunter. Selbstmitleid würde

ANNA HACKETT

nicht helfen. Das wusste sie aus Erfahrung. Das Wetter
war herrlich und perfekt für einen Spaziergang. Es war
ein schöner Herbsttag, nicht heiß, nicht kalt. Was auch
immer nötig war, sie wollte das Gemälde zurückholen
und ihr Leben verdammt noch mal wieder ins Gleichge-
wicht bringen und Ruhe einkehren lassen.

Beinahe wäre sie mit einem kräftig gebauten Mann
im Anzug zusammengestoßen, der mitten auf dem
Bürgersteig stand. „Verzeihung."

Sie schlängelte sich an ihm vorbei und ihre Absätze
klackten auf dem Asphalt. Sie war sich nicht sicher, was
sie als Nächstes tun sollte, um das Gemälde zu finden.
Aber sie ließ den Kopf nicht hängen. Sie würde nicht
aufgeben. Das Hutton war nur ein paar Blocks entfernt.
Sie würde sich in ihr Büro schleichen und noch ein paar
Kontakte anrufen.

Leo hatte ihr das Leben zur Hölle gemacht und sie
hatte es ihm viel zu lange durchgehen lassen. Aber damit
war Schluss. Haven hatte das Sagen und sie würde sich
von niemandem, schon gar nicht von ein paar Dieben,
unterkriegen lassen.

Aber das viele Geld, sagte die Stimme in ihrem Kopf.
Ihr drehte sich der Magen um.

Sie hielt inne und machte ein paar der Atemübungen
aus den Yogakursen, zu denen Gia sie manchmal
schleppte. Nein, sie fühlte sich immer noch gestresst und
ihr Gesicht pochte. Scheinbar ließen ihre Schmerztabletten nach.

Dann spürte sie ein leichtes Kribbeln in ihrem
Nacken. Es war jenes Gefühl, das jede Frau, die allein

44

eine Straße entlang ging, kannte. Wurde sie etwa beobachtet?

Plötzlich hörte sie schwere Schritte hinter sich und sah sich um. Es waren nicht viele Leute unterwegs, nur ein stämmiger Mann im Anzug, der in ihre Richtung kam. Sie verengte ihren Blick.

Moment, war das nicht derselbe Typ, mit dem sie vorhin fast zusammengestoßen war? Er war doch in die *andere* Richtung gegangen?

Jetzt hob er den Kopf – er hatte einen militärischen Kurzhaarschnitt, sein Hals war kaum erkennbar und sein Anzug saß wirklich schlecht.

Sein Blick blieb an ihr hängen.

Haven holte tief Luft, drehte sich um und eilte, so schnell sie konnte, ohne zu rennen, die Straße hinunter, während sie nach ihrem Handy kramte. Vermutlich war alles in Ordnung –

Starke Arme legten sich von hinten um sie und zogen sie rückwärts.

„Hey!", rief sie.

Der Mann sagte kein Wort und Panik schoss durch ihren Körper. Er zerrte sie über den Bürgersteig.

Verdammt, sie würde sich bestimmt nicht am helllichten Tag an einem öffentlichen Ort entführen lassen. Konnte das Glück ihr noch übler mitspielen? Sie hatte doch schon genug Pech in ihrem Leben gehabt, oder etwa nicht?

„Lassen Sie mich los!"

Sie hatte *nicht* vor, sich von diesem halslosen Mistkerl entführen zu lassen, und trat ihm gegen das Schienbein.

Sie spürte, wie ihre Ferse auf einen Knochen aufschlug, und er grunzte, bevor er einen Fluch ausspuckte und sie kräftig schüttelte.

Havens Schuh fiel von ihrem Fuß und ihr Handy glitt ihr aus den Fingern und knallte auf den Bürgersteig. Sie hörte, wie in der Nähe ein Auto piepte, als es aufgesperrt wurde, und Angst durchflutete ihren Körper. Er zerrte sie zu einem Auto. Wenn er es schaffte, sie hineinzuverfrachten ...

Nein. *Nein.*

Haven wand sich und wehrte sich. Sie schrie, aber er drückte ihr eine fleischige Hand auf den Mund. Warum war niemand in der Nähe?

Sie machte sich schwer, aber der Kerl ohne Hals zerrte sie einfach weiter

Oh, Gott. Er könnte sie überall hinbringen. Sie hatte diese Filme mit Liam Neeson gesehen. Sie würde sexuell ausgebeutet, mit Drogen zugepumpt und vergewaltigt werden –

Doch dann ließ der bullige Kerl sie plötzlich los.

Haven taumelte und fiel auf ihre Hände und Knie. Ihre Rippen taten ihr weh und ihre Handflächen brannten. Mist, sie hatte sich aufgeschürft.

Dann nahm sie das Geräusch eines Aufpralls wahr und drehte sich um, ihr Puls raste.

Sie schnappte nach Luft und sah zu, wie Rhys ihrem Entführer einen brutalen Schlag ins Gesicht verpasste.

Der Kerl ohne Hals fiel rückwärts und Rhys, der einen anthrazitfarbenen Anzug und ein weißes Hemd trug, das all seine Vorzüge betonte, was nur einer Frau auffallen würde, setzte ihm nach.

Zwei weitere Schläge und ihr Entführer ging zu Boden. Rhys hingegen richtete sich auf. Er wirkte, als wäre er nicht einmal ins Schwitzen gekommen.

Als er sich zu ihr umdrehte, fixierte er sie mit seinen braunen Augen, in denen ein Sturm tobte und Wut brannte.

KAPITEL VIER

R hys kämpfte gegen seinen Zorn an und musterte Haven.

Sie war zwar durch den Wind, aber soweit er sehen konnte, hatte sie keine weiteren Verletzungen davongetragen.

Der Mann auf dem Boden stöhnte und Rhys holte Kabelbinder aus seiner Tasche und fesselte den Mann an den Gelenken seiner Hände und Füße.

„Alles okay?", fragte er Haven.

„Gott, nein. Er ... er ..." Sie war den Tränen nahe, riss sich aber zusammen. Da war es wieder, ihr Rückgrat aus Stahl.

Rhys richtete sich auf, streckte die Hand aus und streichelte ihr über den Kiefer.

Sie lehnte sich eine Sekunde lang in seine Berührung, bevor sie herumwirbelte. „Arschloch." Sie funkelte den mehr oder weniger bewusstlosen Mann am Boden an. Dann trat sie ihn und er stöhnte auf. „Der Typ hat versucht, mich *zu entführen*."

Rhys war froh zu sehen, dass sie stinksauer war. Er zückte sein Handy.

„Rufst du die Polizei?" Sie überkreuzte ihre Arme vor der Brust und rieb sich mit den Händen von den Schultern bis zu ihren Ellbogen, als ob ihr kalt wäre.

„Nein."

Sie legte den Kopf schief. „Nein?"

Am anderen Ende hob jemand ab. „Saxon, du musst kommen und jemanden abholen. Ein Typ hat gerade versucht, Haven auf offener Straße zu entführen."

„Was zum Teufel?", stieß Saxon aus und hielt kurz inne. „Geht es ihr gut?"

„Ja, sie hat sich nur erschrocken." *Und sieht plötzlich fuchsteufelswild aus.*

„Atmet der Kerl noch?", fragte Saxon.

„Ja, durch seine gebrochene Nase." Rhys gab ihm ihren Standort durch.

„Okay, ich bin auf dem Weg."

Der Mann auf dem Boden bewegte orientierungslos den Kopf und wirkte weggetreten.

Haven schnappte sich den Schuh, den sie verloren hatte, schlüpfte hinein, und hob ihr Handy auf. Sie wirkte immer noch erschüttert. Rhys legte einen Arm um sie und zog sie eng an seine Brust. Zuerst versteifte sie sich, aber dann schmiegte sie sich an ihn und lehnte ihre Stirn an seine Brust, die so fest war unter seinem Hemd. Verdammt, sie fühlte sich gut an, so eng an ihn gekuschelt.

Dann gab sie einen leisen Laut von sich, der wie ein Schluchzen klang.

„Hey, jetzt ist alles gut", murmelte er.

Ihre Hände vergruben sich in seinem Hemd. „Tut mir leid", schniefte sie.

„Die letzten vierundzwanzig Stunden waren hart für dich. Du hast ein Recht darauf, die Nerven zu verlieren."

„Ja, nun, ich habe gelernt, dass man mit einem Nervenzusammenbruch am besten allein und im Beisein von viel Wein fertig wird."

Stirnrunzelnd blickte er auf ihren Scheitel hinunter. Er hasste es, die Resignation in ihrer Stimme zu hören. Er wollte, dass sie sich mit ihren Sorgen an ihn wandte, sich auf ihn stützte.

Verdammt, so hatte er noch nie für jemanden empfunden. Er hob ihr Kinn an. „Ich bin für dich da."

Ihre blauen Augen wichen seinem Blick aus.

Der Mann am Boden bewegte sich und Rhys sah flüchtig zu ihm hinunter. „Denk nicht einmal daran."

Bei dem Befehlston in Rhys' Stimme sackten die Schultern des Mannes zusammen.

„Was wirst du mit ihm machen?", fragte Haven.

„Ihm ein paar Fragen stellen."

Rhys sah, wie sich die Zahnräder in ihrem klugen Köpfchen zu drehen begannen.

„Warte, du denkst, er hat etwas mit dem Raub zu tun? Das glaube ich nicht. Das hier war doch purer Zufall."

Rhys strich mit seinen Fingern über ihren Arm. „Mach dir keine Gedanken darüber."

Sie warf eine Hand in die Luft. „Er hat versucht, mich von der Straße und in ein Auto zu zerren." Sie erschauderte. „Natürlich mache ich mir Gedanken darüber, Rhys."

Er schlang seine Arme enger um sie.

Sie verstummte und ließ ihren Blick über sein Gesicht wandern. „Was?"

„Das ist das erste Mal, dass du meinen Namen sagst."

„Was? Nein, das kann nicht stimmen."

„Du meidest mich wie die Pest, Haven. Glaube mir, es ist das erste Mal, dass du meinen Namen ausgesprochen hast." Er hielt inne. „Ich habe lange darauf gewartet, dich ihn sagen zu hören."

Er merkte, wie sie scharf einatmete, bevor sie wegsah, als ob die Backsteinmauer des angrenzenden Gebäudes plötzlich faszinierend wäre. Ihre Hände umklammerten den Stoff seines Hemdes fester.

„Willst du mich ignorieren, während ich dich in meinen Armen halte?"

„Ich dachte, ich probiere es einfach aus."

Seine Mundwinkel zuckten.

„Du bist ziemlich schwer zu ignorieren." Ihr Blick traf den seinen. „Aber ich muss mich bei dir bedanken. Dafür, dass du mich gerettet hast." Ein Stirnrunzeln legte sich auf ihre Stirn. „Warum warst du überhaupt hier?"

„Ich habe gehört, dass eine gewisse hartnäckige Museumskuratorin am Morgen, nachdem sie angegriffen wurde, nicht zu Hause geblieben ist, um sich auszuruhen, und stattdessen offenbar verletzten Wachmännern im Krankenhaus Geschenke vorbeigebracht hat und durch die Stadt gelaufen ist, um meinen Job zu machen."

Sie leckte sich über den Mund, was ihn dazu brachte, seinen Blick auf ihre Lippen zu lenken. Sie waren rosa und perfekt geformt, was ihn auf schmutzige Gedanken brachte.

„Mir geht es gut. Und ... und ich muss helfen, Rhys. Ich fühle mich, als wäre das alles meine Schuld. Mein Job ist es, mich um das Museum und all die Kunstwerke zu kümmern. Auf unsere Angestellten aufzupassen. Ich habe diese Diebe hereingelassen und sie haben unsere beiden Wachmänner verletzt."

„Nicht deine Schuld. Die Typen, die das Bild gestohlen haben, sind keine Amateure."

Ein schnittiger, schwarzer BMW X6 kam mit quietschenden Reifen neben ihnen zum Stehen und Saxon und Vander stiegen aus. Vanders unruhiger Blick wanderte für einen kurzen Moment zu dem Mann auf dem Boden, dann kehrte er zu ihnen zurück.

„Haven, geht es dir gut?", fragte er.

Sie nickte.

Vander und Saxon hievten den Mann auf die Beine. Er ließ sie in mürrischem Schweigen gewähren und Saxon beförderte ihn auf die Rückbank des X6.

„Wir bringen ihn in einen der Hafträume", sagte Vander, „wo wir ihm ein paar Fragen stellen."

Rhys hob sein Kinn. Er wollte mit ihnen zurückfahren und den Mann selbst befragen, aber er musste sich erst um Haven kümmern.

Sie räusperte sich. „Ähm, ist *ein paar Fragen stellen* ein Euphemismus für *ihn ein wenig aufmischen?*"

Vanders Mundwinkel zuckte. „Nein."

Erleichtert atmete sie aus. „Oh, gut."

„Es ist ein Euphemismus für *wenn er meine Fragen nicht beantwortet, prügle ich die Scheiße aus ihm raus*", entgegnete Vander. „Wir sehen uns später, Leute." Dann kletterte er auf den Fahrersitz des SUVs.

Kurz darauf fuhren sie los.

„Dein Bruder ist verdammt unheimlich."

Rhys widersprach ihr nicht. Er war mit Vander aufgewachsen, der ein anstrengender Teenager mit einem ausgeprägten Sinn für Recht und Unrecht gewesen war. Er hatte an der Seite seines Bruders üble Situationen durchgestanden, wilde Feuergefechte überlebt und unzählige Male sein Leben riskiert. Vander lebte immer noch nach einem Kodex, wenn auch nicht mehr ganz so streng.

„Komm mit." Rhys führte sie die Straße hinunter und hielt neben seinem silbernen Mercedes GTS an.

Sie betrachtete den Sportwagen. „Der sieht schnell aus ... und teuer."

Er half ihr auf den Beifahrersitz.

„Wohin fahren wir?", fragte sie.

Er reihte sich in den Verkehr ein. „Zu mir nach Hause."

„Was?", quiekte sie auf.

„Deine Handflächen sind aufgeschürft und du zitterst. Du stehst unter Schock."

Sie schlug die Hände zusammen. „Bring mich einfach nach Hause."

„Keine Chance."

„Am Ende werde ich also *doch* noch entführt."

Rhys bog ab und fuhr weiter in Richtung seiner Wohnung. „Ich werde die Wunden an deinen Händen reinigen und dir einen Drink machen. Vermutlich einen Whiskey."

„Ich hasse Whiskey."

„Das hier ist ein Whiskey-Moment, Engel."

Den Rest der Fahrt über schwieg sie. Brütete über ihren Gedanken. Rhys konnte es spüren. Gia als Schwester zu haben – eine Frau, die ihre Gefühle nur selten unter Verschluss hielt –, hatte ihn Vieles gelehrt.

Sie erreichten sein Wohngebäude und er fuhr in die Parkgarage, wo er neben seiner Kawasaki Ninja parkte. Aus dem Augenwinkel sah er, wie Haven sie mit Interesse betrachtete.

„Bist du schon mal mit einem Motorrad gefahren?", fragte er.

Sie schüttelte den Kopf.

Er lächelte. „Es würde dir gefallen."

Es war eine kurze Fahrt mit dem Aufzug zu seiner Wohnung und er ging voraus durch die Eingangstür.

Sie schlenderte durch sein offenes Wohnzimmer zu der Reihe raumhoher Fenster. Von hier aus hatte man einen fantastischen Blick auf die Bay Bridge.

„Heiliger Strohsack", murmelte sie.

Er hielt einen Moment inne. Es gefiel ihm, die Spiegelung ihrer Silhouette in der Scheibe zu sehen. Es gefiel ihm auch, sie in seiner Wohnung zu sehen. Was seltsam war, da er nur selten Frauen hierherbrachte.

Sie drehte sich um und ließ seine Wohnung auf sich wirken. Ihr Blick blieb an der gegenüberliegenden Wand hängen und ihre Augenbrauen hoben sich. „Du sammelst ... Spielzeugautos?"

Er betrachtete stirnrunzelnd seine maßgefertigten Regale. „Das sind Modelle."

„Bist du sicher?"

Sein Blick verengte sich. Seine Geschwister zogen ihn auch gerne mit seiner Sammlung auf. „Das sind alles

Sammlerstücke, die im Druckgussverfahren hergestellt wurden. Sehr wertvoll."

Sie gab einen unbeeindruckten Laut von sich. „Spielst du mit ihnen?"

„Nein." Er sah, wie ihre Lippen zuckten, und beschloss, es sich gefallen lassen, von ihr gefoppt zu werden, wenn sie sich dann besser fühlte. „Ich hole meinen Verbandskasten."

Das war der Moment, in dem sie herumwirbelte und aus heiterem Himmel ein Feuer in ihren blauen Augen loderte. „Ich fasse es nicht!"

Hier kam sie, die Explosion.

Haven breitete die Arme aus und schritt hektisch durch den Wohnbereich. „Ich kann mir einfach nicht erklären, womit ich dieses beschissene Karma verdient habe. Erst schießen Kunsträuber meine Wachmänner nieder, gute Männer mit Familien, und stehlen auch noch ein wirklich, wirklich teures Gemälde. Ein *Meisterwerk*. Dann werde ich von einem totalen Arschloch verprügelt und jetzt will mich auch noch irgendein halsloser Mistkerl entführen." Ihre Stimme wurde immer lauter.

„Haven, Baby, beruhige dich."

Sie drehte sich wieder zu ihm zurück. „Und dazu kommt noch mein Arschloch von einem Ex, der in Gott weiß was verwickelt war und obendrein ein Frauenschläger ist. Habe ich vielleicht ein Schild mit der Aufschrift ‚Schlag mich' um den Hals hängen?"

Rhys' anfängliche Belustigung verflog augenblicklich. Er stieß sich von seiner Kücheninsel ab. „Dein Ex hat dich geschlagen?"

Sein bedrohlicher Tonfall drang zu ihr durch und sie ließ die Arme sinken. „Das liegt in der Vergangenheit."

Er ging direkt auf sie zu. „Wie heißt er? Wer ist er?"

„Rhys –"

Er schlang seine Arme um sie. „Kein Mann sollte jemals Hand an eine Frau legen. Niemals."

„Ich weiß." Sie schluckte und legte ihre Handflächen auf seine Brust. „Ich habe ihn gleich nach dem ersten Mal verlassen. Es lief schon eine Weile nicht mehr gut zwischen uns." Sie tätschelte Rhys' Brust. „Es ist vorbei."

Er erkannte an ihrem ruhigen Tonfall, dass sie versuchte, ihn zu beschwichtigen. „Ist er in Miami?"

Sie nickte.

Als er sie ansah, verflog Rhys' Wut größtenteils. Verdammt, sie war wunderschön.

Dann bemerkte er, dass sie zitterte. Wahrscheinlich eine verspätete Reaktion auf das Arschloch, das versucht hatte, sie in sein Auto zu zerren. Rhys zog sie noch näher an sich. Sie drückte ihr Gesicht an seine Brust und er legte seine Wange auf ihr Haar.

„Warum zittere ich? Ich drehe wohl schon durch."

„Du bist völlig durcheinander. Raste aus, wenn du willst."

Sie weinte nicht, aber sie hielt sich an ihm fest, und verdammt, es gefiel ihm. Als sie aufhörte zu zittern, führte er sie zu einem Hocker und holte seinen Verbandskasten aus einem Schrank.

„Du benutzt deinen Verbandskasten viel öfter als ich meinen", sagte sie. „In meinem ist alles noch originalverpackt."

Nun ja, er wurde gelegentlich verprügelt und tat

alles, um Krankenhäuser zu meiden. Er drehte ihre aufgeschürfte Handfläche nach oben und säuberte sanft ihre Wunden. Als er das Desinfektionstuch benutzte, sog sie zischend Luft in ihre Lungen, zuckte aber nicht weg. Als Nächstes trug er eine antiseptische Creme auf, dann machte er dasselbe mit ihrer anderen Hand.

„Danke", murmelte sie.

„Ich werde nicht zulassen, dass dir noch einmal jemand wehtut." Er steckte eine Strähne ihres braunen Haares hinter ihr Ohr. Er mochte den hellbraunen Farbton mit dem fast silbernen Schimmer.

„Ich glaube, ich bin bereit für Teil zwei meines Ausrasters", sagte sie.

Er hob eine Augenbraue.

„Das ist der Teil, bei dem ich richtig wütend werde." Sie rutschte vom Hocker und marschierte wieder energisch in seinem Wohnbereich umher.

Rhys' Blick fiel auf ihren Hintern. Diesen kurvigen, sexy Hintern.

„Ich habe Miami verlassen, um neu anzufangen." Sie gab einen wütenden Laut von sich. „Aber das Pech verfolgt mich offensichtlich überallhin."

Ja, ihre Wut war wieder da. Sie schnappte sich einen ihrer Schuhe und schleuderte ihn auf seine Couch. Er prallte von einem der Kissen ab. Sie warf den zweiten Schuh hinterher.

„Ich habe es satt, den Boxsack für jemanden zu spielen." Sie drehte sich um die eigene Achse. „Hast du das gehört, Universum?"

Rhys näherte sich ihr. Er musste sie berühren.

Sie drehte sich immer noch und stieß gegen ihn. „Oh."

„Schimpftirade vorbei?"

„Vielleicht." Sie schniefte. „Mir würde vermutlich noch mehr einfallen."

„Fürs Erste bist du fertig." Er hob sie auf die Zehenspitzen und tat das, was er seit dem Tag ihres Kennenlernens hatte tun wollen. Er küsste Haven McKinney.

***

OH. *Gott.*

Rhys Norcross küsste sie.

Es war eine Katastrophe, aber es fühlte sich gleichzeitig großartig an.

Selbst, als ihr Verstand ihr zurief, sie solle sich von seinen Lippen lösen, nach Europa fliehen und in ein Kloster gehen, gruben sich ihre Hände in seine muskulöse Brust und sie öffnete ihre Lippen für ihn.

Er nutzte den Moment und ließ seine Zunge die ihre erobern. Verlangen erfüllte jede Zelle ihres Körpers mit einem wilden, belebenden Kribbeln.

Er vertiefte den Kuss und vertrieb damit jede letzte Selbstbeherrschung, die sie aufforderte, sich sofort von ihm zurückzuziehen. Stattdessen stöhnte Haven auf und vergrub ihre Hände in seinem dichten, ungebändigten Haar. Sie erwiderte seinen Kuss.

„Fuck", murmelte er gegen ihre Lippen.

Der nächste Kuss war wild. Sie schickten ihre Hände auf Wanderschaft, pressten ihre Körper aneinander. Er hob sie hoch, als ob sie nichts wiegen würde, und setzte sie auf den schönen Holztisch im Essbereich. Dann schob er ihren Rock weit genug hoch, um sich zwischen ihre Beine stellen zu können.

Alarmglocken begannen in ihrem Kopf zu schrillen. Rhys war gefährlich, in Großbuchstaben geschrieben und zweimal dick und fett unterstrichen.

„Rhys", keuchte sie.

Dann war sein Mund wieder auf ihrem. Verdammt, er schmeckte so gut, fühlte sich so gut an. Irgendwie schaffte sie es, die beiden obersten Knöpfe seines Hemdes zu öffnen und ihre Hände unter den Stoff gleiten zu lassen.

Oh, warme Haut. Sie sah die Tattoos auf der linken Seite seiner Brust. So sexy. Ein knallharter, muskelbepackter Mann mit Tattoos, der noch dazu in einem Anzug steckte. Zum Anbeißen. Sie spürte, wie sich Feuchtigkeit zwischen ihren Beinen sammelte.

Seine Hände glitten in ihr Haar und er zerrte ihren Kopf daran zurück, um seinen Mund an ihrem Kiefer entlang zu ihrem Hals gleiten zu lassen.

Oh, Gott. Sie hatte einen sensiblen Hals und erschauderte unter den Empfindungen, die seine Berührungen in ihr auslösten.

Eine große, starke Hand glitt ihren Oberschenkel hinauf, zu der Stelle ihres Körpers, die darum bettelte, von ihm berührt zu werden. Dann schaltete sich ihr Gehirn wieder ein.

„Nein."

Rhys hielt inne und hob den Kopf. Der Ausdruck auf seinem Gesicht ließ sie ein Stöhnen unterdrücken. Tiefes Verlangen hatte sich über seine schönen Züge gelegt.

Rhys Norcross begehrte sie.

Seit sie nein gesagt hatte, hatte er sich nicht mehr bewegt. Seine Finger lagen immer noch auf ihrem Bein, aber sie wanderten nicht höher. Verdammt, sie wusste, dass er ein guter Kerl war und sie nicht ausnutzen würde.

Sie leckte sich über die Lippen. „Wir können das nicht tun."

„Ich bin mir ziemlich sicher, dass wir das können", knurrte er. „Und es wird sich großartig anfühlen."

Haven drückte eine Hand auf ihre gerötete Wange. Ja, er wollte sie. Sie wusste, dass er auch viele andere Frauen vor ihr gewollt hatte – die schöner und erfahrener gewesen waren als sie.

Sie wusste auch, dass er nie sehr lange bei einer davon geblieben war.

Haven war keine Frau für eine Nacht. Sie verurteilte andere Frauen nicht dafür, One-Night-Stands zu haben, aber sie selbst war nicht aus diesem Holz geschnitzt. Außerdem steckte mehr hinter der Abfuhr, die sie ihm gerade erteilte. Schließlich war Gia ihre beste Freundin und Easton ihr Boss. Das könnte schnell zum Problem werden.

„Du bist der Bruder meiner besten Freundin."

Rhys hob eine Augenbraue. „Gia redet mir seit Wochen ein, dass ich versuchen soll, bei dir zu landen."

Havens Augen weiteten sich. „Diese Verräterin! Die Karten für die Vernissage, die sie unbedingt haben wollte, besorge ich ihr auf keinen Fall." Haven richtete sich auf. „Außerdem bist du der Bruder meines Arbeitgebers. Das geht doch nicht. Ich habe schon einmal den kolossalen

Fehler begangen, mich mit einem Familienmitglied meines Vorgesetzten einzulassen."

„Meinst du deinen Ex, den dummen Pisser?"

Sie nickte. „Ich habe für seine Cousine gearbeitet."

Seine Stimme wurde leiser. „Ich bin nicht dein Ex, Haven, und es ist mir egal, mit wie vielen lächerlichen Ausreden du mir kommst."

Ihr bestes Argument war jenes, das sie nicht laut aussprach – dass sie tief in ihrem Inneren wusste, dass Rhys Norcross die Macht hatte, sie viel schlimmer zu verletzen, als Leo Becker es je gekonnt hätte. Oh, Rhys würde sie niemals schlagen, aber ihr Herz ... *Nein.* Welchen Schmerz auch immer er ihr zufügte, sie würde daran zerbrechen.

Sie stieß ihn zurück, rutschte von dem Tisch und schob den Saum ihres Rockes zurück nach unten.

Erwachsen. Verhalte dich erwachsen, Haven. Sie zwang sich, ihn anzusehen.

Gott, diese Lippen. Und sein Duft – er roch immer nach Sandelholz und Kiefer.

„Das hier hätte nicht passieren dürfen", beharrte sie.

Er verschränkte seine muskulösen Arme vor der Brust. „Das hätte es. Und es sollte wieder passieren."

Verdammt, wenn er sie noch einmal berührte, würde ihre Willenskraft zerbröckeln wie eine alte, brüchige Ziegelmauer. Wenn es um ihn ging, war sie so schwach.

„Nein." Sie hob ihre Hand und beschwor etwas von Gias Resolution in sich herauf.

„Du wirst dir bessere Ausreden einfallen lassen müssen als Easton und Gia." Rhys legte den Kopf schief, sodass ihm eine Strähne seines dunkelbraunen Haars in die Stirn fiel.

Oh, es juckte sie in den Fingern, sie beiseitezuschieben oder ihre Hände in seinen Haaren zu vergraben und ihn zu besteigen wie einen ...

Konzentriere dich, Haven. „Ich habe den Männern abgeschworen."

Er blinzelte. „Bitte was?"

„Männer. Ich bin fertig mit ihnen. Mit euch." Sie machte mit ihrer Hand eine schneidende Bewegung quer durch die Luft. „Von jetzt an bin ich solo und konzentriere mich darauf, mein Leben wieder auf die Reihe zu bringen. Da ist kein Platz für dich."

Er hob eine Augenbraue. „Bis auf diesen einen Kuss, meinst du?"

Haven beschloss, dass es am besten war, zu schweigen.

„Weißt du, was passiert wäre, wenn wir weitergemacht hätten?" Seine Stimme senkte sich, bis sie ein tiefes, verführerisches Murmeln war.

Haven kämpfte dagegen an, zu erschaudern. „Tu das n–"

„Ich hätte endlich meine Hände unter diesen Rock geschoben, der sich so hauteng an deinen Hintern schmiegt und mir das Wasser im Mund zusammenlaufen lässt."

Sie rang nach Luft.

„Ich hätte dich auf den Rücken gelegt, hier auf meinem Esstisch, und hätte den Hauch von Seide oder Spitze, den du drunter trägst, mit meiner Hand zerrissen."

Ihr Körper erwachte zum Leben und Hitze durchflutete sie. Sie schloss die Augen.

„Ich hätte deine süße Muschi berührt und dich dann mit meinem Mund verwöhnt. Du hättest dich gewunden, bis du unter meiner Zunge gekommen wärst und meinen Namen geschrien hättest."

Oh. Gott. Sie war nicht stark genug, um gegen seine Verführungskünste anzukämpfen. Sie wollte alles davon und noch mehr.

Sie öffnete ihre Augen. „Rhys –"

Sein Handy klingelte.

Sie starrten einander an, bevor er es hervorholte und abhob.

„Sax, sag mir, dass du gute Neuigkeiten hast." Eine Pause, bevor Rhys fluchte. „Er will nicht reden, auch, wenn du ein wenig überzeugender bist?" Einen Moment später knurrte er. „Er hat vor jemandem Angst. Ja, okay, halte mich auf dem Laufenden." Er beendete das Gespräch und sein Blick kehrte zu ihr zurück.

Haven spielte nervös mit ihren Fingern. „Nichts?"

„Nein."

„Er hat wahrscheinlich nichts mit dem Diebstahl der *Seerosen* zu tun", sagte sie.

Seine einzige Antwort war ein Grunzen, als er einen Schritt auf sie zumachte. „Wir sind noch nicht fertig."

Ihr Puls schnellte in die Höhe.

Dann klingelte sein Handy wieder. Diesmal murmelte er eine Reihe von Flüchen. „Norcross." Wieder eine Pause. „Ja, rede."

Wie es aussah, stand das Universum ausnahmsweise

auf ihrer Seite. Das Handy hatte sie davor bewahrt, einen großen Fehler mit Rhys zu begehen.

Sie fragte sich nur, warum sie dann so enttäuscht war.

„Okay, wir sehen uns dort." Rhys' Gesicht war ernst.

Haven befeuchtete ihre Lippen. „Was jetzt?"

„Ein Kontakt könnte Informationen über das Gemälde haben."

Einen Moment lang bekam sie keine Luft. „Das ist *großartig*. Wer ist es?"

„Ein Kunsthändler."

„Wie heißt er? Vielleicht kenne ich ihn."

„Tust du nicht."

„Rhys, in der Welt der Kunst kenne ich mich aus. Und ich kenne jede Menge Leute."

„Er handelt auf dem Schwarzmarkt."

Sie schnappte nach Luft. „Ein Dieb? Diebe sind deine Kontaktpersonen?"

Er schnappte sich seine Autoschlüssel. „Die Liste von Leuten, die mir Informationen verschaffen, ist lang und bunt gemischt. Und jetzt komm, ich bringe dich nach Hause."

„Oh nein. Du magst ein begnadeter Ermittler sein", verschränkte sie die Arme vor der Brust, „aber ich komme mit dir."

„Nein."

„Doch."

Er zog seine Augenbrauen zusammen. „*Nein*."

„Doch." Er würde sie *nicht* zu Hause absetzen, wo sie nichts tun konnte, als herumzusitzen und ihre Hände zu ringen. Sie war eine Niete im Händeringen.

KAPITEL FÜNF

A ls Rhys vor der schäbigen Bar in Potrero Hill vorfuhr, fragte er sich, wie zum Teufel er sich von ihr dazu überreden hatte lassen.

Er war kurz im Büro vorbeigefahren und hatte seinen Mercedes gegen einen der Firmenwagen getauscht. Jetzt parkte er den X6 in einer Seitenstraße und sah zu Haven hinüber. Auf ihrem geprellten Gesicht lag ein Anflug von Aufregung.

Scheiße, sie war hier, weil er ihr keine Absage hatte erteilen können. Er konnte sehen, dass sie das hier brauchte, dass sie auf irgendeine Weise helfen musste.

Er stieg aus und ging um das Auto herum. Seinen Anzug hatte er ausgezogen und gegen Jeans, ein T-Shirt und Stiefel getauscht. Das hier war nicht der passende Ort für einen Anzug.

„Du sagst kein Wort und bleibst immer neben mir", warnte er sie.

Sie salutierte etwas unbeholfen vor ihm. Mit einem Kopfschütteln ging er die Straße hinunter und bog um die Ecke, wo sich die Bar befand. Sie traten ein und es dauerte eine Sekunde, bis sie sich an die Dunkelheit gewöhnt hatten. Selbst zu dieser Tageszeit saßen viele Leute hier und tranken.

Rhys bewegte sich in Richtung der hinteren Nischen. Haven zog viel zu viel Aufmerksamkeit auf sich. Sie trug immer noch ihren Rock und sah umwerfend darin aus.

Er ergriff ihre Hand und warf böse Blicke in alle Richtungen.

Dann entdeckte er seinen Kontaktmann, Hammon, der an etwas nippte, das vermutlich ein verwässerter Bourbon war.

Rhys schob Haven in die Nische und folgte ihr dann hinein.

Hammon war Ende fünfzig und hatte kurzes, graues Haar. Er hatte in seinem Leben viel zu viel Zeit in der Sonne verbracht und das sah man an seinem ledrigen Gesicht.

Der Mann musterte Haven. „Hast dir wohl eine neue Partnerin gesucht. Jedenfalls ist sie hübscher als dieser Schlägertyp Buchanan."

„Sieh sie nicht an. Was hast du für mich?"

Hammon verlagerte sein Gewicht auf seinem Platz. „Ein Vögelchen hat mir gezwitschert, dass bald ein großer Verkauf über die Bühne gehen soll."

„Hat dieses Vögelchen dir auch gesagt, was verkauft wird?"

Der ältere Mann stützte sich mit den Ellbogen auf den Tisch. „Nein. Nur, dass es eine Menge Geld wert ist."

Rhys trommelte mit den Fingern auf den Tisch. „Namen."

„Nein, ich habe keine Namen."

Rhys knurrte. „Warum zum Teufel lässt du mich in dieses Drecksloch kommen, wenn du nichts für mich hast, Hammon?"

„Weil ich möglicherweise den Ort kenne, an dem sie es aufbewahren."

Haven keuchte und Hammon warf einen Blick auf sie, besser gesagt auf ihr Dekolleté.

Rhys schnippte mit den Fingern, um die Aufmerksamkeit des Mannes wieder auf sich zu lenken. „Wo?"

„Gleich die Straße runter. Ein Lagerhaus, das früher eine alte Fabrik war." Er nannte ihm die Adresse und nippte an seinem Glas. „Im Moment ist niemand dort. Ich bin eine Weile davor rumgehangen und habe ein paar Leute rauskommen sehen."

„Ich prüfe das."

Hammon schnaubte. „Ich will kein Geld für den Tipp – nur Hilfe, falls ich sie jemals brauche."

„Wenn der Hinweis uns zu dem Gemälde führt, schulde ich dir was." Rhys erhob sich. Er war es gewohnt, dubiose Geschäfte mit dubiosen Leuten zu machen, denn oft kam er so an die Informationen, die er brauchte.

„Also, wer ist dein Mädchen, Norcross?"

Rhys ignorierte den Mann, ging weiter und stellte sicher, dass Haven dicht hinter ihm blieb. Er wollte sie so schnell wie möglich hier rausbringen. Und er wollte jedem der Dreckskerle, die sie ansahen, ins Gesicht schlagen.

Besitzergreifend zu sein, war neu für ihn. Es war ein

Gefühl, das kaum jemals eine Frau in ihm ausgelöst hatte.

Vor der Bar blickte Haven die Straße hinunter. „Sehen wir uns dieses Lagerhaus jetzt genauer an?"

„Nein, *ich* werde es mir ansehen. Aber vorher setze ich dich im Büro ab."

„Rhys, *nein.*" Sie nahm seine Hand. „Es ist gleich da drüben. Dein –", sie zögerte kurz, „Freund hat gesagt, dass gerade niemand dort ist."

„Er ist nicht mein Freund."

„Wir werfen nur einen kurzen Blick hinein." Sie sah ihn flehend an.

„Hast du gerade mit den Wimpern geklimpert?"

„Vielleicht? Hat es geholfen?"

Sie hatte dichte, dunkle Wimpern. Verdammt, was zum Teufel war nur los mit ihm, dass er sich Gedanken über ihre Wimpern machte?

Sie blinzelte wieder demonstrativ. „Bitte, nur einen kurzen Blick."

Verdammt, er wollte sie nicht in Gefahr bringen. Er hätte sie gar nicht erst hierher mitnehmen sollen. Andererseits gingen sie kein allzu großes Risiko ein und er wäre bei ihr. Er fluchte im Flüsterton. „Okay, einen sehr kurzen Blick. Du tust genau das, was ich sage."

Sie nickte.

Gemeinsam gingen sie die Straße hinunter und schon bald sah Rhys das Lagerhaus. Es war ein Backsteingebäude, das vor langer Zeit weiß gestrichen worden war, aber die Farbe war nun verblasst und blätterte von der Fassade. Es grenzte an ein Wunder, dass das Dach noch nicht eingestürzt war.

Auf der Straße standen weder Fahrzeuge noch Menschen.

„Hier entlang." Er führte sie in die Seitengasse zwischen dem Lagerhaus und dem gegenüberliegenden Gebäude.

Neben einem überquellenden Müllcontainer hielt er inne. Die Fenster des Lagerhauses waren verdreckt und einige sogar eingeschlagen. Soweit er es erkennen konnte, gab es keine Kameras oder andere Sicherheitsvorkehrungen.

Er kletterte auf den Müllcontainer und sah sich im Inneren des Gebäudes um. Größtenteils stand es leer, bis auf ein paar Gegenstände in der Mitte, die mit weißen Laken abgedeckt waren. Er wartete und lauschte.

„Sieht verlassen aus." Er sprang hinunter und ging weiter, bis er eine rostige, metallene Seitentür erreichte, und zog einen Satz Dietriche heraus.

„Du kannst Schlösser knacken?", flüsterte Haven.

„Ja."

„Hast du das beim Militär gelernt?"

„Nein." Er und seine Brüder hatten sich als Teenager viel Ärger eingehandelt.

„Bringst du mir bei, wie man das macht?"

„Das kannst du vergessen."

Sie schmollte, doch dann sprang das Schloss auf und als er die Tür öffnete, quietschten die eingerosteten Scharniere.

Sie schlüpften hinein. Der Raum war düster und Staub hing in der Luft. Es roch nach abgestandener, unbenutzter Leere.

Rhys ging auf den Stapel mit Gegenständen in der

Mitte zu. Er hob eines der Laken an und Haven die Ecke eines weiteren.

Es waren Möbel – ein Holztisch, einige Kommoden, eine unbequem aussehende Couch, einige kleine Beistelltische mit schmalen Beinen.

Haven schnappte nach Luft. „Rhys, das ist nicht mein Fachgebiet, aber diese Sachen sehen wie Antiquitäten aus. Französischer Stil. Sie sind wahrscheinlich eine Menge Geld wert."

Er warf einen Blick unter die anderen Laken. Keine millionenschweren Gemälde großer Künstler. *Verdammt.*

Haven sah sich um. „Vielleicht bewahren sie das Gemälde in einem anderen Raum in diesem Gebäude auf?"

Plötzlich ertönte ein lautes Geräusch, gefolgt vom Quietschen von Metall und Stimmen.

Oh, verdammt. „Wir haben Gesellschaft." Sie kamen durch die Vordertür herein.

Haven erstarrte und jede Farbe wich aus ihrem Gesicht.

Rhys wusste, dass sie es niemals unbemerkt zu der Tür zurückschaffen würden, die sie benutzt hatten. Er hob das Laken an, das die Couch bedeckte. „Schnell."

Sie duckte sich darunter und Rhys folgte ihr. Er legte sich auf dem Rücken auf die rote Couch mit Samtbezug und zog sie zu sich hinunter, sodass sie auf ihm lag. Das Laken sank zurück an seinen Platz und verdeckte sie beide.

Haven wurde eng an ihn gedrückt, ihre Nasenspitze berührte seine, ihre Brüste drückten gegen seine Brust und ihre Hüften lagen auf seinen.

Sie leckte sich über die Lippen. „Oh Gott, was ist, wenn ...?"

Er packte ihre Hüften und grub seine Finger warnend in ihr Fleisch.

Die Stimmen kamen näher. Rhys hörte ein Grunzen.

„Verdammt, dieses hässliche Ding ist schwer", knurrte eine Stimme.

Mit einem dumpfen Geräusch schlug etwas Schweres auf den Boden.

„Zum Glück bezahlen sie uns gut", polterte eine andere Stimme.

„Holen wir das nächste Teil aus dem Wagen."

Sie lieferten also Möbel hier ab. Rhys entspannte sich ein wenig. Die Männer hatten keinen Grund, sich die anderen Gegenstände anzusehen. Er und Haven sollten sicher sein.

Sie machte hektische Atemzüge, die über seine Lippen strichen.

„Hey", flüsterte er. „Entspann dich."

Sie nickte, hatte aber ihre Augen immer noch weit aufgerissen.

Er legte seine Hand an ihre Wange. „Atme kontrollierter und konzentriere dich auf mich."

Sie sah ihn mit ihren blauen Augen an.

„Wenigstens bist du nicht diejenige, die auf einer hässlichen, unbequemen Couch liegt", murmelte er.

„Es ist eine Chaiselongue", erwiderte sie flüsternd.

Er grunzte. Was auch immer es war, es war knallrot und unerträglich hart. Er streichelte ihre Wange und sie entspannte sich langsam.

„Wie lange sitzen wir hier fest?", murmelte sie.

„Bis sie gehen."

Ihre Lippen zuckten. „Ein wenig aufregend ist die ganze Sache schon."

„Ich hätte mich nicht von dir dazu überreden lassen sollen."

„Wie habe ich es geschafft, dich zu überzeugen?"

„Mit deiner Schönheit."

Ihr stockte der Atem.

„Und offensichtlich habe ich große Schwierigkeiten, Nein zu dir zu sagen."

„Rhys", hauchte sie.

„So solltest du mich jetzt gerade nicht ansehen." Ihr Gesicht war weich, das Verlangen in ihren Augen deutlich. Er spürte, wie sein Schwanz hart wurde.

Scheiße. Es konnte ihr nicht entgehen, denn sein Schaft drückte sich gegen ihren Unterbauch.

Und tatsächlich, ihre Augen weiteten sich.

Scheiße. *Scheiße.* Er ließ eine Hand in ihr seidiges Haar gleiten. Dies war nicht der richtige Zeitpunkt. Er musste wachsam bleiben.

Dann murmelte sie wieder seinen Namen. *„Rhys."*

Er war erledigt. Alles, was ihm übrigblieb, war, seinen Kopf zu heben und seine Lippen auf ihre zu drücken.

WOW ... Rhys Norcross zu küssen, während sie sich nach einem Einbruch in ein Lagerhaus unter einem Laken versteckten, war schon ein starkes Stück.

Sie hatte eindeutig den Verstand verloren.

Seine Zunge berührte die ihre und Haven verlor die Fähigkeit zu denken. Sie erwiderte seinen Kuss und rieb sich an seinem steinharten Körper. Und an der steinharten, verlockenden Wölbung, die sich an ihren Unterleib presste.

Er fluchte leise. „Haven, Baby."

Oh ja, diese Wölbung fühlte sich besonders großzügig bemessen an. Sie rieb sich wieder an ihm.

Er stieß einen weiteren geflüsterten Fluch aus, bevor er sich mit ihr zusammen umdrehte, sodass sie nun zwischen ihm und der Rückenlehne der Chaiselongue eingeklemmt war.

„Böses Mädchen", flüsterte er heiser.

Die Stimmen der Männer waren gedämpft. Offenbar hatten sie sich weiter entfernt.

Haven küsste Rhys erneut. Sie konnte sich nicht zurückhalten. Er war ein begnadeter Küsser und machte ihr Lust auf mehr. Ihre Brüste fühlten sich voll an, ihre Haut kribbelte.

Er küsste sie so lange, bis ihr schwindlig wurde.

Dann hob er den Kopf.

Sie blinzelte und stellte fest, dass es in dem Lagerhaus still geworden war.

Die Männer waren weg.

Rhys holte tief Luft, rollte sich von ihr herunter und stand auf. Er lugte unter dem Laken hervor.

„Die Luft ist rein." Er zog sie hoch.

Dann ging er voran durch das Lagerhaus und zurück zu der Tür, durch die sie hereingekommen waren. Sie musste joggen, um Schritt zu halten. Er zerrte sie die enge Gasse hinunter.

„Rhys?"

„Still." Seine Stimme war tief und rau.

War er sauer, weil sie seinen Kuss erwidert hatte, während sie sich in Gefahr befunden hatten? „Ich– "

„Still, Haven." Er zog sie weiter die Gasse hinunter und in die Seitenstraße, in der er parkte. Schließlich erreichten sie seinen Wagen.

„Rhys –"

Er drehte sie herum und drückte sie gegen das Fahrzeug. Seine Hand glitt in ihr Haar und er küsste sie wieder.

Oh, *oh*.

Dann glitt eine seiner Hände an ihrem Oberschenkel hinauf und schob ihren Rock hoch. Er schlang ihr Bein um seine Hüfte und sein harter Schwanz kam genau da zum Liegen, wo sie ihn haben wollte.

Ihr Kopf fiel nach hinten und sie stöhnte auf.

Sie befanden sich auf einer öffentlichen Straße und es war ihr völlig egal.

Er drückte sie an sich. „Das ist alles für dich, Babe."

„Rhys."

„Verdammt, ich liebe es, wie du meinen Namen schnurrst." Er biss ihr in den Nacken.

Haven rieb sich an ihm und das Verlangen tief in ihrem Bauch wuchs.

Jemand stieß einen Pfiff aus und Rhys erstarrte. Auch sie erstarrte und ihre Erregung brachte ihre Wangen zum Glühen.

Sie drückte ihre Hände gegen seine Brust.

Oh Gott. Mit einem Mal schaltete sich ihr Verstand wieder ein. Sie hatte Rhys Norcross geküsst, während sie sich in einem Lagerhaus versteckt hatten, und war danach auf offener Straße und gegen ein Auto gelehnt über ihn hergefallen. Was hatte sie sich nur dabei gedacht?

Sie schob ihren Rock nach unten und presste ihre Hände auf ihre Wangen. „Gott."

„Haven –"

„Du bringst mich um den Verstand."

Er schenkte ihr ein freches Grinsen. „Das gefällt mir."

„Nein!" Sie schüttelte den Kopf. „Ich habe dir gesagt, dass wir das nicht tun können."

Die Lust in ihrem Bauch wich einer aufkeimenden Angst. Es wäre viel zu einfach, sich in ihn zu verlieben. *Viel* zu einfach.

Er strich ihr über die Wange. „Engel, hör auf, so viel zu denken. Genieße einfach den Moment ... die Geschwindigkeit ... den Nervenkitzel."

Seine Worte ließen ihr das Blut in den Adern gefrieren. *Richtig*. Denn Rhys mochte es schnell und riskant.

Sie wich von ihm zurück und sah, wie er ein langes Gesicht machte. „Ich bin nicht daran interessiert, eine weitere Kerbe an deinem Bettpfosten zu sein, Rhys."

Er verstummte. „Was?"

„Dein Ruf eilt dir voraus. Und er spricht Bände. Du spielst mit den Frauen."

Sein Blick verengte sich. „Ich spiele nicht mit ihnen. Ich mache keine Versprechungen, die ich nicht halten kann. Ich bin immer ehrlich."

Sie hasste es, an all die Frauen zu denken, die ihn vor ihr berührt und geküsst hatten.

Und jetzt vermutlich die Scherben ihrer gebrochenen Herzen aufsammelten und regelmäßig zu tief ins Glas schauten, um ihren Kummer darüber zu ertränken, dass sie Rhys Norcross und seine Fähigkeiten kein zweites Mal in ihre Betten bekommen würden.

„Du genießt die Geschwindigkeit und den Nervenkitzel mit ihnen und dann war es das für dich." Sie schüttelte den Kopf. „Das ist nichts für mich."

„Das ist es, was du von mir denkst?" Sein tiefer Ton ließ ihr einen Schauer über den Rücken laufen.

„Du bist ein Adrenalin-Junkie, immer auf der Suche nach dem nächsten Abenteuer", sagt sie. „Schnelle Autos, Boote, Frauen. Sogar dein Job ist gefährlich. Du bist immer auf der Suche nach Gefahr und sobald du ein Abenteuer –", eine Frau, „durchlebt hast, suchst du dir das nächste." Das war nicht sie. Sie konnte nicht nur ein weiteres Spielzeug für ihn sein.

Seine Augen verfinsterten sich. „Weißt du was, langsam glaube ich, dass ich wirklich Glück hatte, dass du mir bisher aus dem Weg gegangen bist."

Seine bissige Bemerkung traf sie wie ein Stich ins Herz und sie schluckte den wachsenden Kloß in ihrem Hals hinunter.

Er machte auf dem Absatz kehrt und entsperrte mit einem Piepton seinen Wagen. „Steig ein, Haven."

Dann ging er auf die andere Seite, um sich hinter das Lenkrad zu setzen.

Haven hatte ein flaues Gefühl im Magen. Nein, so war es das Beste. Sie biss sich auf die Lippe und stieg ein.

Rhys wartete, bis sie sich angeschnallt hatte, dann

ließ er den Motor aufheulen und fuhr los. Er fuhr schnell, aber sie konnte spüren, dass er wusste, was er tat.

Als sie um eine Ecke bogen, stützte Haven ihre Hand gegen die Tür. Er raste durch den Verkehr. Die Stille im Fahrzeug war bedrückend und unangenehm.

Ehe sie sich versah, hielt er unsanft vor ihrem Wohngebäude.

„Bleib in deiner Wohnung. Du wirst nicht mehr durch die Stadt schleichen und Detektiv spielen." Er sah sie nicht an, sondern starrte nur geradeaus. „Gibt es in deiner Wohnung eine Alarmanlage?"

„Ja", flüsterte sie.

„Du gehst hinein, stellst sicher, dass alle Türen verschlossen sind und die Alarmanlage eingeschaltet ist. Vander oder jemand anderes von Norcross wird sich wegen des Mannes, der versucht hat, dich zu entführen, bei dir melden und dir sagen, wann es wieder sicher für dich ist, die Wohnung zu verlassen."

Er würde eindeutig nicht derjenige sein, der ihr Bescheid gab. Sie hatte das Gefühl, dass sich ein Klumpen in ihrer Brust festsetzte. „Rhys –"

„Geh schon, Haven."

Sie zögerte.

Er schlug eine Handfläche gegen das Lenkrad. „Los!"

Haven hastete aus dem Auto und rannte hinein.

Das war es doch, was sie gewollt hatte – sich vor Rhys zu schützen.

Aber warum zum Teufel weinte sie dann? Sie wischte sich die Tränen von den Wangen und machte sich auf den Weg in ihre leere Wohnung.

KAPITEL SECHS

Er stürmte in die Zentrale von Norcross und stapfte in sein Büro. Rhys war stinksauer auf Haven. Monatelang hatte er sie begehrt, diese Frau, die so klug war, so sexy und schön. Und die ganze Zeit über hatte sie ihn für ein Arschloch gehalten. Er wusste, dass die Leute über ihn redeten. Zum Teufel, die Hälfte von dem, was sie sagten, war reine Erfindung. Und die andere Hälfte ... Er ließ sich in seinen Stuhl fallen. Nun, er hatte nicht vor, sich dafür zu entschuldigen, dass er ein alleinstehender Mann mit einem gesunden Sexualtrieb war.

Er loggte sich in seinen Laptop ein. Schließlich hatte er zu tun. Was auch immer zwischen ihm und Haven vorgefallen war, hatte keinen Einfluss auf seine Ermittlungsarbeit.

Er machte sich auf die Suche nach Informationen zu dem Lagerhaus und nach einer Weile schaffte er es, sich ein wenig zu beruhigen. Interessant. Das Lagerhaus gehörte einer Konstellation von Scheinfirmen. Er würde

Ace Oliveira, den Technik-Guru von Norcross Security, bitten, sich das anzusehen.

Scheiße, er würde Ace auch bitten, sich in Havens Alarmsystem einzuklinken und ihre Wohnung im Auge zu behalten.

„Hey."

Rhys sah zu Vander auf. „Hey."

„Gibt es etwas Neues?", fragte sein Bruder.

„Einen Hinweis von einem Informanten. Ich habe das Lagerhaus schon überprüft. Es wird für die Lagerung gestohlener Gegenstände genutzt, aber das Gemälde war nicht dort."

„Wie geht es Haven?"

„Bestens."

Scheiße. Auf seinen knappen Ton hin sah er, wie sich Vanders Augen verengten. Sein Bruder war mehr als nur scharfsinnig. Auf Missionen konnte Vander Dinge manchmal sogar spüren, bevor sie passierten. Es war fast schon unheimlich.

„Gibt es ein Problem?", fragte Vander.

„Nein. Ich habe sie vor ihrer Wohnung abgesetzt und ihr gesagt, sie solle ihre Alarmanlage aktivieren und dort bleiben, bis sie von einem von uns hört."

Vander starrte ihn nur an.

Rhys seufzte. „Wir haben uns gestritten. Sagen wir einfach, ihr könnt jetzt aufhören, mir damit auf die Nerven zu gehen, sie klarzumachen. Ich bin fertig mit ihr."

„Rhys –"

„Sie hält mich für einen Aufreißer, Vander. Für einen Spieler. Ich habe keine Zeit für oberflächliche

Frauen, die diesen Mist glauben und sich nicht die Mühe machen, mich näher kennenzulernen."

Vander schwieg kurz. „Weißt du über Miami Bescheid?"

Rhys versteifte sich. „Ich weiß, dass sie einen miesen Ex hat, der sie geschlagen hat."

„Mhm."

„Spar dir den kryptischen Scheiß, Vander."

Sein Bruder sah ihn nachdenklich an. „Der Kerl, der sie fast entführt hätte, ist in einem der Hafträume und singt immer noch nicht. Ich habe gleich eine Besprechung mit Binary Tech."

Das war einer ihrer großen Firmenkunden – Norcross stellte Binary Tech sämtliche Sicherheitssysteme zur Verfügung, auch im Bereich der Cybersicherheit, und bei Bedarf auch Bodyguards für die Führungskräfte des Unternehmens.

Sobald Vander weg war, versuchte Rhys, sich zu konzentrieren. Seine Gedanken wanderten immer wieder zu Haven. Wie sie geschmeckt hatte. Wie sie sich angefühlt hatte.

Scheiße.

Sein Handy klingelte und er holte es heraus. „Norcross."

„Hey, Big R, ich bins, Jerome."

Ein Kumpel von den Bootsrennen. „Hey, Jerome. Wo bist du? Steht das nächste Rennen an?" Jerome war immer auf Achse. Sie hatten sich vor einem Jahr in der Bootsrennszene kennengelernt.

„Ich bin in San Fran. Da steigen ein paar Partys, auf die ich gehen will. Du solltest mitkommen. Erstklassige

Frauen, gute Getränke, jede Menge Spaß."

Rhys lehnte sich in seinem Stuhl zurück. Vielleicht war eine Ablenkung genau das Richtige für ihn. Er könnte irgendeine beliebige Schönheit flachlegen und so eine bestimmte Brünette aus seinem Kopf bekommen.

„Ich habe auch einen Kletterausflug geplant, falls du Lust hast", fügte Jerome hinzu. „Ein paar von uns wollen rüber in den Yosemite Nationalpark fahren."

„Ich bin gerade an einem Fall dran, aber für eine oder zwei Partys kann ich mir bestimmt Zeit nehmen."

„Ich wusste, dass du dir diesen Spaß nicht entgehen lassen würdest, Mann."

Anstatt zu lächeln, runzelte Rhys die Stirn. Scheiße, dachten etwa alle, er sei nur auf Spaß aus?

„Ich texte dir, wann und wo die Partys steigen", sagte Jerome. „Wir sehen uns bald. Dann bringst du mich auf den neuesten Stand."

Rhys beendete das Gespräch mit einem bitteren Beigeschmack im Mund. Er beschloss, dass es an der Zeit war, ihren *Gast* zu befragen.

Als er den Haftraum betrat, saß der Mann an dem kleinen Tisch und war mit Handschellen an eines der Tischbeine gefesselt. Er wirkte zerknirscht und seine Nase war geschwollen. Er hob den Kopf, und als er Rhys sah, funkelten seine Augen.

„Sag uns einfach, wer du bist, und für wen du arbeitest", sagte Rhys. „Dann kannst du gehen."

Schweigen.

„Du hast versucht, eine unschuldige Frau von der Straße zu entführen. Das mögen die Bullen nicht. Wenn du nicht bald das Maul aufmachst, sind sie es, die dir unangenehme Fragen stellen."

Mehr Schweigen.

„Weißt du, mein Tag ist ziemlich beschissen gelaufen, und ich brauche eine Ablenkung." Rhys ballte seine Hände zu Fäusten.

Das entging dem Kerl ohne Hals nicht. „Wenn ich rede, sterbe ich."

„Hast du dir die Frau willkürlich ausgesucht, oder wolltest du genau sie?"

Für einen flüchtigen Moment huschten Zweifel über das Gesicht des Mannes. „Sie. Haven McKinney."

Scheiße. Es spielte keine Rolle, dass sie ihn verärgert hatte, Rhys wollte sie immer noch in Sicherheit wissen. „Warum?"

Der Mann schüttelte den Kopf.

Es klopfte an der Tür und Rhys öffnete sie. Ace stand davor.

Rhys ging nach draußen. Ace Oliveiras langes, dunkles Haar war zu einem straffen Pferdeschwanz zurückgebunden. Er war genauso groß wie Rhys, etwas schlanker, aber gut in Form. Er hatte mehrere Jahre bei der NSA gearbeitet und war bisher auf kein System gestoßen, das er nicht hacken, verwanzen oder vom Netz nehmen konnte, wie es ihm gerade gefiel.

„Sein Name ist Joseph Cowell", sagte Ace mit einem leichten brasilianischen Akzent. Er war zwar in den USA aufgewachsen, aber seine Eltern kamen aus Brasilien. „Ich habe ein wenig rumgesucht und das System hat ihn ausgespuckt." Ace reichte ihm ein Stück Papier.

Rhys überprüfte den Eintrag. „Auftragskrimineller."

„Ja. Mit Verbindungen zu Petrov."

Rhys erstarrte. Verdammt, die russische Mafia. Boris Petrov betrieb in San Francisco ein stabiles Geschäft mit der Geldwäscherei. Normalerweise hielt er sich von Norcross fern und mischte sich nicht in ihre Aktivitäten ein. Rhys runzelte die Stirn. Haven hatte doch nichts mit der Mafia zu tun.

Er drehte sich um und sah durch die Scheibe, dann wieder zurück zu Ace. „Danke."

„Vander bat mich auch, dir das hier zu geben." Ace hielt ihm eine schmale Akte hin.

Als er verschwand, blickte Rhys stirnrunzelnd auf die dünne Mappe hinunter und schlug sie auf. Sein Magen krampfte sich zusammen. Es waren Bilder von Haven.

Sie mussten schon etwas älter sein. Sie sah schmäler darauf aus, wirkte gestresst und ihr Gesicht war angespannt. Anhand des Hintergrunds konnte er erkennen, dass sie in Miami war.

Auf einem hatte sie blaue Flecken im Gesicht.

Scheißkerl. Er konnte sogar die Striemen erkennen, die seine Finger auf ihrer Haut hinterlassen hatten. Wut breitete sich in seinem Körper aus wie ein Lauffeuer. Einige der Fotos zeigten sie im Streit mit einem schmierigen, gut aussehenden Mann mit blonden Haaren. Leo Becker, ihr Ex.

Sie war vor diesem Mann geflohen. Sie hatte Miami verlassen, weil dieses Arschloch sie geschlagen hatte.

Rhys klappte die Akte zu. Sie mochte eine harte Zeit hinter sich haben, aber das bedeutete nicht, dass sie ihre Probleme an ihm auslassen durfte. Er musterte Cowell durch die Scheibe. Am besten würde er dem Kerl noch ein wenig Zeit zum Nachdenken geben. Also drehte er sich um und ging zurück nach oben in sein Büro.

Dort angekommen, sah er einige neue E-Mails in seiner Inbox. Eine davon war von dem Tattookünstler, den er kontaktiert hatte. Auf sein Konto gingen auch einige von Rhys' eigenen Tätowierungen. Er hatte dem Mann ein Bild des Tattoos geschickt, das einer der Diebe im Museum an seinem Hals gehabt hatte.

Rhys überflog seine Antwort und erstarrte.

Der Kerl hatte das Stern-Tattoo erkannt. Es war ein Symbol, das typisch für die Bratva, die russische Mafia, zu sein schien.

Der Mann im Museum trug eine Tätowierung der Russenmafia. Der Entführer, der ein Stockwerk tiefer schmorte, hatte Verbindungen zur russischen Mafia in San Francisco.

Rhys spürte dieses unterschwellige Kribbeln, das sich immer dann meldete, wenn seine Ermittlungen anfingen, ein Bild zu ergeben.

Nur gefiel ihm nicht, was dabei zum Vorschein kam. Die russische Mafia war in die Sache verwickelt und aus irgendeinem Grund befand sich Haven mittendrin.

HAVEN LAG AUF IHREM BETT, starrte an die Decke und versuchte, an nichts zu denken.

Sie schloss die Augen. Ein paar Monate lang war das Leben wieder schön gewesen. Friedlich.

Und jetzt ...

Bilder blitzten vor ihrem geistigen Auge auf, als

würde jemand Fotos machen – das Gemälde, der Raubüberfall, der Mann, der sie schlug, Rhys, Rhys, der sie
küsste, sein Gesicht, als sie sich stritten.

Ihr Magen krampfte sich zusammen.

Er war fertig mit ihr. Sie hatte es in seinem Gesicht
sehen können. Er hatte sich von ihr abgeschottet und
zurückgezogen, als würde sie ihn anwidern.

Ihr Magen verkrampfte sich noch mehr. *Denk nicht
an ihn.*

Sie drehte sich auf den Bauch und drückte ihr
Gesicht in ihr Kissen. Gott, sie hatte sich wie ein Mist-
stück verhalten. Welches Recht hatte sie, zu beurteilen,
wie er sein Leben lebte?

Uff. Genug davon. Rhys Norcross war nicht für sie
bestimmt. Sie musste aufhören, sich in ihrem Selbstmitleid zu suhlen.

Also richtete sie sich auf und band ihr zerzaustes
Haar zu einem nicht mehr ganz so zerzausten Knoten
zusammen. Nachdem sie nach Hause gekommen war,
hatte sie sich eine Yogahose und ein übergroßes T-Shirt
angezogen, dessen Ausschnitt ihr über eine Schulter
hing.

Langsam wurde es Nacht vor ihrem Fenster. Sie
fragte sich, ob sie ihren Entführer mittlerweile zum
Reden gebracht hatten.

Kopfschüttelnd ging sie in ihr Wohnzimmer und sah
hinaus in die Dunkelheit. Wo die *Seerosen* wohl in
diesem Moment waren?

Die Lichter von San Francisco schienen ihr zuzu-
zwinkern, aber Antwort hatten sie keine für sie parat.

Haven hoffte nur, dass sie gut auf das Kunstwerk

aufpassten. Die kleinste falsche Bewegung konnte das Gemälde beschädigen. Sie atmete tief durch. Kunst bedeutete ihr unsagbar viel. Sie erinnerte sich noch daran, wie ihre Mutter sie zum ersten Mal in ein Museum mitgenommen hatte, als sie sechs Jahre alt gewesen war. Es war ihr besonderer Tag gewesen. Haven hatte gelernt, dass Kunst eine Möglichkeit war, menschliches Können, Fantasie und Gefühle auszudrücken. Mit Kunst konnte man einen Moment oder ein Gefühl einfangen und bewirken, dass ein anderer dasselbe Gefühl auch durchlebte. Es gab ein paar Bilder, bei denen ein Blick reichte, um sie an ihre Mom zu erinnern – daran, wie sie zusammen gekichert hatten, an ihre zärtlichen Umarmungen und ihre bedingungslose Liebe zueinander.

Haven konnte sich die Art von Kunst, die sie wirklich liebte, nicht leisten, aber sie besaß ein paar schöne Drucke und auf ihrem Couchtisch stand eine kleine Skulptur – das Geschenk eines Künstlers. Sie zeigte zwei Menschen in einer Umarmung, wobei der Mann die Frau eng an seinen größeren Körper zog.

Sie wandte ihren Blick von der Skulptur ab. Im Moment ging es ihr nur noch schlechter, wenn sie sie ansah.

Sie öffnete den Kühlschrank in ihrer kleinen Küche. Darin herrschte gähnende Leere und sie hatte auch keine Lust, zu kochen. Haven war keine leidenschaftliche Köchin, obwohl es ein paar Gerichte gab, die sie immer wieder gerne zubereitete und die ihr in der Regel auch gut gelangen.

Es klopfte an ihrer Tür und sie erstarrte. Sie hatte

niemanden erwartet und es hatte auch niemand geklingelt.

Unschlüssig stand sie da und starrte auf das Holz.

„Mach auf, Haven", rief Gia. „Ich habe Essen und Wein mitgebracht."

Erleichterung machte sich in Haven breit.

Sie öffnete die Tür und ihre beste Freundin kam herein, in der einen Hand eine Papiertüte, in der anderen eine Flasche Rotwein. Ihre große Fendi-Handtasche hatte sie sich über die Schulter gehängt und am Körper trug sie immer noch ihr Business-Outfit – ein schlichtes, weißes Kleid mit sexy Louboutins.

Gia betrachtete Havens Gesicht mit versteinerter Miene.

„Mir geht es gut", sagte Haven. „Das sind nur die blauen Flecken, die immer dunkler werden."

Gia lud ihre Sachen auf der Kücheninsel ab. Dann umarmte sie Haven, die ihre Arme eng um ihre Freundin schlang und sich an ihr festhielt.

„Hey." Gia tätschelte ihr sanft den Rücken. „Was gibt es Neues?"

„Ich war heute bei Harry."

„Du solltest dich doch ausruhen."

„Ich muss versuchen, das Bild zu finden, Gia. Ach ja, und irgendein Kerl ohne Hals hat versucht, mich in sein Auto zu zerren und zu entführen."

„Was?" Gia erstarrte. „Ich rufe sofort Vander –"

Haven packte sie am Arm. „Rhys ist rechtzeitig gekommen und hat den Kerl aufgehalten. Er sitzt jetzt in einem der Hafträume in der Norcross-Zentrale."

„Rhys ist gekommen?"

„Ja, er hat mir den Arsch gerettet."

„Nun, ihm liegt wohl viel an deinem Arsch."

„*Gia.*"

„Ich bin nur froh, dass es dir gut geht." Sie drückte Havens Hand.

„Ich war mit Rhys unterwegs, um eine Spur zu verfolgen ..."

Gia sah sie mit ihren tiefbraunen Augen an, die denen von Rhys so ähnlich waren.

„Gott, Gia, er hat mich geküsst. Ich habe ihn geküsst. Mehr als einmal." Haven ließ ihren Kopf in ihre Hände sinken.

„Das war doch längst überfällig", sagte Gia.

„G, er ist dein Bruder –"

„Ich habe es dir schon einmal gesagt. Mir ist bewusst, dass alle meine Brüder heiß sind. Das ist die Last, die ich zu tragen habe." Sie ergriff Havens Hände und zog sie von ihrem Gesicht weg. „Rhys ist unfassbar attraktiv, das stimmt. Sein ganzes Leben lang hat er sich nie besonders um Frauen bemühen müssen. Sie fallen ihm vor die Füße wie tote Fliegen."

Haven gab bei diesem Vergleich einen unglücklichen Laut von sich. „Das ist eine ziemlich eklige Analogie."

„Aber du bist anders. Du hast ihn auf Trab gehalten. Wenn er dich ansieht, wirkt er wie ein ausgehungerter Wolf, der ein köstliches Reh entdeckt hat."

„Ich bin mir auch nicht sicher, ob *das* eine gute Analogie ist", sagte Haven. „Aber wie dem auch sei. Ihm geht es nur um den Nervenkitzel. Um den Kick bei der Jagd. Er wird das Interesse verlieren –"

Gia schüttelte den Kopf. „Solange ich ihn kenne, hat er noch nie eine Frau so angesehen, wie er dich ansieht."

Bei ihren Worten schnürte sich Havens Kehle zu. „Ich war richtig gemein zu ihm und habe wirklich böse Dinge gesagt." Sie holte zitternd Luft. „Also wird er mich wohl in Zukunft nicht mehr so ansehen."

Gia öffnete die Weinflasche und holte zwei Gläser aus dem Schrank. Sie schenkte ihnen großzügig ein. „Dein scharf gestellter Überlebensinstinkt hat sich also aktiviert."

Haven nahm einen Schluck Wein. „Ich ... ich kann mein Herz nicht noch einmal in Gefahr bringen. Ich habe mich in Leo verliebt, oder zumindest dachte ich das, und er hat mein Vertrauen missbraucht. Mehr als einmal."

Genau genommen hatte er sich von einem charmanten Partner in einen nervösen, angespannten und jähzornigen Irren verwandelt, der sie anschrie und sich weigerte, mit ihr zu reden, egal, worüber. Und als sie ihn dabei erwischt hatte, wie er sich von einer Kellnerin in seinem Büro im Club einen blasen ließ, hatten sie sich gestritten und er hatte sie geschlagen.

„Rhys ist nicht Leo", sagte Gia.

„Das weiß ich, aber Rhys kann jede Frau haben, die er will, und ich will nicht ... ich kann nicht zusehen, wie er sich nach mir einfach die nächste angelt."

„Haven –"

„Nein. Ich will nicht weiter darüber reden, Gia."

„Dann hör einfach zu. Easton war immer der herrische Norcross-Bruder, der Pläne schmiedete, um Geld zu machen. Vander ... nun, schon in der Highschool hatte ich den Verdacht, dass mein Bruder die Invasion einer kleinen Nation plante. Rhys war immer der lässige, charmante von den dreien. Er war klug, sportlich und kam mit jedem gut aus."

Haven nahm einen weiteren Schluck Wein. Vielleicht würde sie sich eine oder zwei Flaschen gönnen.

„Dann meldete er sich zum Militärdienst und folgte Easton und Vander, sobald er konnte." Gia lächelte. „Er hasste es, ausgeschlossen zu werden." Ihr Lächeln verblasste. „Es hat ihn verändert, Haven. Er glaubte an das, was er beim Militär tat, aber sie sprachen nie über Einzelheiten, nicht einmal mit Mom und Dad. Aber es hat ihn verändert. Was auch immer er tun musste, es hat Spuren hinterlassen. Bei ihnen allen."

Haven schluckte und setzte ihr Glas ab, als ein schreckliches Gefühl sie überkam. Sie hatte ihn nicht gut genug kennengelernt, um unter seinem wahnsinnig guten Aussehen seine Persönlichkeit zu erkennen. Verdammt, sie war viel zu sehr damit beschäftigt gewesen, an sich selbst zu denken und sich zu schützen, dass sie sich keine großen Gedanken über Rhys' Gefühle gemacht hatte. Schuldgefühle prasselten auf sie ein.

„Es ist, als hätte er das ständige Bedürfnis nach Geschwindigkeit und danach, immer in Bewegung zu bleiben", sagte Gia.

Haven biss sich auf die Unterlippe. Sie verstand dieses Bedürfnis. Das Bedürfnis, vor den eigenen Dämonen davonzulaufen.

„Ich würde gerne erleben, dass er ein paar Gänge runterschaltet", sagte Gia. „Durchatmet und die kleinen Dinge schätzen lernt."

„Ich ... wir haben uns gestritten, Gia. Es war nicht schön."

Es klopfte an der Tür und Haven versteifte sich erneut. „Wer ist es diesmal?"

„Lass mich nachsehen." Gia stand auf und aktivierte ihren ganz persönlichen Glucken-Modus. Sie war auch eine Norcross und die Menschen in dieser Familie waren eindeutig zum Beschützen geboren.

Sie hörte, wie Gia sich mit jemandem unterhielt und schließlich einen Ausweis verlangte.

Einen Moment später kam ihre Freundin mit einem riesigen Strauß roter Rosen zurück.

Haven holte tief Luft und ihr Herz klopfte wie wild. „Oh, wow."

„Die riechen ja himmlisch." Gia stellte sie auf der Insel ab und zog die Karte aus dem Grün hervor. Dann runzelte sie die Stirn. „Kein Name."

Haven schnappte sich die Karte. *Ich werde dich beschützen, Haven.*

Ein kalter Schauer lief ihr über den Rücken. Aus irgendeinem Grund löste diese Nachricht bei ihr das Gegenteil eines Sicherheitsgefühls aus. „Die sind nicht von Rhys."

„Das hätte ich auch nicht erwartet. Ich glaube nicht, dass Rhys schon jemals einer Frau Blumen geschickt hat. Easton schon, aber das ist nicht Rhys' Stil."

Haven hatte plötzlich einen üblen Geschmack im Mund. „Leo hat sich immer mit Blumen entschuldigt. Mit großen auffälligen teuren Bouquets."

„Du denkst also, die sind von ihm?"

„Ich weiß es nicht. Aber ich will sie nicht. Kannst du –?"

„Ich kümmere mich darum." Gia zückte ihr Handy und machte ein Foto von den Blumen, bevor sie die Vase in die Hände nahm. „Ich wette, die alte Mrs. Girard am Ende des Flurs wird sich riesig darüber freuen."

Die Witwe lebte allein und lud Haven oft zu einer Tasse Tee ein. Sie war nett und freundlich. „Sie wird sie lieben."

Gia eilte zur Haustür hinaus und Haven legte eine Hand auf ihren Magen. Ihr Bauch kribbelte. Sie durfte im Moment nicht an Leo denken. Gott, ihr Leben war das reinste Durcheinander. Sie holte tief Luft und versuchte, ihren Geist zu klären. Sie wollte weder an Leo denken noch an den Monet, noch an das Chaos, das sie mit Rhys angerichtet hatte.

Als ihr Magen sich wieder bis an den Rand der Übelkeit zusammenzog, ließ sie sich auf ihre Couch fallen.

Sobald Gia die Blumen weitergeschenkt hatte, kam sie zurück. Sie warf einen Blick auf Haven, setzte sich neben sie und legte einen Arm um ihre Schultern.

„Jetzt lass uns chinesisch essen, mehr Wein trinken und über niemanden reden, der einen hohen Testosteronspiegel hat." Sie drückte ihre Freundin.

Haven brachte ein Lächeln zustande. „Oder über gestohlene Gemälde."

„Abgemacht." Sie ließen ihre Gläser klirren. „Lass uns über die Party reden, die ich dieses Wochenende gebe."

„Gia, mein Gesicht –"

„Wird bis dahin soweit verheilt sein, dass mit meinem

Talent für Make-up niemand mehr etwas anderes sehen wird als deine Schönheit."

In ihrem Herzen dankte sie Gott für ihre Freundin.

Heute Abend würde Haven nicht an Ex-Freunde, Diebe oder Männer denken, die küssten wie in ihren heißesten Träumen.

Sie wollte nur trinken und Zeit mit ihrer Freundin verbringen.

KAPITEL SIEBEN

G ott, es war so schön, bei der Arbeit zu sein. Es gab
ihr das Gefühl, ein normaler Mensch zu sein.

Haven schob vorsichtig einige Schmuckstücke auf
dem schwarzen Samt herum. Sie arbeitete an einer neuen
Ausstellung von Schmuck aus dem Goldenen Zeitalter
Hollywoods.

Gerade schob sie eine Halskette an die richtige
Stelle. *Perfekt.* Als Nächstes griff sie nach der Beschrei-
bungskarte und legte sie an ihren Platz.

Dann drehte sie sich um, hob vorsichtig ein Paar
Ohrringe an, von denen Perlen baumelten und die einst
von der Schauspielerin Rita Hayworth getragen worden
waren, und legte sie daneben.

Sie sah sich in dem Ausstellungsraum um. Es war ein
kleinerer, intimerer Raum als der Hauptbereich. Ihr drehte
sich jedes Mal der Magen um bei dem Gedanken, dass
jemand einbrechen und diese Exponate stehlen könnte.

Sie holte tief Luft und atmete sie dann ebenso energisch wieder aus. Seit dem Diebstahl waren die Sicherheitsvorkehrungen im Hutton-Museum verstärkt worden. Sie hatten mehr Wachmänner, mehr Kameras und neue Protokolle für Anlieferungen. Sie strich sich eine Haarsträhne, die sich aus ihrer Frisur gelöst hatte, hinters Ohr. Die Schätze des Museums waren gut geschützt, genauso wie sie selbst geschützt war.

Das Kichern von Kindern ließ sie aufblicken. Sie bewegte sich zur Tür und sah, wie eine gestresste Lehrerin zusammen mit einigen Eltern, die sich als freiwillige Helfer gemeldet hatten, eine aufgeregte Gruppe von Schulkindern den Flur hinuntertrieb.

„Leila, kannst du das hier fertig machen?", fragte Haven.

Die Assistentin nickte. „Aber sicher, Haven."

Haven ging den Korridor entlang und sah die Kinder in der Haupthalle, wo die leere Wand, an der eigentlich die *Seerosen* hängen sollten, sie verhöhnte.

Dann hörte sie Schritte und das leise Gemurmel von Männerstimmen. Sie drehte sich um und ihr Atem stockte. Vander und Rhys hatten gerade das Museum betreten.

Vander sah sie und hob sein Kinn. „Hey, Haven."

„Hallo."

Mit klopfendem Herzen sah sie Rhys an. Verdammt, warum musste er nur so verdammt schön anzusehen sein? Sie verspürte ein Kribbeln in ihrem ganzen Körper. Heute trug er wieder einen Anzug. Diesmal war er blau und stand ihm so gut, dass sie bei seinem Anblick beinahe errötete. Seine Augen wanderten zu ihrer verletzten Wange und ihrem Auge und sein Kiefer spannte sich an.

Dann wurde sein Blick leer, als ob er direkt durch sie hindurchsehen würde.

Autsch. Es war, als würde sie für ihn nicht mehr existieren. Das tat weh.

Er nickte, sagte aber nichts.

„Gibt es etwas Neues wegen des Gemäldes?" Sie zwang sich, trotz des Drucks in ihrer Brust zu sprechen. *Reiß dich zusammen, Haven.*

„Noch nicht", antwortete Vander. „Wir sind hergekommen, um mit Easton zu reden."

Sie zwang sich, nicht zu Rhys zu sehen, und räusperte sich. „Er ist oben in seinem Büro."

Mit einem Nicken gingen die Männer an ihr vorbei.

Als sie aus ihrem Blickfeld verschwunden waren, drückte sie ihre Wange an eine der Steinsäulen. *Verdammt.* Wenigstens fühlte sich der Marmor kühl auf ihrer Haut an.

Dann richtete sie sich auf. Sie hatte noch viel Arbeit zu erledigen und sie würde dabei *nicht* an Rhys Norcross denken.

Als sie den Korridor zurückging, hörte sie, wie die Kinder ihre Lehrerin mit Fragen löcherten.

Havens Handy klingelte und sie sah, dass es Harry war. „Hi, Harry."

„Hallo, meine Süße, na, was machen die blauen Flecken?"

„Die sehen noch spektakulärer aus, seit sich Violett daruntergemischt hat."

Er gab ein mitfühlendes Geräusch von sich und

senkte dann seine Stimme. „Nun, ich habe Wind von etwas bekommen."

„Ach ja?" Ihr Herz pochte wild gegen ihre Rippen.

„Geflüster hinter vorgehaltener Hand über die private Auktion eines sehr kostspieligen Gemäldes. Die Einladungen gehen an ... nun, sagen wir einfach, skrupellosere Händler als mich."

Ihr Puls wurde schneller. „An Leute, denen es nichts ausmacht, ein gestohlenes Gemälde zu kaufen."

„Bingo. Ich habe allerdings keine Bestätigung dafür, dass es dein gestohlenes Meisterwerk ist."

„Okay." Aber die Chancen standen ziemlich hoch.

„Die Freundin der Schwester meiner Galerieassistentin geht mit diesem Typen aus. Er ist nicht nett und besitzt einen Club, in dem sich gerne San Franciscos kriminelle Szene tummelt. Anscheinend ist er großartig im Bett, deshalb will sie ihn nicht abservieren."

„Welchen Club meinst du?", fragte Haven.

„Süße, es ist einer dieser Clubs, von denen normale, gesetzestreue Bürger wie wir gar nichts wissen."

„Okay. Danke Harry. Wenn du noch etwas hörst, ruf mich an."

„Sicher doch, Haven."

Sie beendete das Gespräch und ließ ihren Blick ziellos durch die Haupthalle schweifen. Ein Mann in der Galerie fiel ihr ins Auge. Er stand jetzt nicht weit von den Schulkindern entfernt, hatte den Raum bereits einmal umrundet und betrachtete die Kunstwerke nicht wirklich lange. Sie runzelte die Stirn. Er trug Jeans, eine Jacke und Motorradstiefel.

Kunstliebhaber gab es in allen Gesellschaftsschichten, aber bei ihm schlug ihr Bauchgefühl an.

Sie näherte sich ihm und tat so, als würde sie eine Vitrine begutachten, in der Kunstwerke aus Keramik ausgestellt waren. Der Mann war jetzt nicht mehr weit von ihr entfernt. Er stand da und stützte sich mit einer Hand an einer der Säulen ab.

Das Blut stockte in ihren Adern. Sie erkannte den spiralförmigen Pigmentfleck auf seiner Hand. Er war einer der Diebe und noch dazu der Mann, der sie geschlagen hatte.

Sie trat einen Schritt zurück. Sie musste nach oben zu Rhys, Vander und Easton.

Aber als sie sich bewegte, ruckte der Kopf des Mannes hoch.

Vertraute, eiskalte blaue Augen, die sie in ihren Albträumen verfolgten, starrten sie an.

Scheiße.

Sie wirbelte herum. „Sicherheitsdienst!"

Der Mann stürzte sich auf sie. Er packte sie hinten an ihrem Oberteil und zerrte sie daran zurück. Sie drehte sich um und trat nach ihm. Ein paar der Kinder fingen an zu schreien.

Der Mann wirbelte sie herum und schlang einen Arm um ihre Taille, sodass sie mit dem Rücken an seine Brust gedrückt wurde. Sie wehrte sich mit Händen und Füßen.

Dann sah sie, wie er eine Pistole hob und sie ihr an den Kopf hielt.

Sie erstarrte. Das Geschrei der Kinder wurde lauter. Havens Mund war staubtrocken und ihr fiel auf, dass

Panik einen wirklich üblen Geschmack in ihrem Mund hinterließ.

„Du kommst jetzt mit, oder ich schieße auf die Kinder", sagte er leise.

Haven schnappte nach Luft und konnte nicht verhindern, wie sich ihre Panik einen Weg an die Oberfläche bahnte. Ein Wimmern entkam ihr.

„Lass sie gehen", sagte plötzlich eine tiefe Stimme.

Sie drehte den Kopf. *Gott sei Dank.* Vander stand mit gezogener Waffe da und hielt sie locker in der Hand. Easton war einen Schritt hinter ihm, ebenfalls mit erhobener Waffe. Von Rhys fehlte jede Spur.

„Ich gehe nur mit ihr zusammen", knurrte der Mann. „Niemand muss verletzt werden."

Vanders Gesicht war eine ausdruckslose, furchterregende Maske. „Lass. Sie. Gehen."

„Hau einfach ab", schnauzte der Dieb ihn an und zog sie einen Schritt rückwärts.

„Weißt du, wer ich bin?", fragte Vander.

Haven hätte nicht gedacht, dass Vander noch furchteinflößender werden könnte, aber in diesem Moment sah er aus, als hätte er vor, diesen Mann aufzuschlitzen, langsam und gewissenhaft, um jede Minute davon zu genießen.

„Ist mir scheißegal", erwiderte der Mann.

„Dann ist er wohl nicht von hier", murmelte Easton.

„Mein Name ist Norcross", sagte Vander. „Und jetzt lass sie gehen. Du kommst hier sowieso nicht raus."

„Dann werde ich ihr wehtun." Der Mann gab ihr einen weiteren Ruck und die Pistole bohrte sich in ihre Schläfe.

Dann hörte sie das Quietschen von Schuhen auf dem Marmor und drehte ihren Kopf ein paar Zentimeter. Zwei Kinder traten durch einen Durchgang direkt neben ihnen. Sobald sie den Mann mit der Waffe sahen, erstarrten sie und begannen, vor Angst zu zittern.

Sein Arm bewegte sich und er hob den Lauf seiner Waffe von Havens Schläfe und richtete sie nun auf die Kinder.

Scheiß drauf. Haven hatte es so satt, geschlagen und herumgeschubst zu werden. Und sie würde nicht zulassen, dass dieses Arschloch unschuldige Kinder verletzte.

Sie griff hinter sich, packte den Kerl an den Eiern und drückte ihre Hand fest zusammen.

Der Mann gab einen schmerzerfüllten Laut von sich und sein Griff um sie lockerte sich. Haven schaffte es, sich unter seinem Arm herauszuwinden, und im nächsten Moment wurde die Waffe abgefeuert – direkt neben ihrem Kopf.

Verdammt, war das laut. Mit pochendem Herzen und einem hohen Klingeln in den Ohren drehte sie sich um und rammte ihm ihr Knie zwischen die Beine. Er schrie auf.

Plötzlich tauchte Rhys aus dem Nichts auf und stürzte sich auf den Mann.

Haven schaffte es, sich auf den Beinen zu halten, aber Rhys und der Mann knallten auf den polierten Boden und schlitterten darauf ein paar Meter von ihr weg.

Im nächsten Moment waren Vander und Easton bei ihr. Easton zog Haven aus der Gefahrenzone.

„Alles okay?", fragte er.

Ihre Ohren klingelten immer noch, aber sie nickte. Der Druck in ihrer Brust stieg. *Oh nein*, das war ein schlechter Zeitpunkt für einen Nervenzusammenbruch.

Sie brauchte eine Ablenkung, musste etwas tun. Wenn sie nichts fand, was ihren Geist beschäftigte, würde sie in tausend Stücke zerbrechen.

Sie drehte sich um und sah die Kinder, die immer noch zu Tode erschrocken dastanden.

„Ist schon gut." Sie ging zu ihnen und streckte ihre Arme aus. „Kommt, suchen wir eure Lehrerin. Es ist jetzt vorbei."

„Wir mussten auf die Toilette", sagte der Junge.

„Der Mann hatte eine Waffe", flüsterte das kleine Mädchen.

„Ich weiß." *Das* hatte Haven gespürt, hautnah und persönlich.

„Du redest aber laut", sagte der Junge.

Haven griff sich ans Ohr und versuchte, ein wenig leiser zu sprechen. „Na kommt." Sie ergriff die Hand des Mädchens und führte die Kinder schnell zu der panischen Lehrerin, die die Kinder mit Hilfe von Havens Mitarbeiter aus dem Hauptbereich des Museums lotste.

„Bring sie hier weg, Ron", befahl Haven. „Und stell sicher, dass sie Freikarten für ihren nächsten Besuch bekommen."

Der Mann nickte.

Sobald sie weg waren, begann Haven zu zittern. Sie warf einen Blick zurück und sah, dass Vander ihren Angreifer in Handschellen gelegt hatte und ihn gerade auf die Beine zerrte. Der Eisbär funkelte sie an.

Oh, Scheiße. Nervös begann sie, mit ihren zitternden Händen zu spielen.

Rhys stellte sich vor sie – sein schönes Gesicht war wie versteinert.

Sie starrte ihn an. „Ich ... ich ... ich kann nicht aufhören zu zittern."

Ehe sie sich versah, zog er sie in seine Arme, drückte ihr Gesicht gegen seine Brust und sie atmete seinen einzigartigen Geruch ein und spürte die Wärme seines Körpers durch sein Hemd hindurch.

Gott, er war so warm, und sie merkte plötzlich, dass ihr selbst eiskalt war. Nicht nur körperlich, auch in ihrem Herzen herrschte eine bittere Kälte. Sie schlang ihre Arme um ihn und schob ihre Hände unter seine Anzugjacke. Dann hielt sie sich an ihm fest.

Das Beste daran war aber, dass seine starken Arme sich eng um sie legten und er ihre Umarmung erwiderte.

RHYS FÜHRTE eine immer noch aufgewühlte Haven in ihr Büro. Er war stinksauer, dass sie in Gefahr gewesen war – schon wieder.

Während des Angriffs hatte sie sich zusammengerissen, aber jetzt musste sie mit den Folgen fertig werden.

Havens Büro spiegelte ihre Persönlichkeit wider – strukturiert, gepflegt, mit einem Hauch von Klasse. Auf ihrem Schreibtisch aus Vollholz mit glänzender Oberfläche waren alle Gegenstände fein säuberlich geordnet. Ein hübsches Gemälde hing an einer Wand und auf einer Konsole daneben stand eine interessante Skulptur.

„Ich komme schon klar." Sie drehte sich auf ihren Absätzen herum und steckte sich ein paar Haarsträhnen hinters Ohr. Ihr Gesicht war kreidebleich, was ihre blauen Flecken noch stärker in den Vordergrund treten ließ. „Du musst nicht bleiben. Ich weiß ... du willst nicht in meiner Nähe sein."

Sie lehnte sich an ihren Schreibtisch und zitterte immer noch.

Rhys näherte sich ihr. „Atme einfach, Haven."

Sie nickte und holte tief Luft. Als er ihr noch näherkam, erstarrte sie. Ihre großen Augen blieben auf seinem Gesicht hängen.

„Rhys –?"

„Was zum Teufel hast du dir dabei gedacht?", fuhr er sie an.

Sie zuckte zusammen. „Was?"

„Er hält dir eine Waffe an den Kopf und du packst ihn an den Eiern? Der Kerl hätte dich töten können, verdammt!"

Etwas blitzte in ihren Augen auf. „Da waren *Kinder*. Er hat gedroht, sie zu erschießen."

„Vander, Easton und ich hatten die Situation unter Kontrolle."

„Ich konnte die Kinder nicht gefährden, Rhys." Ihre Lippen bebten und sie presste sich die Hände auf die Wangen. „Warum höre ich nicht auf zu zittern?"

Er war immer noch sauer, zog sie aber wieder an sich. Verdammt, er mochte, wie sie sich anfühlte. Sie passte perfekt an seinen Körper.

Ihre Hände vergruben sich in seinem Hemd und

spielten mit dem Stoff. „Danke, dass du ihn dir geschnappt hast."

„Sag nichts."

Einen Moment lang schaffte sie es. Er inhalierte den Duft ihres Shampoos. Kokosnüsse. Der Duft ließ ihn an eine tropische Insel und Haven im Bikini denken.

Er hatte gerade mitangesehen, wie sie ihr Leben für zwei Kinder riskierte. Er schlang seine Arme fester um sie.

„Rhys? Ich ... ich wollte mich für das entschuldigen, was ich gestern gesagt habe. Ich habe kein Recht, dich zu verurteilen und dich schlechtzumachen, um mich selbst zu schützen."

Sein Herz pochte. Er zog sich zurück, um ihr in die Augen zu sehen. Sie erwiderte seinen Blick jedoch nicht, sondern starrte auf die Knöpfe seines Hemdes.

„Ich, ähm, na ja, du weißt ja, dass mein Ex nicht besonders nett war. Das habe ich noch nicht wirklich verdaut. Ich habe wohl –"

„Schhh." Er hob ihr Kinn an. „Ich weiß von Becker."

Sie machte ein langes Gesicht.

„Er klingt wie ein Arschloch."

„Das ist er. Und was für eines."

„Er hat dich ausgenutzt."

„Er hat mich betrogen. Es ist nicht schön, den eigenen Freund dabei zu erwischen, wie er sich in seinem Büro einen blasen lässt."

„Scheiße." Der Kerl war eindeutig ein Vollidiot, wenn er Haven als Freundin gehabt und betrogen hatte.

„Wie auch immer, das ist wieder hochgekommen und ich habe es an dir ausgelassen. Deshalb wollte ich dir

sagen, dass es mir leidtut." Sie spielte mit einer Haarsträhne.

„Okay", sagte er.

Sie brachte ein zittriges Lächeln zustande. „Toll. Ich
bin froh, dass wir reinen Tisch gemacht haben."

Er umschloss ihre schmale Taille mit seinen Händen
und hob sie auf ihren Schreibtisch. Sie keuchte und
öffnete überrascht den Mund.

Er drückte sich näher an sie und fuhr mit den
Fingern an ihren Wangenknochen und ihrem Ohr
entlang.

„Rhys", hauchte sie.

Er strich mit seinen Fingern über ihre Lippen.
Verdammt, sie waren so weich und brachten ihn auf so
viele Ideen.

Dann glitt ihre Zunge hervor und leckte über die
Spitzen seiner Finger. Er spürte ihre Berührung bis zu
seinem Schwanz hinunter und stöhnte auf. „Ich muss
dich einfach küssen."

„Ja", hauchte sie.

Er eroberte ihren Mund – heiß und stürmisch. Ihr
Geschmack explodierte auf seiner Zunge.

Sie schlang ihre Arme um ihn und lustvolle Laute
entwichen ihrer Kehle. Sie versuchte, ihre Beine um
seine Hüften zu schlingen, aber ihr Rock war zu eng,
sodass sie frustriert schnaubte.

Rhys griff nach unten, packte den Saum und zerrte
ihn nach oben.

„Du magst es, wenn ich dich auf deinem Schreibtisch
küsse?", knurrte er.

„Ja." Nun, da sie mehr Bewegungsfreiheit hatte, legte

sie ihre Beine um seine Hüften und wiegte sich gegen ihn.

„Hast du etwa eine unanständige Seite, Haven?" Er beugte sich über sie und rieb seinen Schwanz an ihr. Sie stöhnte lustvoll auf.

Sie war unbeschreiblich heiß. Nach außen hin stilvoll, aber insgeheim sexy.

„Nur mit dir", erwiderte sie.

Dieses Geständnis ließ seinen Schwanz pulsieren. Er war verdammt froh, als er sah, wie die Angst und der Schock aus ihrem Gesicht wichen. Jetzt waren ihre Wangen gerötet und in ihren Augen lag ein verheißungsvolles Strahlen.

Er umschloss mit seiner Hand eine ihrer Brüste und sie biss sich auf die Lippe.

„Wir sollten das nicht hier tun", keuchte sie.

„Wahrscheinlich nicht."

„Easton und Vander werden wahrscheinlich jeden Moment vor der Tür stehen."

„Ja." Gott, er konnte ihre Erregung riechen. Er ließ eine Hand zwischen ihre Schenkel gleiten.

Sie bäumte sich unter seiner Berührung auf. *„Oh."*

Sie trug nur einen winzigen Tanga und er war völlig durchnässt. „So feucht für mich, Baby?"

Sie gab einen lustvollen Laut von sich.

Scheiß drauf. Rhys musste sie schmecken. Er ließ sich auf die Knie fallen.

Ihre Augen weiteten sich. „Rhys?"

Er drückte ihre Schenkel auseinander, schob das winzige Stückchen Stoff beiseite, und im nächsten

Moment legte sich sein Mund auf sie. Haven stöhnte auf und ihre Schenkel umklammerten seinen Kopf.

Er schob seine Hände unter ihren Rock und packte ihren Hintern. Er leckte sie und sie schmeckte himmlisch. Erst erforschte er ihre zarten rosa Falten, dann saugte er an ihrer Klitoris.

Es dauerte nicht lange, bis sie sich an seinem Gesicht rieb und ihre Hände an seinen Haaren zerrten. „Hör nicht auf. *Bitte* hör nicht auf."

Er leckte sie wieder. „Ich werde nicht aufhören, Baby. Ich will, dass du kommst."

Ihre heiseren Schreie machten ihn verrückt. Sein Schwanz fühlte sich an wie purer Stahl.

„*Rhys!*"

Er konnte spüren, wie ihre Erlösung sich in ihr aufbaute. Er saugte noch einmal kräftig an ihrer Klitoris und im nächsten Moment wurde sie von ihrem Höhepunkt mitgerissen. Ihr Körper verkrampfte sich und sie wimmerte seinen Namen.

Oh, ja, diesen Klang wollte er schon bald wieder hören, nämlich dann, wenn er seinen Schwanz tief in ihr vergrub.

Er hielt sie, während sie ihren Orgasmus ausritt. Ihre Hände lösten sich aus seinem Haar und sie blinzelte ihn an.

Er richtete sich auf und küsste sie. Er wusste, dass sie sich selbst auf seinen Lippen schmeckte, aber sie zögerte nicht. Sie erwiderte seinen Kuss mit hungrigem Verlangen, doch dann löste sie sich ruckartig von ihm. „Rhys, wir hätten das nicht tun dürfen."

In ihren Augen sah er, wie sich die Mauern um ihr

Herz langsam wieder aufbauten. Er verfluchte Leo Becker bis in die Hölle und zurück.

Während er sich aufrichtete, zog er ihren Rock wieder zurück an seinen Platz und sah, wie sie versuchte, nicht auf die Beule in seiner Hose zu starren.

„Darüber werden wir jetzt nicht reden." Aber ganz bestimmt später. „Zuerst müssen wir besprechen, was da unten gerade passiert ist."

Er konnte zusehen, wie sie sich sammelte. „Der Mann war der Anführer der Bande, die die *Seerosen* gestohlen hat."

Rhys' Puls schoss in die Höhe. „Bist du sicher?"

Sie nickte. „Dieselben Augen. Ich werde sie niemals vergessen. Und er hat diesen speziellen Pigmentfleck an der Hand, den ich wiedererkannt habe."

Ein weiteres Teil des Puzzles fügte sich an seinen Platz.

„Warum hat er mich angegriffen?", fragte sie.

„Vielleicht, weil er Angst hatte, dass du ihn identifizieren könntest." Rhys steckte seine Hände in seine Hosentaschen. „Haven, es gibt eine Verbindung zwischen dem Diebstahl und der Mafia."

Sie riss die Augen auf. „Mafia? Du meinst richtige Ganoven wie in *Good Fellas*?"

Rhys unterdrückte ein Lachen. „Ich meine gefährliche organisierte Kriminelle. Diese hier sind von der russischen Sorte."

„Rhys, ich habe nichts mit der Mafia am Hut."

„Ich weiß, Baby. Einer der Diebe trägt ein Tattoo der Russenmafia am Hals und den Kerl, der versucht hat, dich von der Straße zu holen, können wir auch mit einem lokalen russischen Mafiakontakt in Verbindung bringen."

Sie rieb sich über das Gesicht. „Das ergibt doch keinen Sinn."

Aber Rhys wusste, dass der Sinn sich zeigen würde, je mehr Teile des Puzzles er zusammensetzte. „Wenn du nach Hause kommst, stellst du sicher, dass deine Türen und Fenster verschlossen sind und die Alarmanlage aktiviert ist. Ich oder jemand anderes von Norcross wird dich ab jetzt zur Arbeit bringen und wieder abholen."

„Rhys ..."

„Und während der Arbeit steht dir ab jetzt ein eigener Bodyguard zur Seite."

Sie biss sich auf die Lippe. „Rhys, bist du sicher –?"

Er hielt eine Hand hoch. „So müssen wir es für den Moment handhaben." Er stützte seine Hände auf beiden Seiten ihrer Hüften auf den Schreibtisch und beugte sich vor, sodass sich ihre Nasenspitzen berührten. „Ich werde dich beschützen, Haven."

„Warum?", flüsterte sie.

„Du weißt, warum."

In ihren Augen blitzte Angst auf. „Ich kann nicht mit dir zusammen sein. Ich habe den Männern abgeschworen, weißt du nicht mehr?"

Das würden sie noch sehen. Er machte sich nicht die Mühe, mit ihr zu diskutieren, schon gar nicht, solange noch ihr Geschmack auf seinen Lippen hing.

„Wir kriegen das schon hin. Haven, mach dir keine Sorgen." Er drückte ihr einen schnellen Kuss auf den Mund. „Alles wird gut."

KAPITEL ACHT

Vander setzte Haven zu Hause ab.

Er überprüfte ihre Wohnung und in seinen dunkelblauen Augen türmten sich Gewitterwolken auf. „Sobald ich weg bin, schließt du die Tür hinter mir ab und aktivierst die Alarmanlage."

Haven nickte.

„Rhys oder ich werden dich morgen früh abholen."

Sie nickte erneut. „Danke, Vander. Ich weiß den ganzen Aufwand zu schätzen."

Er näherte sich ihr und hob mit einem seiner sehnigen Finger ihr Kinn an. Es war das erste Mal, dass er sie berührte. Vander Norcross war nicht der Typ Mann, der andere anfasste. Dafür war er viel zu rau und eigenbrötlerisch.

„Du bist eine von uns, Haven. Du arbeitest für Easton, du bist Gias Freundin und du gehörst zu Rhys."

„Ich gehöre nicht zu Rhys."

Er starrte sie mit seinen dunklen Augen an, bis sie sich unter seinem Blick winden wollte.

„Wir werden dich beschützen. Tür verriegeln, Alarmanlage an."

„Okay." Sie schloss die Tür hinter ihm, wusste aber, dass er immer noch im Flur stand. Sie konnte die Vibrationen seiner Anwesenheit praktisch durch die Tür hindurch spüren.

Sie sperrte ab und schob den Riegel vor. Dann schaltete sie die Alarmanlage an.

Okay, ihr Leben war offiziell aus den Fugen geraten. Sie war *wieder* angegriffen worden und dann hatte Rhys Norcross sie auf ihrem Schreibtisch vernascht und ihr den besten Orgasmus ihres Lebens beschert.

Haven presste eine Hand an ihre Stirn. Sie brauchte ein Glas Wein und eine heiße Dusche.

Zuerst die Dusche. Als sie unter dem heißen Strahl stand, ließ sie das Wasser auf ihren Kopf prasseln und entspannte sich ein wenig. Bis sie an Rhys' Hände und an seinen Mund auf ihr dachte.

Verdammt noch mal. Sie drehte das Wasser ab, stieg aus der Dusche und schlüpfte in ihren Pyjama. Wen kümmerte es, dass es erst drei Uhr nachmittags war? Ihre Shorts und das Trägertop waren einfach bequem. Sie zog sich eine lockere, graue Strickjacke darüber. In ihrer Küche schenkte sie sich Wein ein und zwang sich zu ein paar Bissen Käse, Crackern und Prosciutto.

Danach ließ sie sich auf die Couch fallen. Sie war sich ziemlich sicher, dass Rhys nicht lockerlassen würde. Sie würde die Kraft aufbringen müssen, gegen ihre Anziehung zu ihm anzukämpfen.

Aber zuerst musste sie etwas tun, um ihren verlorenen Monet wiederzufinden. Verdammt, sie hatte

Harrys Anruf ganz vergessen. Sie musste Rhys von den Gerüchten über die Auktion erzählen.

Ihr Handy klingelte. Sie hob es hoch und erkannte die Nummer auf dem Bildschirm sofort. Ihr Magen krampfte sich zusammen und ein mulmiges Gefühl überkam sie.

Es war Leos Nummer.

Ihr Handy war brandneu und ihre Telefonnummer auch. Er sollte sie gar nicht haben. Unbehagen breitete sich in ihr aus. Leo konnte sie im Moment *nicht* gebrauchen.

Also ignorierte sie seinen Anruf und schob das Handy in die Tasche ihrer Strickjacke. Leo war ihre Vergangenheit und sie wollte, dass er dort blieb. Er existierte nicht mehr für sie.

Sie ließ sich auf die Couch sinken. Als sie die Augen schloss, konnte sie spüren, wie Rhys' Hände ihre Knie auseinanderdrückten. Sie spürte seinen Mund auf ihrer Mitte, seine Bartstoppeln, die über die empfindliche Haut an ihren inneren Oberschenkeln kratzten.

Stöhnend drückte sie ihre Beine zusammen. Vielleicht musste sie später ihren Vibrator holen.

Ein Geruch stieg ihr in die Nase. War das Gas? Hatte sie etwa den Herd angelassen?

Sie hievte sich von der Couch hoch und ging in die Küche, überprüfte alles und vergewisserte sich, dass alle Herdplatten ausgeschaltet waren.

Sie drehte sich herum und runzelte die Stirn. Der Geruch war in der Küche nicht stärker als in den anderen Räumen. Schnell ging sie zurück ins Wohnzimmer und schnupperte in die Luft. Vielleicht hatte sie sich das nur eingebildet?

Im nächsten Moment dachte sie, die Welt würde untergehen. Ohrenbetäubender Lärm und Flammen waren alles, was sie noch wahrnahm.

Etwas traf Haven am Kopf und mit einem Schrei wurde sie zu Boden geschleudert. Benommen rollte sie sich unter ihren Esszimmertisch.

Alles um sie herum wackelte. *Oh Gott. Oh Gott.* Feuer. Sie konnte es riechen, sah die Flammen und den Rauch. Um sie herum lag alles in Schutt und Asche.

Und da war ein verdammtes Loch im Boden ihres Wohnzimmers.

Panik schnürte ihr die Kehle zu und ihre Bewegungen wurden hektisch. So schnell sie konnte, kroch sie zur Tür.

Sie musste hier raus. Sie musste die anderen Bewohner des Gebäudes warnen.

Mrs. Girard. Die alte Dame war auf eine Gehhilfe angewiesen, da sie nicht mehr gut zu Fuß war.

Das Ziel, das sie nun vor Augen hatte, ließ Haven wieder klare Gedanken fassen. Sie öffnete ihre Wohnungstür und fragte sich, ob ihre Alarmanlage noch funktionierte.

Sie kroch in den Flur. Mehr Rauch, mehr Zerstörung. Sie erreichte die Tür von Mrs. Girards Wohnung und schlug mit der Faust dagegen.

„Mrs. Girard!"

„Haven?" Die Tür öffnete sich und das verängstigte Gesicht der Frau tauchte vor ihr auf, ihr grauer Haarschopf ganz zerzaust.

„Es brennt. Wir müssen hier raus."

Haven stand auf, legte ihren Arm um die gebrechliche, ältere Frau und half ihr, ihren Rollator in den Flur zu manövrieren. Zu zweit machten sie sich auf den Weg zur Treppe.

„Wir können den Aufzug nicht benutzen", sagte Haven.

„Sie müssen gehen", sagte die alte Frau. „Ohne mich kommen Sie schneller voran."

„Ich werde Sie *nicht* zurücklassen."

Der Rauch wurde stärker und Haven musste husten. Ihre Augen brannten. Sie stieß die Tür zum Treppenhaus auf.

„Kommen Sie, halten Sie sich an mir und an dem Geländer fest." Den Rollator ließen sie an der Tür zurück.

Dann machten sie sich auf den Weg nach unten.

Sie kamen nur langsam voran. Mrs. Girard zitterte und fing auch an zu husten.

„Einen Schritt nach dem anderen." Haven musste eine Ablenkung finden. „Vielleicht warten unten schon ein paar gut aussehende Feuerwehrmänner auf uns?"

Das ließ ihre ältere Nachbarin schallend auflachen.

Im Treppenhaus unter sich hörte sie Rufe von den Wänden hallen. Auch andere Bewohner flohen.

Als sie das erste Stockwerk hinter sich hatten und den Treppenabsatz erreichten, drang Rauch aus einer Tür in einem der unteren Stockwerke.

„Gehen Sie weiter, Mrs. Girard. Denken Sie an die Feuerwehrmänner."

„Sie brauchen einen Mann, Haven."

„Niemand braucht einen Mann. Ich hatte einen. Er war nicht gut. Noch so einen brauche ich nicht." Herrje, wenigstens konnte Mrs. Girard bei all dem Rauch nicht erkennen, dass sie log.

„Sie sind nicht alle schlecht. Mein Mr. Girard war einer von den Guten. Sogar an den Tagen, an denen er mich in den Wahnsinn trieb. Einmal musste ich ihn mit meiner Bratpfanne schlagen."

„Sie vermissen ihn", sagte Haven leise.

„Jeden Tag, meine Liebe. Aber der Schmerz ist jede Minute wert, die wir zusammen verbringen durften." Mrs. Girard brach in einen Hustenanfall aus.

Sie kämpften sich weiter die Treppe hinunter und die alte Frau musste sich stark auf Haven stützen. Bei jedem Schritt stellte sie sicher, dass sie beide nicht stürzten. Ihre Augen brannten und Tränen liefen ihr über das Gesicht.

Bitte, Gott, nicht mehr viel weiter. Langsam wurde Haven schwindlig.

„Es gibt da einen Kerl", sagte sie aus heiterem Himmel.

„*Aha.*" Mrs. Girard hustete noch mehr.

„Er sieht unverschämt gut aus. Jedes Mal, wenn ich ihn sehe, spielt mein Körper verrückt. Ich habe versucht, ihm aus dem Weg zu gehen."

„Genau wie damals, als ich Mr. Girard zum ersten Mal sah. Dieses Kribbeln. Diese Vorahnung."

„Oh, nein. Ich halte mich von Rhys fern. Ich bin nicht die einzige Frau, die ihn attraktiv findet."

Mrs. Girard umklammerte Havens Arm. „Ich weiß,

dass Sie Angst haben, aber Haven, um zu leben, um zu lieben, muss man gewisse Risiken eingehen."

Die alte Dame stolperte und Haven machte einen Satz nach vorne, um sie aufzufangen. Ihr wurde immer schwindliger. Sie musste sie beide da rausholen. Ihre Lungen brannten.

Der Rauch wurde dichter, aber sie schafften es, zwei weitere Stockwerke hinter sich zu bringen. Dann nahm Haven eine Bewegung wahr.

Zwei Feuerwehrmänner in klobigen Monturen, Helmen und Masken tauchten vor ihnen auf.

Danke, Gott. Die Männer halfen ihnen aus dem Gebäude. Im Freien vor dem Wohngebäude hatte sich eine Menschenmenge um die Löschfahrzeuge, Polizeiautos und Krankenwagen versammelt.

Ein Feuerwehrmann brachte die hustende Mrs. Girard zu einem der Krankenwagen.

„Sie bluten am Kopf", sagte der andere Feuerwehrmann zu Haven.

„Wirklich?" Sie wischte sich über die Schläfe und als sie ihre Finger zurückzog, waren sie rot. „Es geht mir gut."

„Lassen Sie sich von den Sanitätern durchchecken."

Ihr Kopf war noch ganz benebelt und sie konnte nicht klar denken. Sie bemerkte, dass ihre Beine nackt waren, und ihre Füße auch. Schnell schlang sie ihre Strickjacke enger um ihren Körper.

Um sie herum herrschte das reinste Chaos. So viele Menschen standen und liefen umher. Der Feuerwehrmann wollte sich gerade von ihr abwenden.

„Hey, was ist passiert?", fragte sie.

„Sieht nach einer Explosion aus."

Explosion? Ein Schauer lief ihr über den Rücken und sie zog ihre Arme fester um ihren Oberkörper.

Dann ließ sie ihren Blick über die Menge schweifen und erstarrte.

Sie entdeckte zwei Männer in Anzügen, die erst das Gebäude betrachteten und dann die Menge abzusuchen schienen. Sie lösten in ihr dasselbe Unbehagen aus wie der Eisbär.

Oh, Gott. Waren die beiden etwa für die Explosion verantwortlich?

Das konnte doch nicht wahr sein. Sie musste überreagieren. Dann sah sie, wie sich die Männer trennten. Einer berührte die Schulter einer Frau, sah ihr ins Gesicht und wandte sich ab. Der zweite ging auf eine andere Frau zu und tat dasselbe.

Haven drehte sich der Magen um. Die beiden Frauen waren etwa so alt wie Haven und hatten beide braunes Haar wie sie.

Schnell wandte Haven sich ab und mischte sich unter die Leute.

Sie hatte keine Ahnung, wohin sie ging. Ihr Kopf pochte und sie konnte nicht klar denken.

Alles, was sie wusste, war, dass sie sich aus dem Staub machen musste.

RHYS MARSCHIERTE in der Zentrale auf und ab. Vander verhörte den Drecksack aus dem Museum in einem der Hafträume. Er weigerte sich, Rhys in das

Verhör einzubeziehen, weil Rhys dem Kerl den Kopf abreißen würde.

Das Arschloch hatte Haven eine verdammte Waffe an den Kopf gehalten. Hatte sie geschlagen. Rhys stemmte die Hände in die Hüften und sog Luft in seine Lungen. Sie war zu Hause, es ging ihr gut.

Er musste diese Ermittlung vorantreiben, musste das verdammte Gemälde finden und Haven in Sicherheit bringen.

Als er Schritte hörte, drehte er sich um. Vander kam die Treppe herauf.

„Was hast du aus ihm rausbekommen?", verlangte Rhys.

„Die Crew arbeitet für die Zakharovs."

Das klang russisch. „Mafia?"

Vander nickte. „Sergei Zakharov ist das Oberhaupt der Familie und lebt in Miami."

Rhys erstarrte. „Was?"

„Ja ... wir müssen herausfinden, ob es eine Verbindung zu Havens Ex gibt. Vielleicht steht sie in Kontakt mit ihm und –"

„Tut sie nicht. Er hat sie betrogen und sie geschlagen. Fuck."

„Fürs Erste müssen wir –", Vanders Handy läutete. Er holte es aus seiner Tasche. „Norcross." Vander versteifte sich. „Was? *Fuck.*" Er fasste sich in den Nacken. „Ja, okay."

Der Blick seines Bruders wanderte zu Rhys. Vander wirkte plötzlich so zurückhaltend.

Ein Schauer lief Rhys über den Rücken und breitete sich dann auf seinem ganzen Körper aus. „Sag schon."

Vander verzog die Lippen.

„Vander", forderte Rhys ihn mit mehr Nachdruck auf.

„Es gab eine Explosion", sagte Vander langsam.

Um Rhys herum schien die Welt stillzustehen. „Eine was?"

„Eine Explosion. In Havens Wohngebäude. Von ihr fehlt bisher jede Spur."

Nein, *nein!* Rhys wirbelte herum und rannte zur Treppe.

„Rhys, warte!"

Er nahm zwei Stufen auf einmal, als er die Treppe hinunterhetzte. Zu dieser Tageszeit würde der Verkehr zu ihrer Wohnung in Pacific Heights zäh sein, da die Menschen von der Arbeit nach Hause fuhren.

In der Parkgarage angekommen, lief er daher an seinem Auto vorbei und steuerte auf sein Motorrad zu.

Er stieg auf, setzte sich den Helm auf und startete den Motor. Dann ließ er die Lagerhalle hinter sich und raste hinaus auf die Straße.

Eine Explosion. *Alles wird gut, Haven. Alles wird gut.*

Er war erst einen Häuserblock weit gekommen, als Vanders eigenes Motorrad, eine BMW, neben ihm aufheulte. Das schwarze Visier seines Bruders drehte sich in seine Richtung und er hob sein Kinn.

Gemeinsam brausten sie die Straße hinunter.

Es dauerte nicht lange, bis er den Rauch sah, und sein Magen verkrampfte sich.

Sie erreichten Havens Wohnhaus, vor dem mehrere Löschfahrzeuge und Krankenwagen standen. Außerdem tummelten sich unzählige Menschen vor dem Gebäude. Er und Vander parkten und stiegen von ihren Motorrädern ab.

Rhys lief auf das Wohnhaus zu. Er sah nach oben und ihm fehlten die Worte beim Anblick des demolierten Gebäudes. Es war nur sechs Stockwerke hoch und die Explosion hatte großen Schaden angerichtet.

„Rhys." Vander blieb in seiner Nähe und beobachtete ihn genau.

„Am schlimmsten sieht es rund um Havens Wohnung aus", sagte Rhys gedämpft.

Wo zum Teufel war *sie?* Er sah sich um. Viele mitgenommene Menschen, aber keine Haven.

„Wir werden uns umhören", sagte Vander.

Rhys nickte. „Vander, sie gehört zu mir."

Vanders Mundwinkel hoben sich. „Ich weiß, Bro. Ich weiß es schon seit einer Weile, auch wenn es dir selbst noch nicht klar war."

Damit marschierte sein Bruder in Richtung der Feuerwehrleute und Polizisten davon. Rhys schob sich durch die Menge und hielt Ausschau nach einer hübschen Brünetten mit auffallenden blauen Augen.

Seine Panik verwandelte sich von einem Funken in eine Stichflamme. Es gab keine Spur von ihr. Schließlich wanderte sein Blick zu ihrer zerstörten Wohnung.

Dann tauchte Vander neben ihm auf, sein Gesichtsausdruck finster. Saxon war bei ihm.

„Hey." Saxons Körper wirkte angespannt und wachsam.

„Warum ist Saxon hier?", fragte Rhys.

„Ich habe ihn angerufen, bevor wir losgefahren sind", antwortete Vander.

„Warum?"

„Für den Fall, dass du ausrastest."

Rhys hatte das Gefühl, dass der Boden unter seinen Füßen bebte. „Sag es mir."

„Rhys –"

„Sag es mir!", schrie er ihn an.

Die Muskeln in Vanders Kiefer spannten sich an. „Das Zentrum der Explosion ist eine leer stehende Wohnung direkt unter der von Haven. Es sieht nach einer defekten Gasleitung aus. Die Brandermittler sind noch nicht fertig, aber sie glauben, dass die Leitung manipuliert wurde."

Rhys holte tief Luft. „Haven?"

„Keine Spur von ihr. Sie haben noch keine Leichen geborgen. Vier Menschen wurden ins Krankenhaus gebracht. Eine alte Dame, eine Mutter mit Kleinkind und ein Junge, der sich bei der Evakuierung ein Bein gebrochen hat."

Rhys ließ den Kopf hängen. „Haben sie ihre Wohnung durchsucht?"

Vander zögerte. „Noch nicht. Das Feuer ist zu intensiv dort und es ist zu gefährlich."

Die Nachricht traf ihn wie eine Kugel mitten ins Herz. „Dann hätte auch niemand die Explosion überlebt."

„Sie könnte entkommen sein", sagte Saxon.

„Und wo ist sie dann jetzt?", fragte Rhys.

Plötzlich drängte sich Gia durch die Menge, ihr Gesicht vor Panik verzerrt. „Wo ist Haven?"

Vander drehte sich um. „Gia –"

Ihre Schwester erstarrte, als ihr Gehirn Vanders Tonfall einordnete. „Nein." Sie schüttelte den Kopf. „Haven ist *nicht* tot."

Tot. Das Wort hallte in Rhys' Kopf wider.

Er setzte sich auf eine nahegelegene Stützmauer aus Backstein und stützte den Kopf in die Hände. Er hatte sie weggestoßen, hatte hässliche Dinge zu ihr gesagt.

Bilder von Haven – wie sie lächelte, an einem Glas Wein nippte und lachte, ihm auswich, seinen Namen stöhnte, wenn sie kam – schossen ihm durch den Kopf.

„Gia." Saxon ging auf sie zu.

„Fass mich nicht an, Saxon Buchanan", stieß sie seine Hand beiseite. „*Finde* sie. Das kann kein Zufall sein. Jemand hat das geplant."

Rhys schloss die Augen. Jetzt war nicht die Zeit für die *Saxon-und-Gia-Show*. Seit sie Teenager gewesen waren, zankten sich die beiden wie Hund und Katz und schienen niemals einer Meinung zu sein. Rhys hatte versprochen, Haven zu beschützen. Der Schmerz seines Versagens quälte ihn innerlich und er stand auf. Emotionen bauten sich in ihm auf wie eine Flutwelle.

Vander und Saxon sahen ihn an. Gia wirkte erschrocken. Ihr Blick traf den von Rhys und sie zuckte zusammen.

Vander nahm sie in die Arme.

„Ich muss gehen." Rhys drehte sich um.

„Rhys." In Vanders Stimme schwang eine Warnung mit.

Fuck. Er stand kurz davor, den Verstand zu verlieren.

„Saxon, geh ihm nach", beorderte Vander.

Rhys marschierte direkt zu seinem Motorrad. Er hatte keine Ahnung, was er tun sollte, wohin er fahren sollte.

Sein Handy klingelte und er zerrte es aus seiner Tasche. „Was ist?"

„Norcross, Mann. Hier ist Hammon."

„Ich bin beschäftigt."

„Ich habe deine Flamme gesehen. Die schicke, die neulich bei dir war. Dachte, das würde dich interessieren. Sie trägt nur einen Schlafanzug und irrt barfuß quer durch das Tenderloin. Sie wirkt betrunken oder high oder so was."

Rhys erstarrte. „Was?" Seine Hand krampfte sich so fest um sein Telefon, dass das Plastik knackte. „Haven?"

„Ja und sie ist nicht gerade im besten Viertel der Stadt unterwegs." Er nannte ihm eine Straßenecke.

„Ich bin schon unterwegs. Hammon, niemand rührt sie an, sonst bringe ich dich um."

Rhys sah Saxon an. „Mein Informant hat Haven gesehen."

„Fahr los. Ruf uns an, wenn du sie hast."

Rhys sprang auf sein Motorrad und brauste davon. Er fuhr über eine rote Ampel und ignorierte das Tempolimit. Erst raste er die Van Ness Avenue hinunter, dann bog er noch einmal ab. Kurz darauf entdeckte er sie.

Das Gewicht auf seiner Brust, das ihn zu erdrücken drohte, fiel von ihm ab. Sie saß auf dem Bordstein und starrte ins Leere, hatte Ruß auf den Wangen und ihre Beine waren entblößt.

Rhys hielt neben ihr und sprang von seinem Motorrad. „Haven!"

Sie blinzelte. „Rhys?"

„Ja, Baby. Alle machen sich Sorgen um dich." *Ich war am Boden zerstört.*

Sie sprang auf und rannte auf ihn zu.

Er fing sie auf und sie schmiegte sich an seine Brust.

„Gott, Baby, ich war so besorgt." Er hielt sie fest.

„Da war eine Explosion ... Rauch ... Feuer." Ihre Stimme überschlug sich. „Aber ich habe es geschafft, Mrs. Girard rauszubringen."

Natürlich hatte sie sich nicht um sich selbst gekümmert, sondern sich bemüht, anderen zu helfen.

Ausdruckslos zog sie ihr Handy aus der Tasche ihrer verdreckten Shorts. Sie blinzelte, als wäre sie überrascht, es dort zu finden. „Ich hätte dich anrufen sollen." Ihre Stimme senkte sich zu einem Flüstern. „Aber dann habe ich sie gesehen."

„Wen?"

„Zwei Typen in der Menge. Sie haben nach mir gesucht."

Seine Arme legten sich enger um sie. „Du bist jetzt in Sicherheit."

Sie zitterte und er hob sie in seine starken Arme. Als er sie an seine Brust zog, schmiegte sie ihr Gesicht an seinen Hals.

Rhys nahm wieder den Geruch von Kokosnüssen wahr, diesmal vermischt mit Rauch. Dann sah er das Blut, das seitlich an ihrem Kopf klebte. „Haven, du blutest."

Sie gab einen Laut von sich und sah auf. Erst in diesem Moment bemerkte er, dass ihre Augen nicht ganz fokussiert wirkten.

„Ich glaube ... irgendetwas hat mich bei der Explosion am Kopf getroffen." Sie blinzelte. „Wo sind wir?"

Sein Herz setzte einen Schlag aus. Wahrscheinlich hatte sie eine Gehirnerschütterung und war verwirrt und verletzt durch die Straßen gelaufen.

„Du kommst mit mir. Jemand muss sich das ansehen."

„Okay. Ich fühle mich bei dir sicher, Rhys."

Ihre Worte waren so leise, dass er sie kaum hörte.

„Komm schon, Baby." Er holte sein Handy heraus. „Vander, ich habe sie gefunden. Kannst du mir einen Wagen organisieren?"

Als Haven sich eng an Rhys' Brust drückte, hielt er sie einfach fest.

KAPITEL NEUN

Haven saß schweigend auf dem Krankenbett. Sie war untersucht worden und die Krankenschwester versorgte die Schnittwunde seitlich an ihrem Kopf.

Die Verletzung war klein, aber sie hatte stark geblutet.

Man hatte ihr viele Fragen zu den Blutergüssen in ihrem Gesicht gestellt und sie hatte die Krankenschwester schließlich davon überzeugen können, dass es nicht Rhys war, der sie ihr zugefügt hatte. Dann war ein Polizeibeamter gekommen, um ihre Aussage aufzunehmen und sich die Explosion von ihr schildern zu lassen. Die beiden Männer hatte sie nicht erwähnt, aber sie hatte dem Polizisten alles darüber erzählt, wie sie es aus dem Gebäude geschafft hatte.

Der ältere Polizeibeamte musterte sie noch einmal gründlich, bevor er ihr seine Karte gab und ging.

Rhys saß auf einem Stuhl neben dem Bett. Er starrte

sie an und hatte seinen Blick die ganze Zeit nicht von ihr abgewandt.

Sie war ein wenig aufgedreht. Die Schmerzmittel hatten gewirkt und den Nebel in ihrem Kopf gelichtet. Sie war sich nicht sicher, ob sie wütend oder verängstigt über das sein sollte, was passiert war. Zumindest hatte sie erfahren, dass niemand ums Leben gekommen war und dass die Familie von Mrs. Girard bei ihr war und sie sich erholte.

„Wir sind hier fertig." Die Krankenschwester zog ihre Handschuhe aus. „Ich empfehle Ihnen, sich auf kein weiteres Abenteuer einzulassen."

Haven wollte lachen, doch der Laut blieb ihr im Hals stecken. „Ich wollte keines der Abenteuer, die ich bisher erlebt habe. Glauben Sie mir. Raub, Schläge, versuchte Entführung – sogar zweimal – und jetzt auch noch eine Explosion in meiner Wohnung ... das macht keinen Spaß."

Die Augen der Krankenschwester weiteten sich.

Haven spürte eine seltsame Energie von Rhys ausgehen und sah ihn an. Seine Züge wirkten wie versteinert, seine braunen Augen funkelten.

Ihr Herz zog sich zusammen. In diesem Moment sah er so furchterregend aus wie Vander – sein ganzer lässiger Charme war verschwunden.

„Ruhen Sie sich aus", wies die Krankenschwester sie an. „Sie haben eine leichte Gehirnerschütterung. Jemand muss bei Ihnen bleiben."

„Okay." Hoffentlich konnte sie bei Gia unterkommen. Sie warf einen Blick auf das Bett und sah ihr

Handy dort liegen. Das war alles, was ihr noch geblieben war. *Furchtbar*.

Mit einem Nicken ging die Krankenschwester hinaus.

„Nun, ich –"

Rhys zog seinen Stuhl näher heran und sie schreckte hoch. Er ergriff ihre Hände und hielt sie so fest, dass es wehtat.

„Rhys?"

Seine Stirn sank auf ihren Oberschenkel. „Ich dachte, du wärst tot."

Bei seiner kratzigen Stimme und seinen aufrichtigen Worten verkrampfte sie sich innerlich. Sie legte ihre Hand auf seinen Hinterkopf. „Es geht mir gut", sagte sie leise.

„Wir konnten dich nirgendwo finden, deine Wohnung lag in Trümmern und das Feuer ..."

Seine Stimme brach.

Du lieber Himmel. Sie vergrub ihre Finger in seinem Haar. „Rhys, ich bin hier."

Er hob den Kopf. Dann richtete er sich auf und presste seine Lippen auf die ihren. Er küsste sie, als ob er zu ersticken drohte und sie die Luft zum Atmen wäre.

Ein erhebendes Gefühl der Erleichterung durchflutete sie. Allein die Nähe zu ihm linderte ihre Schmerzen.

Seine Finger wanderten nach oben und legten sich mit leichtem Druck an die Seite ihres Halses. Er hob den Kopf, sein Blick intensiv und aufgewühlt, als er den ihren fixierte. Er tastete nach ihrem Puls.

Ihr Herz setzte einen Schlag aus und sie wusste, dass

er es spürte. Seine Hand glitt nach unten, bis seine Handfläche auf ihrer Brust ruhte, über ihrem Herzen.

„Es geht mir gut", wiederholte sie.

„Und ich werde dafür sorgen, dass das so bleibt. Von nun an werde ich dein persönlicher Bodyguard sein und dafür sorgen, dass dir nichts mehr zustößt."

Sie schluckte. „Ich –"

„Keine Widerrede. Keine Kompromisse. So machen wir es und nicht anders."

Haven nickte und sah, wie sich seine Schultern ein wenig entspannten.

„Ich lasse dich nicht mehr aus den Augen." Er lehnte seine Stirn an ihre.

„Okay, Rhys."

„Bringen wir dich nach Hause."

Er wickelte sie in eine Decke und als er ihre nackten Füße sah, hob er sie in seine Arme. Er trug sie durch das Krankenhaus und nach draußen zu seinem Wagen. Es war eine kurze Fahrt zurück zu seiner Wohnung.

Während sie aus dem Fenster sah, fiel es ihr plötzlich wie Schuppen von den Augen. „Ich habe nichts mehr." Das Armband ihrer Mutter. Wahrscheinlich war es den Flammen zum Opfer gefallen. Ein brennender Schmerz bohrte sich in Havens Herz. Ihre eigenen Kleider, ihr Schmuck. „Gott, all meine Sachen ..."

Er streckte seine Hand aus und berührte damit ihre. „Wir kümmern uns darum."

Sie nickte und kämpfte gegen die Tränen an.

„Bist du versichert?"

Sie nickte erneut. „Aber das Armband meiner

Mutter und ein paar alte Fotos ... sie sind unersetzlich ... und all meine Kleidung. Jetzt ist alles weg."

Er drückte ihre Hand.

Nachdem er in der Parkgarage geparkt hatte, trug er sie in den Aufzug. Er setzte sie erst vor seiner Haustür ab, um sie aufzusperren. Als sie aufschwang, stand Easton dahinter.

Ihr Boss schob seinen Bruder zur Seite und zog sie an sich.

Ihre Lippen bebten.

„Scheiße, Haven", murmelte Easton.

Gia kam aus der Küche zu ihnen. „Ich bin dran."

Während ihre Freundin sie umarmte, entdeckte Haven auch Vander und Saxon in der Küche. Vander war ganz in Schwarz gekleidet und Saxon sah wie immer aristokratisch und elegant aus in seinem Maßanzug.

„Ich habe dir ein paar Sachen gekauft." Gia nickte mit dem Kopf in die Richtung, in der Haven Rhys' Schlafzimmer vermutete. „Kleidung, Unterwäsche, Toilettenartikel und Make-up. Nur für ein paar Tage. Ich besorge dir noch mehr."

„Kann ich bei dir bleiben?", fragte Haven sie.

Ein tiefes Knurren ertönte hinter ihr und Rhys legte einen Arm um sie, sodass sie sich an seinen Körper gepresst wiederfand.

„Nein", stieß er hervor.

„Rhys ..."

„Du bleibst bei mir."

Nein. *Nein.* Sie würde ihm niemals widerstehen können, wenn sie zusammenlebten. „Ich kann nicht – "

„Es ist nicht sicher bei ihr. Du könntest Gia in Gefahr bringen, wenn du dich bei ihr aufhältst."

Entsetzen machte sich in Haven breit. Daran hatte sie noch gar nicht gedacht. „Aber dann bist du doch auch in Gefahr."

Er berührte ihre Wange. „Ich bin ausgebildet. Personenschutz ist mein Job."

„Niemand wird an dich herankommen, Haven." In Vanders hartem Tonfall lag mehr als nur ein einfaches Versprechen – es war ein Schwur, den der Blick in Rhys' Augen noch zusätzlich bekräftigte.

Okay. Sie würde das hinbekommen. Sie würde auf seiner Couch schlafen. Und sie würde ihre Augen, Hände und Lippen von Rhys' Körper fernhalten. Wie auch immer sie es bewerkstelligen würde.

„Ich treffe mich heute Abend mit einem Klienten auf ein paar Getränke", sagte Gia.

„Mit welchem Klienten?", fragte Saxon. „Ziemlich spät für ein Geschäftstreffen."

Gia warf ihm einen Blick zu. „Ich brauche nicht deine Genehmigung für meine Termine, Buchanan."

Ein finsterer Blick huschte über Saxons schönes Gesicht. „Ich denke –"

Gia hob ihre Hand. „Es ist mir egal, was du denkst."

Der attraktive elegante Saxon knurrte auf. Haven sah interessiert zu. Was war denn das? Wie hatte sie die Spannung zwischen den beiden bisher übersehen können? Vielleicht, weil sie zu sehr damit beschäftigt gewesen war, Rhys aus dem Weg zu gehen?

Gia konzentrierte sich auf Haven. „Ich werde absagen –"

„Nein", sagte Haven. „Geh. Ich komme schon klar."

„Sie muss sich sowieso ausruhen", fügte Rhys hinzu.

Gia umarmte sie herzlich. „Ich bin schon dabei, dir einen neuen Führerschein, Ausweise und Kreditkarten zu besorgen."

Haven lächelte. „Danke, G."

„Ab jetzt hältst du dich von jedem Ärger fern."

Haven schnaubte. „Ich bemühe mich."

„Du bist meine Freundin. Eine Welt ohne dich ist inakzeptabel."

Haven brannten Tränen in den Augen. „Bring mich nicht zum Weinen."

„Er wird sich gut um dich kümmern." Gias Stimme war ein leises Murmeln.

„Ich weiß, aber sobald es sicher ist, verschwinde ich von hier."

Gia schenkte ihr dieses verwegene Lächeln, das sie immer verrückt machte. „Das werden wir noch sehen."

Warum konnte es niemand verstehen? „Er ist dein Bruder, Easton ist mein Boss ..."

Gia küsste sie auf die Wange. „Schlaf gut." Sie zwinkerte ihr zu. „Oder auch nicht."

Nachdem sie ihren Brüdern einen Kuss und Saxon einen letzten bösen Blick zugeworfen hatte, ging Gia.

„Ich glaube, ich brauche eine Dusche", sagte Haven zu den heißen Typen, die um die Kücheninsel versammelt waren. Sie wollte sich das Blut und den Dreck abwaschen.

Rhys richtete sich auf. „Ich zeige dir, wo du alles findest."

Sein Schlafzimmer war in Weiß gehalten und der

Boden in demselben warmen Holz wie der Wohnbereich. Ein Bett mit einem Kopfteil aus Metall im Loftstil stand vor raumhohen Fenstern, die den Blick auf die Bay Bridge freigaben. Er zeigte auf das geräumige Badezimmer mit Unmengen grauem Granit und einer geräumigen Dusche.

Seine Hände griffen in ihr Haar und lösten den Haargummi um ihren Pferdeschwanz.

„Nimm dir die Zeit, die du brauchst", sagte er.

Kurz darauf stand Haven nackt in Rhys' Dusche. Sie schloss die Augen. Sie steckte in großen Schwierigkeiten und damit meinte sie nicht nur explodierende Wohnungen und Kunsträuber.

Sie schnappte sich eines von Rhys' flauschigen, grauen Handtüchern vom Regal und trocknete sich ab. Dann kramte sie in den Tüten, die Gia auf Rhys' Bett für sie dagelassen hatte, und stellte fest, dass ihre Freundin all ihre liebsten Pflegeprodukte besorgt hatte. Sie zog sich eine Yogahose und ein niedliches blaues Top an. Dann warf sie einen Blick auf ihre Hüfte. Ein paar neue Blutergüsse begannen sich gerade darauf auszubreiten. Nun, sie würde sie einfach zu ihrer Sammlung hinzufügen.

Als sie fertig war, ging sie zurück in den Wohnbereich und hörte die Männer mit leisen Stimmen reden.

„Wir müssen die Verbindung zur russischen Mafia unter die Lupe nehmen." Das war Vander.

„Ich bin schon dabei", antwortete Rhys. „Ich untersuche alles, was mit den Zakharovs zu tun hat."

„Aber wie stehen sie in Verbindung zu Haven?", fragte Easton, sichtlich unzufrieden.

„Das weiß ich noch nicht, aber ich werde es herausfinden." Rhys' Stimme klang gesetzt, düster. „Und es neutralisieren."

„Dann gehst du also für sie aufs Ganze?", fragte Saxon.

„Ja."

„Bist du dir ganz sicher? Du hast dich lange vor diesem Zugeständnis gedrückt."

Angst überkam sie und ihr Herz pochte wie verrückt, als sie zuhörte. Eigentlich schlugen zwei Herzen in ihrer Brust. Das eine wollte, dass er sie begehrte, aber das andere wusste, dass sie sich von ihm fernhalten sollte.

„Haven gehört zu mir. Ich werde alles tun, um sie zu beschützen."

Sie schloss die Augen und begann zu zittern. Noch nie zuvor hatte jemand so etwas über sie gesagt. Als sie Leo kennengelernt hatte, hatte sie viel Spaß mit ihm gehabt. Er war ein begeisterter Kunstsammler und hatte eine hübsche Frau an seinem Arm in seinem Club haben und sich amüsieren wollen.

Aber er hätte niemals sein Leben für sie aufs Spiel gesetzt. Ganz im Gegenteil.

Ihr Vater liebte sie, so gut er es konnte. Aber nach dem Tod ihrer Mutter war er nicht mehr so für sie da gewesen, wie sie es gebraucht hätte. Sobald sie aufs College gegangen war, hatte er begonnen, lange Reisen nach Übersee zu unternehmen, um in Entwicklungsländern medizinische Hilfe zu leisten.

Sie hatte niemanden gehabt, der sie beschützt hätte, niemanden, außer sich selbst.

Haven wartete und hörte zu, während die Männer weiterredeten.

Sie unterhielten sich noch ein wenig länger über die Ermittlungen, bis sie irgendwann beschloss, dass sie lange genug gelauscht hatte. Sie straffte ihre Schultern und ging in die Küche.

„Tja, wenigstens rieche ich nicht mehr nach Rauch."

Rhys bewegte sich auf sie zu. Er legte einen Arm um sie und zog sie an sich.

Sie blickte in die Runde von ernsten Gesichtern. „Was ist los?"

„Kein Grund zur Sorge, aber wir sehen uns diese Mafia-Verbindung an", sagte Rhys. „Die Zakharov-Familie aus Miami scheint hinter der Sache zu stecken."

Miami? Eine eisige Kälte kroch über ihre Haut. „Ich kenne niemanden, der bei der Mafia ist, weder hier noch in Miami."

Vander musste fast lächeln. „Das haben wir auch nicht vermutet, aber irgendwo gibt es eine Verbindung und Rhys wird sie finden. Er ist der Beste."

„Wir haben den Mann befragt, der dich entführen wollte. Er hat seine Crew verraten." Rhys zeigte auf ein Blatt Papier auf der Kücheninsel.

Sie sah Fotos. Nun ja, Fahndungsfotos. „Das sind die Diebe?"

Rhys nickte.

Beim Anblick der Fotos erstarrte sie.

„Haven?"

„Dieser hier." Sie tippte auf einen Mann mit einer Narbe im Gesicht. „Ich habe ihn schon einmal gesehen."

„Wo? Im Museum?"

Sie holte tief Luft. „Nein, im Club meines Exfreundes in Miami."

Rhys und die anderen wirkten nicht überrascht.

„Ich sammle bereits Informationen über deinen Ex zusammen", sagte Rhys. „Er tanzt auf vielen, nicht gerade legalen Hochzeiten."

„Oh, Gott." Sie ließ sich gegen die Insel sinken.

Rhys drückte sie. „Mach dir keine Sorgen –"

„Er hat mich da hineingezogen." Ihre Stimme erhob sich.

„Das wissen wir noch nicht."

„Er hat vorhin versucht, mich anzurufen."

Rhys' Züge verhärteten sich augenblicklich.

„Ich habe nicht abgehoben." Sie presste eine geballte Hand gegen ihre Kehle. „Ich habe ihn verlassen und bin umgezogen. Ich bin seit sechs Monaten weg aus Miami und lebe mittlerweile auf der anderen Seite des Landes."

Rhys drückte sie an seinen Oberkörper. „Beruhige dich."

Sie ließ ihre Stirn an seine Brust sinken. „Mein verdammter Ex steckt hinter der Sache. Siehst du, deshalb habe ich den Männern abgeschworen."

Sie ignorierte das Gelächter der anderen.

Rhys zog spielerisch an ihren Haaren. „Darüber reden wir noch."

ALS RHYS ERWACHTE, hatte er den Duft von Kokosnüssen in der Nase und lächelte.

Er lag flach auf dem Rücken in seinem Bett und Haven klammerte sich an ihn, als wollte sie ihn nie wieder loslassen.

Er blickte nach unten. Ihr Arm ruhte auf seiner Brust, eines ihrer Beine lag angewinkelt auf seinem Oberschenkel. Sie trug wieder einen ihrer winzigen Pyjamas. Unter den sehr kurzen Shorts konnte er den Ansatz ihrer Pobacken erahnen. Ihre Haare waren überall und ihr Atem strich über seine Brust.

Verdammt. Normalerweise verbrachte er nicht die ganze Nacht mit einer Frau. Er mochte es eigentlich nicht, wenn jemand in seiner Wohnung war. Beim Militär hatte er einige unangenehme Nächte mit seinem gesamten Team an den übelsten Orten verbracht. Seither wusste er seine eigenen vier Wände zu schätzen.

Aber mit Haven McKinney in seinen Armen würde er jederzeit liebend gern aufwachen.

Sie räkelte sich und gab einen niedlichen Laut von sich. Dann streichelten ihre Finger seine Brust und ihre Lippen drückten sich gegen seine Haut.

Verdammt. War sie etwa wach?

Sie begann gemächlich, Küsse auf seinen Brustmuskeln zu verteilen. *Fuck.* Blut strömte in seinen Schwanz und ein tiefes Verlangen brachte ihn zum Pulsieren.

„Haven", knurrte er.

Sie erstarrte. Sie sah an seiner Brust hoch und ihre schläfrigen Augen klärten sich. Er war froh zu sehen, dass sich ihre blauen Flecken langsam grün und gelb verfärbten, was bedeutete, dass sie begonnen hatten, abzuheilen.

„Wir liegen im selben Bett", sagte sie.

„Ja."

„Wir haben doch nicht –", quietschte sie.

Nein, hatten sie nicht. Gestern Abend, als ihre

Erschöpfung sie übermannt hatte, hatte er sie ins Bett gebracht. Sie hatte etwas davon gemurmelt, dass er auf der Couch schlafen solle, was er weder bestätigt noch abgelehnt hatte. Aber nachdem er etwas größer als einen Meter neunzig war, würde nichts ihn dazu bringen, auf der Couch zu schlafen.

Sie wich zurück und ihr Blick blieb an der Tätowierung auf seiner Brust hängen. Eine Flagge der Vereinigten Staaten. Die meisten seiner Tattoos hatte er sich stechen lassen, nachdem er das Militär verlassen hatte. Es war seine Art, seinen Dienst und die Veränderung in seinem Leben zu feiern. Den Neubeginn und die Freiheit.

Haven biss sich auf die Lippe und sein Schwanz pochte noch heftiger.

„Du kannst mich berühren", sagte er.

Sie drückte ihre Augen zusammen. „Nein."

„Ich will, dass du mich berührst."

Sie gab einen Laut von sich, der eher ein Wimmern war. „Ich bin so schwach." Sie öffnete die Augen. „Verdammt, wieso musst du so heiß sein, Rhys Norcross."

Er grinste sie an und ihr Blick fiel auf seinen Mund.

„Was willst du, Haven?"

„Es spielt keine Rolle, was ich will, denn das Leben gibt es mir selten. Ich wollte, dass meine Mutter gesund wird, aber sie ist an Krebs gestorben."

Rhys' Lächeln verblasste.

„Dann wollte ich einen liebevollen Vater und stattdessen bekam ich einen, der lieber die Welt retten wollte. Ich wollte einen Mann, einen Partner, ein Zuhause und am Ende hatte ich Leo. Ich bekomme nie, was ich will,

Rhys." Ihre Hand wanderte über seine Brust. „Ich bekomme nur einen Vorgeschmack auf die guten Dinge, aber dann werden sie mir wieder weggenommen."

Er schluckte ein Knurren hinunter. Er hasste es, dass sie all das erlitten hatte. Sie hatte etwas Besseres verdient, mehr.

Er wollte es ihr geben.

„Was willst du, Haven, in diesem Moment?"

„Ich will in Sicherheit sein."

„Fühlst du dich sicher? Hier und jetzt?"

Sie zögerte, dann nickte sie.

„Was noch?"

„Ich will dich berühren." Ein geflüstertes Geständnis, das so klang, als hätte sie sich dazu zwingen müssen.

„Dann berühre mich. Ich werde nirgendwo hingehen."

„Ich habe Angst." Sie schloss die Augen. „Ich habe mir vorgenommen, ab jetzt die Finger von den Männern zu lassen. Vor allem von den gutaussehenden, die eng mit meinem Boss und meiner besten Freundin verwandt sind."

„Berühre mich. Nimm dir, was du willst."

Sie zitterte. „Okay. Aber du darfst mich nicht berühren."

Verdammt. Er sah in ihren Augen, dass sie wilden Protest erwartete.

Also gut, sexy Haven. Rhys hob seine Arme über den Kopf und griff nach einer der Metallstangen am Kopfteil des Betts.

Sie holte tief Luft und ihr Blick blieb auf seinem Oberkörper haften. In dieser Position spannten sich die

Muskeln an seinen Armen, seiner Brust und seinem Bauch an.

„Niemand sollte so heiß sein wie du. Das ist so ungerecht."

Ihr Blick wanderte nach unten, über seine Bauchmuskeln zu seinen schwarzen Boxershorts, wo sie ihn verweilen ließ. Ja, seine steinharte Erektion war kaum zu übersehen.

„Haven, weniger schauen, mehr berühren."

Sie lehnte sich über ihn. „Ich kann doch beides tun."

Sie ließ ihre schlanken Hände über seine Brust wandern, glitt zu seiner Tätowierung und zeichnete sie nach. Dann senkte sie ihren Kopf und leckte darüber.

Fuck. Sein Körper zuckte zusammen.

Sie sah ihn durch ihre blauen Augen an. „Ich mag es, die Kontrolle zu haben."

Man hatte ihr die Kontrolle über ihr Leben entrissen. Er würde ihr nur zu gerne etwas davon zurückzugeben, auch, wenn es ihn umbrachte.

Sie schnippte über seine Brustwarze, knabberte daran und vergrub ihre Nägel in der Haut seines Bauches.

Er holte zitternd Luft. Sie wirkte wie in einem genussvollen Taumel verloren, als ihre Finger an seinem Hüftknochen hinabglitten und dann in seine Boxershorts eintauchten.

Ihre Hand legte sich um seinen Schwanz.

Er knurrte und hob selbst eine Hand.

„Nein." Sie hielt in ihrer Bewegung inne. „Nimm die Hand runter. Ich habe jetzt das Sagen."

Verdammt. Er klammerte sich wieder an das Kopfteil.

Als sie seinen pochenden Schwanz befreite, wollte er sie auf die Matratze stoßen und sich tief in ihr versenken. Aber er wusste, dass sie noch nicht bereit dafür war, und bei all ihren blauen Flecken und Wunden wollte er ihr keinesfalls wehtun. Sein Bedürfnis nach ihr war so verdammt groß, aber langsam und sanft war das, was sie jetzt brauchte.

Sie pumpte seinen Schwanz. „Gott, sogar dein Schwanz ist perfekt."

„Schneller, Haven", stöhnte er.

Sie packte ihn fester, streichelte ihn schneller.

Oh, ja. Rhys stieß sich in ihre Faust. Er hatte Sex schon auf viele verschiedene Arten genossen und das hier war fast unschuldig im Vergleich zu manchen Dingen, die er getan hatte. Aber sie war so konzentriert auf ihn und auf seinen Schwanz, dass sie sein Verlangen nach ihr ins Unermessliche steigerte.

„Haven", knurrte er.

„Ich will dich kommen sehen. Tu es, Rhys. Für mich."

Als er das nächste Mal in ihre Faust glitt, stöhnte er ihren Namen. Ihre andere Hand kam dazu und legte sich um seine Eier. Er kam hart und verspritzte seine Ladung über ihre Finger und seinen Bauch. Sie beobachtete ihn mit halb geschlossenen Augen, ihr Brustkorb hob und senkte sich und ihre straffen Brüste zeichneten sich unter ihrem Top ab. In ihren Augen loderte ein Feuer.

Mit einem Knurren bäumte sich Rhys auf. Sie keuchte.

Er zog sie auf seinen Schoß und seine Hände glitten

geradewegs in das weite Hosenbein ihrer Shorts und aufwärts.

„Rhys!"

Seine Hände glitten in ihr Höschen und er tauchte zwei Finger in sie.

Sie stöhnte auf und kreiste ihre Hüften.

„Du bist klatschnass", sagte er.

Sie gab einen heiseren Laut von sich und wiegte sich an ihm.

„Ja, reite meine Hand, Baby."

Sie tat es und er griff nach ihrer Hüfte, um ihre Bewegungen zu verstärken.

„Oh Gott." Ihr Kopf kippte zurück und gab ihm den Blick auf ihre anmutige Kehle frei.

„Genau so." Er massierte mit dem Daumen ihre Klitoris.

„*Rhys*." Sie wiegte sich fester.

„Sieh mich an, Haven. Sofort."

Ihr Kopf fiel nach vorne und ihre Blicke trafen sich.

„Komm", befahl er ihr.

Er sah sie an, als ihr Orgasmus über sie hereinbrach. Ihre Schenkel klammerten sich um seine Hand und sie zuckte und stöhnte dabei seinen Namen.

Pure Schönheit, direkt vor seinen Augen. Diesen Anblick hatte er sich verdient. Jeder schmutzige Kampf, jedes dreckige Höllenloch, jede verfluchte Mission hatte ihn am Ende hierher gebracht.

Sie ließ sich auf ihn sinken und drückte ihr Gesicht an seinen Hals.

Er mochte es, ihren schlaffen, befriedigten Körper zu halten, genauso wie er es mochte, derjenige zu sein, der sie befriedigte. Er strich mit seiner Hand über ihren Rücken.

„Wir müssen duschen und uns an die Arbeit machen." Er musste die Diebe finden und denjenigen, der im Hintergrund die Fäden zog.

„Mhm", murmelte sie.

„Das gilt auch für dich, meine Schöne."

„Was?", blinzelte sie ihn an.

„Du kommst mit mir in die Norcross-Zentrale. Nach der Dusche."

Sie hob den Kopf. „Dusche ich allein?"

„Ja, sonst verbringe ich die nächsten Stunden damit, dich zu ficken, und wir kommen zu spät."

Sie leckte sich über die Lippen und er spürte es tief in seinem Bauch. Er gab ihr einen Klaps auf den Hintern. „Beweg dich und ich mache uns inzwischen Frühstück."

„Du kannst kochen?"

„Ich kann Brot toasten und ein Rührei braten." Und Grillen konnte er auch. Aber weiter reichten seine Koch-kenntnisse nicht, sehr zum Leidwesen seiner Mutter. Clara Norcross liebte es zu kochen, am liebsten deftige italienische Gerichte, aber sie hatte ihre Leidenschaft nicht an Rhys weitergeben können.

Er gab Haven einen langsamen Kuss und ließ sich Zeit damit. Er wartete, bis er diesen benommenen Ausdruck in ihren Augen sehen konnte, der ihn zum Lächeln brachte.

„Na los, Babe."

KAPITEL ZEHN

Haven war noch nie in der Norcross-Zentrale gewesen.

Als Rhys sie hineinführte, nahm sie alles in sich auf. Es überraschte sie nicht, wie beeindruckend alles war. Die alte Lagerhalle war eine einzige riesengroße und offene Fläche mit industriellem Flair. Sie sah Elemente aus Holz und Metall und einen Boden aus poliertem Beton. Ja, hier arbeiteten eindeutig hart gesottene Kerle.

Rhys' Büro hatte gläserne Wände und sein Schreibtisch war ... unordentlich.

„Wie findest du hier irgendetwas?", fragte sie ihn.

Er schenkte ihr ein Lächeln. „Ich weiß, wo alles ist."

„Das kaufe ich dir nicht ab – ganz und gar nicht."

Überall klebten Haftnotizen, lagen Stapel von Akten und halb beschriebene Notizblöcke, und lose Zettel flogen umher.

Ihr Blick fiel auf sein Lächeln. Er hatte ein sehr, sehr schönes Lächeln. Es erinnerte sie daran, was sie an diesem Morgen in seinem Bett getan hatten. Ihr Körper kribbelte, wollte mehr. Gleichzeitig forderte ihr Gehirn sie schreiend dazu auf, wegzulaufen.

„Haven, wenn du auch weiterhin vorhast, den Männern fernzubleiben, dann hör auf, mich so anzusehen."

Sie leckte sich über die Lippen.

„Und damit hörst du auch auf", ergänzte er.

Sie sah weg. Auf der anderen Seite der großen Halle entdeckte sie einen Mann und erstarrte. *Wow!* Er war unglaublich muskulös, hatte glatte, braune Haut und sehr kurz geschnittenes, dunkles Haar. Er warf einen Blick in ihre Richtung und sie verschluckte sich fast an ihrer Zunge. Er sah umwerfend aus, mit markanten Gesichtszügen, gesetztem Kiefer und blassgrünen Augen. Er nickte ihr zu und sie winkte.

Er sah aus wie ein Filmstar, der in einem Actionfilm an Klippen hochkletterte und aus Flugzeugen sprang.

„Du kannst jetzt aufhören zu sabbern", sagte Rhys in einem amüsierten Ton.

„Wer ist das?", fragte sie.

„Rome. Er ist unser wichtigster Mann im Bereich Personenschutz. Der Kerl hat einen sechsten Sinn für Ärger." Rhys schob einen Stuhl zu ihr hinüber. „Setz dich."

Sie sah zu, wie Rhys sich in seinen eigenen Stuhl fallen ließ. Dann zog er eine Akte über seinen Schreibtisch und öffnete sie.

„Ich habe vergessen zu erwähnen, dass mein Freund Harry mich angerufen hat", sagte sie. „Er ist Kunsthändler und ihm sind Gerüchte über eine geheime

Auktion eines sehr teuren Gemäldes zu Ohren gekommen."

Rhys sah sie scharf an. „Hat er dir irgendwelche Details genannt?"

Sie schüttelte den Kopf.

„Wie gut befreundet bist du mit diesem Harry?" Rhys' Ton wurde mürrisch.

„Sehr gut. Er ist äußerst attraktiv, immer elegant gekleidet, ein freundlicher, humorvoller Mensch und außerdem Kunstliebhaber."

Rhys griff nach den Armlehnen ihres Stuhls und zog sie mit finsterer Miene näher an sich heran.

„Ich verstehe mich sehr gut mit ihm und seinem Ehemann, Trent."

Rhys entspannte sich. „Du machst es mir nicht leicht. Jedenfalls hast du dir damit eine Strafe eingehandelt."

Sie lächelte ihn einfach nur an. Gott, es war schön, sich sicher zu fühlen. Zu wissen, dass dieser Mann sie beschützte.

„Ich muss ein paar Leute in Miami anrufen", sagte er.

Ihre fröhliche Stimmung verflog schlagartig. „Wegen Leo?"

„Ja. Die Küche ist da drüben." Er zeigte in die Richtung. „Hol dir einen Kaffee. Und du musst deine Versicherung anrufen."

Sie überließ ihn seinen Telefonaten, kramte in den Schubladen und Regalen der Hochglanzküche und machte sich einen Milchkaffee. Dann drehte sie sich um und beobachtete durch die Glaswand, wie Rhys sich in ein Gespräch vertieft in seinem Stuhl zurücklehnte.

Ihr war nicht klar gewesen, dass es so erregend sein konnte, einem Mann bei der Arbeit zuzusehen.

Sie schlenderte zurück und fragte sich, wo die anderen alle waren. So wie sie Vander und Rhys kannte – und die anderen Männern im Norcross-Team waren da bestimmt nicht anders –, waren sie mit wichtigen Sicherheitsaufgaben beschäftigt.

Sie zog ihr Handy heraus, holte tief Luft und wählte die Nummer ihrer Versicherung.

Nachdem sie in der Warteschleife gehangen hatte und zu verschiedenen Personen durchgestellt worden war, hatte man ihr Anliegen schließlich aufgenommen. Als sie in Rhys' Büro zurückkam, sah sie einen besorgten Blick in seinen Augen.

„Was ist los?", fragte sie.

„Anscheinend hat dein Ex hohe Schulden bei den Zakharovs."

„Oh Gott." Sie ließ sich in ihren Stuhl fallen.

„Er hatte Probleme in seinem Club und begann, rote Zahlen zu schreiben. Sieht so aus, als hätte es vor etwa neun Monaten angefangen."

Haven schloss ihre Augen. Das war ungefähr der Zeitpunkt, an dem er begonnen hatte, sich zu verändern.

Rhys nahm ihren Kaffeebecher und stellte ihn ab. Er zog sie näher heran, bis ihre Knie gegen seine stießen.

„Das ist die Zeit, als er launisch und gemein wurde", sagte sie. „Als er anfing, mich zu betrügen."

„Er lieh sich Geld von Sergei Zakharov."

„Er hat also schmutziges Geld von Kriminellen genommen", sagte sie verächtlich.

„Ja. Anstatt sich wie ein Erwachsener zu verhalten,

wollte er es sich leicht machen. Zumindest glaubte er wohl, dass es leicht werden würde. Aber jetzt gehört er ihnen. Mein Kontaktmann sagte, er sei jetzt sogar noch höher verschuldet."

„Gott." Sie rieb sich den Nasenrücken zwischen ihren Augen.

Rhys' Finger glitten an ihren Schenkeln hinauf. „Das ist nicht dein Problem."

Sie nickte.

Er legte den Kopf schief. „Hast du noch Gefühle für ihn?"

„Nein."

„Gut."

Ihr Handy klingelte. Sie zog es aus der niedlichen Tasche, die Gia ihr besorgt hatte, und versteifte sich plötzlich.

Rhys neigte wieder den Kopf zur Seite. „Haven?"

„Das ist Leo. Er hat schon kurz vor der Explosion versucht, mich anzurufen ..."

Rhys' Gesicht verfinsterte sich. „Heb ab."

„Was?" Sie starrte ihn an.

„Hör dir an, was er zu sagen hat." Rhys zerrte sie von ihrem Stuhl und zog sie auf seinen Schoß.

Sie drückte das grüne Symbol auf dem Bildschirm. „Was willst du?"

„Haven, Babe, Gott sei Dank."

„Leo." Bei seiner Stimme machte sich Ekel in ihr breit.

Rhys' Hand drückte ihren Oberschenkel und seine Geste beruhigte sie.

„Warum rufst du mich an?", fragte sie.

„Ich weiß, dass du ein paar ... Probleme hattest. Ich wollte mich vergewissern, dass es dir gut geht."

„Woher weißt du von meinen Problemen, Leo?"

Langes Schweigen.

„Könnte es daran liegen, dass *du* zufällig derjenige bist, der mir diese Probleme überhaupt erst eingebracht hat? Und wenn ich Probleme sage, dann meine ich Diebstahl, Prügelattacken, versuchte Entführung und die Tatsache, dass jemand meine Wohnung in die Luft gejagt hat, während ich mich darin aufgehalten habe!" Ihre Stimme steigerte sich zu einem Schreien.

Vander erschien mit einem besorgten Gesichtsausdruck in der Tür.

Rhys bedeutete ihm mit einer Handbewegung, sich nicht einzumischen.

„Es tut mir leid, Babe", fuhr Leo mit flehender Stimme fort. „Ich liebe dich und ich wollte nie, dass du verletzt wirst."

„Du *liebst* mich?" Ihre Stimme klang ungläubig.

Unter ihr spürte sie, wie Rhys sich versteifte.

„Wenn das deine Vorstellung von Liebe ist, dann hast du den Verstand verloren. Wenn du jemanden liebst, dann betrügst du ihn nicht, du schlägst ihn nicht und du hetzt ihm nicht solche Typen auf den Hals."

„Babe."

Sie schüttelte den Kopf. „Nenn mich nicht Babe. Sag mir einfach, was du getan hast, Leo. Mein Leben ist in Gefahr."

Sie konnte hören, wie er ruckartig Luft in seine Lungen saugte.

„Es ist schlimm, Haven. Ich schulde jemandem eine

ganze Menge Geld. Ich habe dich im Auge behalten, um sicherzugehen, dass du in Sicherheit bist."

Sie schnaubte. „Nun, das bin ich nicht."

„Ich habe den Artikel über den Monet in der Zeitung gesehen."

Sie erstarrte. „Was hast du getan?"

„Ich weiß noch, wie du dich darüber beschwert hast, dass es in Alyssas Galerie so leicht war, sich als Polizist oder Zusteller einzuschleusen. Ich erinnere mich auch noch daran, wie du mir von dem berühmten Raubüberfall erzählt hast."

Oh. *Gott.* Der Überfall auf das Isabella-Stewart-Gardener-Museum in Boston. Die Diebe hatten sich als Polizeibeamte ausgegeben und Gemälde im Wert von über einer halben Milliarde Dollar gestohlen. Sie hatte mit Leo darüber gesprochen, sich ihm anvertraut, und er hatte dieses Wissen gegen sie verwendet.

„Du bist ein *Arschloch*."

„Ich steckte in großen Schwierigkeiten, Haven. Sie drohten, mir die Kniescheiben zu brechen."

„Sie haben meine Wohnung *in die Luft gejagt!*"

„Sie versuchen, an dich heranzukommen, um mich zu kontrollieren –"

„Dann sag ihnen, dass ich dir nichts mehr bedeute."

„Ich liebe dich, Haven."

„Nun, ich liebe dich *nicht*", fauchte sie ihn an.

„Das meinst du doch nicht –"

Plötzlich wurde ihr das Handy aus der Hand gerissen.

„Es ist nicht mehr deine Aufgabe, Haven zu beschützen", knurrte Rhys ins Telefon. „Sag Zakharov und seinen Schlägern, dass sie nichts mehr mit dir zu tun hat."

„Wer zum Teufel ist da?", hörte Haven Leos blecherne, wütende Stimme durch das Telefon.

„Ich bin jetzt der Mann an Havens Seite", sagte Rhys. „Sie gehört jetzt zu mir."

Rhys' Worte lösten ein Kribbeln in ihr aus.

„Ich bin der Typ, der sie nicht betrügt oder schlägt." Braune Augen legten sich auf sie. „Der sie beschützt."

Sie spürte die Worte tief in ihrem Inneren. Rhys würde zu seinem Wort stehen.

Aber irgendwann würde er das Interesse verlieren, weiterziehen und sie mit einem gebrochenen Herzen zurücklassen.

„Sie gehört mir", knurrte Leo in die Leitung.

Haven machte ein langes Gesicht. Als wäre sie ein Knochen, um den sich zwei wilde Hunde stritten.

„Du hast es vermasselt", sagte Rhys. „Du vermasselst es immer noch, Becker. Pfeif Zakharov zurück."

Und damit beendete Rhys das Gespräch und warf ihr Handy auf seinen Schreibtisch.

„Geht es dir gut?", fragte er.

„Nein. Mein Ex ruiniert immer noch mein Leben."

Rhys legte ihr die Hand an die Wange. „Wir helfen dir, die Sache durchzustehen."

Vielleicht. Aber Haven war sich nicht sicher, was die größere Gefahr für sie war – Leo und seine kriminellen Machenschaften oder Rhys Norcross.

„ICH BIN NICHT SICHER, ob ich in Partylaune bin."

Gia beugte sich vor und tupfte Make-up auf Havens Gesicht.

„Du verdienst ein wenig Spaß", sagte Gia und gab ein Summen von sich. „Deine blauen Flecken sehen schon viel besser aus."

„Tun sie nicht. Jetzt sind sie grün und gelb und ich sehe aus wie ein Zombie."

„Jetzt sind sie aber einfacher abzudecken. So." Gia drehte Haven zu dem großen, gut beleuchteten Spiegel in Gias protzigem Badezimmer herum. Der beeindruckende Raum wirkte wie ein Spa.

Gia hatte ihre Blutergüsse fast vollständig verschwinden lassen können. *Oh.* Außerdem hatte sie Haven sexy Smokey Eyes verpasst.

„Mein Bruder wird dich direkt aus diesem Raum in sein Bett zerren wollen, um unanständige Dinge mit dir anzustellen."

„Gia!"

Gia rümpfte die Nase. „Von denen ich niemals will, dass du sie mir im Detail erzählst. *Igitt.*"

„Ich habe dir doch schon gesagt, dass es nicht dazu kommen wird." Haven *durfte* es nicht dazu kommen lassen. „Du siehst doch, was der letzte Mann, den ich in mein Leben gelassen habe, angerichtet hat. Ich bin am Ende und mein Leben ist ein heilloses Chaos."

„Lass Rhys das alles für dich in Ordnung bringen."

„*Ich* muss das alles in Ordnung bringen."

Gia schob ihre Hüfte nach vorne. Sie sah hinreißend aus in ihrem roten Kleid, das ein verheißungsvolles

Dekolleté zeigte. Sie war wie eine Sophia Loren im Taschenformat.

„Du musst das nicht allein schaffen", sagte Gia leise.

„Muss ich doch." Havens Herz zog sich zusammen. „Am Ende stehe ich immer allein da."

Gia fluchte auf Italienisch. „Dein dummer Vater."

„Gia."

„Nein. Du bist nicht mehr allein. Du bist meine beste Freundin. Und ob du es zugeben willst oder nicht, du und mein Bruder, ihr seid ein Paar."

„Das sind wir nicht."

„Wo hast du letzte Nacht geschlafen?"

„Das ist nicht der Punkt."

„Wo?", beharrte Gia.

„Dafür gab es einen guten Gr–"

„Wo?"

„Na schön. In Rhys' Wohnung."

„Wo genau?"

Haven seufzte. „In Rhys' Bett."

„War er auch in dem Bett?"

Haven biss sich auf die Zähne. „Du bist eine Nervensäge. Ja."

Gia lächelte wie eine Königin, die mit ihren Untertanen höchst zufrieden war.

„Ich hasse dich", murmelte Haven.

„Nein, das tust du nicht, du liebst mich."

Haven seufzte. „Das tue ich."

Gia umarmte sie. „Komm, lass uns Champagner trinken. Guter Champagner macht alles besser."

Haven ließ sich aus Gias Badezimmer und dem angrenzenden Schlafzimmer zerren.

Im Wohnbereich standen Gias Brüder in der Küche um die große Kochinsel herum. Sie hielten alle ein Bier in der Hand und drängten sich um die kalten Platten, die Gia für die Party vorbereitet hatte.

„Warum müssen sie alle so heiß sein?", sagte Haven.

„Ich habe mich selbst schon oft darüber beschwert", sagte Gia.

Easton – in einem seiner teuren Anzüge – war durch und durch der heiße Geschäftsmann. Vander trug ebenfalls einen Anzug, aber die Jacke hatte er abgelegt und die Ärmel seines Hemdes umgeschlagen, sodass die Tätowierungen auf seinen muskulösen Unterarmen zum Vorschein kamen. Er war eher der sexy verwegene Typ, bei dem einem das Wasser im Mund zusammenlief.

Und Rhys ...

Bei ihm wurde Haven warm und ihr Höschen drohte zu schmelzen. Er hatte sich dunkle Jeans angezogen und dazu ein dunkelgrünes Hemd, das ihm wie angegossen passte. Auch er hatte seine Ärmel umgeschlagen und sein Haar war zerzaust, als käme er frisch aus dem Bett. Er sah aus wie ein heißer Rockstar.

Jetzt lächelte er sie an und Leidenschaft brachte seinen Blick zum Glühen, als er ihn über ihr silbernes Kleid gleiten ließ. Es hatte lange Ärmel und, was er noch nicht wusste, einen tiefen Rückenausschnitt. Sehr tief.

Er schnappte sich zwei Gläser Champagner von der Insel, reichte eines seiner Schwester und eines Haven.

„Du siehst zum Anbeißen aus", murmelte er.

Schnell nahm sie einen Schluck aus ihrem Glas.

Es läutete an der Tür. „Ich gehe schon", sagte Easton und machte sich auf den Weg.

Einen Moment später kam Saxon herein. Auch er trug eine Anzughose und ein strahlend weißes Hemd. Er sah aus wie ein köstlicher und vermögender nordischer Gott. *Mach Platz, Thor.*

Haven beobachtete, wie Gias Augen kurz aufblitzten, bevor ihr Gesicht wieder einen neutralen Ausdruck annahm.

„Mr. Buchanan beehrt uns mit seiner Anwesenheit", sagte Gia gedehnt.

Sein Blick wanderte über Gia, etwas Raubtierhaftes in seinen grünen Augen. „Ich wollte mir das kostenlose Essen und die Getränke nicht entgehen lassen."

„Das überrascht mich nicht. Du bist reicher als Gott, aber das hält dich nicht davon ab, bei mir zu schnorren."

Er schnappte sich eine Olive von einer der Platten. „Du weißt eben, wie man gutes Essen macht."

Gia hob eine Augenbraue. „Und der Platz einer Frau ist in der Küche?"

Saxon lächelte sie an. „Ah, da sind deine scharfen Krallen, meine Contessa."

Contessa? Fasziniert beobachtete Haven den Schlagabtausch der beiden. Sie hatten völlig vergessen, dass um sie herum noch andere Menschen anwesend waren.

„Und nein, der Platz meiner Frau ist in meinem Bett." Mit dieser Retourkutsche drehte sich Saxon um und ging in Richtung des Kühlschranks.

Hmm. Haven beobachtete, wie Gia mit ihrem Temperament kämpfte und ihren Blick wie einen Pfeil in Saxons breiten Rücken bohrte. Heiliger Strohsack, die sexuelle Spannung zwischen den beiden machte Haven fast ein wenig an.

Es klingelte wieder und weitere Gäste kamen herein. Die meisten kannte Gia von der Arbeit. Jemand drehte die Musik auf.

Für ein paar Stunden vergaß Haven Leo, das Gemälde und alles andere.

Jedes Mal, wenn sie aufblickte, beobachtete Rhys sie, was ihr ein warmes Kribbeln im Unterleib bescherte. Sie hörte, wie Gia und Saxon sich wieder ein bissiges Wortgefecht lieferten. Sie würde ihrer Freundin auf den Zahn fühlen, sobald sich die Gelegenheit bot. Wie zwei Menschen sich mit den Augen verschlingen konnten, während sie einander Gemeinheiten an den Kopf warfen, war ihr schleierhaft, aber Saxon und Gia beherrschten diese Kunst bis zur Perfektion.

Haven brauchte frische Luft und ging auf Gias Balkon hinaus. Sie lehnte sich an das Geländer, sodass die Brise ihr Gesicht kühlte.

Sie erahnte Rhys, bevor sie ihn hinter sich spürte. Ganz eindeutig waren ihre Antennen ganz auf diesen Mann ausgerichtet.

Er drückte ihr einen Kuss auf die Schulter und sie erschauderte.

„Hätte ich dein Kleid von hinten gesehen, als du damit aus dem Bad gekommen bist, hätte ich es dich nicht tragen lassen."

Sie neigte ihren Kopf zurück. „Wir leben nicht im Mittelalter, Rhys. Männer können uns Frauen nicht mehr vorschreiben, was wir tragen dürfen."

Langsam fuhr er mit einem Finger an ihrer Wirbelsäule hinunter und ihre Haut brannte dort, wo er sie berührte. „Ich hasse es, dass andere Männer so viel von deiner wie Honig und Gold glänzenden Haut sehen können."

Sie lehnte sich an ihn und spürte, wie sie sich in ihm verlor.

Er wirbelte sie herum und seine Lippen waren ganz nah an ihren, nur einen Hauch davon entfernt.

„Rhys –"

„Ich liebe es, wenn du meinen Namen so sagst. Als ob du so viel willst, aber so sehr dagegen ankämpfst."

Er senkte seinen Mund auf ihren und knabberte an ihren Lippen. Seine Hand glitt um ihren Hintern, während er sie küsste. Sie rieb sich an ihm und ihre Zunge tanzte einen leidenschaftlichen Tanz mit der seinen. Sie war so schwach.

Dann zog sie sich zurück. „Ich kann das hier nicht aufs Spiel setzen. Ich kann dich nicht aufs Spiel setzen."

„Haven, vertrau mir."

„Du wirst mir das Herz brechen."

Er erstarrte und sah sie durchdringend an.

„Du willst nur deinen Spaß haben, aber für mich –" Sie schüttelte den Kopf. „Ich muss hinterher die Scherben aufsammeln und versuchen, mein Herz wieder zusammenzuflicken. Dazu kommen die Probleme, die ich dann mit Easton hätte, mit Gia –"

Rhys küsste sie erneut. Sie klammerte sich an ihn.

„Es ist das Risiko wert", murmelte er. „Wir können die Zukunft nicht vorhersehen, aber ich will dich, Haven. In meinem Bett und in meinen Armen."

Sie hatte keine Chance gegen seinen Charme. „Ich ... ich brauche noch einen Drink."

Sie duckte sich unter seinem Arm hindurch und schaffte es zurück hinein, bevor er sie aufhalten konnte.

Gias Wohnung war erfüllt von Lachen, Musik und Gesprächen. Haven drängte sich durch die Menge und stellte ihr Glas auf der Insel ab. Sie brauchte Abstand von Rhys. Er zog sie immer weiter in seinen Bann und sie schien nichts dagegen tun zu können.

Was, wenn sie einfach losließ? Was, wenn sie ihm erlauben würde, sie für sich zu beanspruchen?

Die Versuchung bahnte sich einen Weg durch ihren Körper und ließ sie zittern.

Es klingelte wieder. Offenbar jemand, der es nicht pünktlich zur Party geschafft hatte.

Da niemand zu öffnen schien, ging sie selbst zur Tür und machte sie auf.

Eine lächelnde junge Frau in einem kurzen blauen Kleid strahlte sie an. „Hallo. Ich habe ein paar Sachen für die Party dabei. Können Sie mir helfen, sie hinein-zutragen?"

„Sicher", sagte Haven und machte einen Schritt in den Flur.

Das freundliche Lächeln der Frau verwandelte sich in etwas, das Haven misstrauisch machte. Im nächsten Moment stieß sie Haven den Flur hinunter.

„Hey!", schrie Haven erschrocken.

„Gute Arbeit."

Die männliche Stimme ließ sie herumfahren und sie entdeckte Leo. Ihre Augen weiteten sich.

Er drückte ihr ein Tuch auf den Mund und legte seinen Arm um sie.

„Was zum Teufel!" Ihre Worte waren gedämpft und kaum zu verstehen. Sie wehrte sich gegen ihn.

Dann wurde ihr schwindelig und ihre Beine gaben nach.

Leos Gesicht verzog sich.

Das darf doch nicht wahr sein.

Das war ihr letzter Gedanke, bevor die Dunkelheit sie übermannte.

KAPITEL ELF

Rhys nahm einen Schluck von seinem Bier und sah sich auf der Party nach Haven um. Gia sorgte immer für gute Stimmung. Auf einer Party wie dieser hatte er Haven kennengelernt.

Sie hatte in Gias Wohnzimmer gestanden, lächelnd, in einem sexy grünen Kleid, das ihren knackigen Hintern umspielt hatte. Sie hatte nicht viel gelacht und war ein wenig angespannt gewesen, aber Rhys hatte sich trotzdem gefühlt, als wäre er von einer Blendgranate getroffen worden.

Jetzt hatte er endlich einen Vorgeschmack auf sie bekommen und die kluge sexy Frau erlebt, die sie hinter ihren Schutzmauern war.

Er wollte sie. Alles von ihr.

Seine Hände legten sich fester um die Bierflasche. Zuerst musste er sie in Sicherheit bringen.

Er konnte sie in der Menge immer noch nicht ausmachen und runzelte die Stirn. Ihm war klar gewesen, dass sie nach ihrem Moment auf dem Balkon etwas Freiraum brauchen würde. Sie spürte die Verbindung, die zwischen ihnen bestand, aber sie kämpfte dagegen an.

Ihr verdammter Ex hatte sie das Fürchten gelehrt.

Er entdeckte Gia, die sich mit ihren Freundinnen unterhielt. Sie war, wie immer, der Mittelpunkt der Party.

„Hey, Gia, hast du Haven gesehen?"

Seine Schwester runzelte die Stirn. „Nein, sieh vielleicht im Bad nach."

Rhys machte sich auf den Weg dorthin. Saxon fing seinen Blick auf.

„Du siehst aus, als würdest du jemandem die Zähne einschlagen wollen", sagte Saxon.

„Hast du Haven gesehen?"

Saxon richtete sich auf. „Nein."

Gemeinsam durchsuchten sie in Windeseile Gias Wohnung. Panik – kopflose, blinde Panik – durchfuhr Rhys' Brust. Es fehlte jede Spur von ihr.

In der Küche trafen sie auf Vander.

„Haven ist weg", sagte Rhys.

Sein Bruder griff nach seinem Handy und stellte es auf Lautsprecher.

„Ich hoffe, es geht um Leben und Tod", sagte Ace knurrend. Ace war nicht zu der Party gekommen, da er schon etwas anderes vorgehabt hatte.

Rhys' Magen zog sich zusammen. „Haven war auf Gias Party und jetzt ist sie verschwunden."

„Scheiße." Das Rascheln von Laken, dann eine gedämpfte Frauenstimme im Hintergrund. „Ich muss arbeiten. Du solltest jetzt gehen, Babe. Alles klar. Vander, ich gehe an meinen Laptop."

Ein paar Augenblicke vergingen.

„Ich hole mir die Bilder der Überwachungskameras."
Es gab eine Pause. „Scheiße. Verflucht. *Fuck.*"

Vanders Handy piepte ebenso wie das von Rhys und
Saxon.

Rhys zückte seines und starrte auf das Bild von
Haven vor Gias Tür, wo sie sich gegen einen Mann
wehrte. Eine Frau in einem blauen Kleid sah mit einem
verhaltenen Lächeln zu.

„Ein Mann hat sie aus dem Gebäude geschleppt",
sagte Ace.

„Ace, ich brauche sein Gesicht", knurrte Rhys.

„Hier."

Ein weiteres Piepen und ein neues Bild erschien auf
Rhys' Bildschirm. Es war eine perfekte Aufnahme des
Gesichts des Mannes, auf dessen Arm Havens regloser
Kopf lag.

Leo Becker.

„Er hat sie betäubt." In Rhys' Brust baute sich ein
animalisches Brüllen auf.

„Behalte die Aufnahmen unter Verschluss", sagte
Vander.

„Hey, die Frau im blauen Kleid ist noch hier." Saxon
ruckte mit dem Kopf in Richtung Wohnzimmer.

Rhys wirbelte herum und entdeckte die Frau unter
den Partygästen. Im nächsten Moment stürmte er quer
durch den Wohnbereich.

„Rhys!", rief Vander ihm nach.

Die Frau hob den Kopf und ihre Augen weiteten
sich, als sie Rhys auf sich zulaufen sah. Sie wich zurück,
aber Rhys drückte ihr eine Hand auf die Schulter und

stieß sie gegen die nächste Wand. Um sie herum keuchten die Leute und begannen wild zu tuscheln.

„Rhys!", fauchte Gia. „Du kannst doch nicht –"

„Wie viel hat er dir dafür gezahlt?" Rhys' Stimme war tief und bedrohlich.

„Rhys?", sagte Gia erneut, diesmal mit Verunsicherung in ihrer Stimme.

„Er hat dich dafür bezahlt, dass du sie von der Party lockst, nicht wahr? Und dann hat er sie betäubt und entführt."

Gia stieß einen scharfen Atemzug aus. „Haven? Oh, Gott! Leah, was zum Teufel hast du getan?"

Leah befeuchtete ihre Lippen. „Das war doch alles nur Spaß. Er ist ihr Freund und er wollte sie überraschen", sprudelten die Worte aus ihrem Mund. Sie lallte eindeutig. „Er hat mich gebeten, sie in den Flur zu locken, aber ich hatte Glück und sie hat einfach aufgemacht, als ich geklingelt habe. Angeblich steht sie auf perverse Sachen und ist total scharf darauf, einmal entführt zu werden."

„Scheiße!", brach es aus Rhys heraus.

Vander und Saxon packten ihn an den Armen und zogen ihn von der Frau weg.

Leah rieb sich die Schulter.

Easton drängte sich zu ihnen durch. „Was ist hier los? Wo ist Haven?"

„Becker hat sie entführt", sagte Rhys mit zusammengebissenen Zähnen.

„Verflucht", murmelte Easton.

Jede Farbe wich aus Leahs Gesicht. „Er ist ... er ist nicht ihr Freund?"

„Er ist ihr Ex-Freund, der sie geschlagen hat." Gias Stimme war scharf wie eine Rasierklinge.

Die Frau schlug sich eine Hand vor den Mund. „Oh Gott, ich wollte nicht –"

Rhys wandte sich ab. „Wir müssen sofort mit der Suche beginnen."

Vander hielt sich das Handy ans Ohr. „Ace, finde heraus, was für ein Auto Becker fährt und wo zum Teufel er sie hingebracht hat."

Dann schritt Rhys zielstrebig in den Flur hinaus. Er *musste* Haven finden.

Wenn dieses Arschloch sie verletze ...

Vander packte ihn an der Schulter. „Becker wird ihr nicht wehtun."

„Becker ist eine tickende Zeitbombe", knurrte Rhys. „Er hat sie schon einmal geschlagen, sie in diesen ganzen verdammten Mist hineingezogen und jetzt hat er sie auch noch mit einem Betäubungsmittel außer Gefecht gesetzt."

Während er auf den Aufzug wartete, drehte sich Rhys um und schlug gegen die Wand. Seine Faust durchbrach die Trockenmauer.

„Wir werden sie finden", wiederholte Vander.

Rhys nickte, aber seine Kehle war wie zugeschnürt. Er würde nicht ruhen, bis er Haven wieder in den Armen hielt.

HAVEN BLINZELTE und kämpfte gegen die Müdigkeit an, die sie wie eine dicke Decke umhüllte. Wie viel Wein hatte sie getrunken?

Sie öffnete die Augen und fand sich auf einer Couch in einer kleinen, nicht gerade schönen Wohnung wieder. Die Couch hatte ein furchtbares Blumenmuster mit dubiosen Flecken darauf.

Was zum Teufel hatte das zu bedeuten? Sie richtete sich ruckartig auf.

Dann entdeckte sie Leo, der ihr gegenüber in einem Lehnstuhl saß.

Sie zuckte zusammen. „Leo? Bist du jetzt völlig durchgedreht?" Plötzlich kehrten all die Erinnerungen wieder in ihren Kopf zurück. „Oh, mein Gott, du hast mich entführt!"

„Haven –"

„Halt den Mund." Sie ließ ihren Kopf in ihre Hände sinken. Ihre Freunde würden krank vor Sorge sein.

Rhys.

Verdammt, Rhys würde die Stadt nach ihr durchkämmen.

Sie hob den Kopf und musterte ihn.

Leo sah aus wie ein Krimineller, dem das Leben übel mitgespielt hatte, als er sich in seinem Sessel nach vorne lehnte. Sie bemerkte die Spuren von Stress und Müdigkeit in seinem Gesicht und zuckte zurück, um ihm nicht zu nahezukommen.

„Ich habe dich verlassen", sagte sie. „Ich will *nichts* mehr mit dir zu tun haben. Warum lässt du mich nicht in Ruhe?"

Sein eigentlich hübsches Gesicht verzog sich. „Ich wollte dich nie verletzen. Ich liebe dich, Haven."

Sie lachte schroff auf. „Du verarschst mich doch." An seinem Ausdruck erkannte sie aber, dass es ihm ernst war. „Oh, wow, tust du nicht." Ihre Augen verengten sich. „Hast du auch die Kellnerin geliebt, die dir in deinem Büro einen geblasen hat?"

Leo schloss die Augen. „Das war ein Fehler."

Haven gab ein wütendes Schnauben von sich. Warum konnte ihre Vergangenheit sie nicht in Ruhe lassen?

„Ich stand unter großem Stress. Du hast mir immer wieder Druck gemacht –"

„Ich war deine *Freundin*. Ich war besorgt um dich. Ich wollte dir helfen." Sie lehnte sich zurück und fragte sich, was sie sich auf dieser verdammten Couch alles einfangen könnte. „Ich schätze, bei der russischen Mafia in der Kreide zu stehen, ist stressig."

Ihr Ex holte tief Luft. „Du weißt es also."

„Ich schwebe in Lebensgefahr, Leo. Ich wurde angegriffen, ein hundert Millionen Dollar teures Gemälde, für das ich verantwortlich bin, wurde aus dem Museum, in dem ich arbeite, gestohlen, und meine Wohnung wurde in die Luft gesprengt. Ja, ich weiß es."

„Deshalb bin ich hier. Ich will dich beschützen. Du musst mit mir kommen und –"

„Das kann nicht dein Ernst sein." Sie erhob sich, aber in ihrem Kopf drehte sich alles. *Verdammt noch mal.* Sie blieb wie angewurzelt stehen, um nicht zu taumeln. „Ich will *nichts* von dir wissen. Ich will nicht in deiner Nähe sein. Deinetwegen habe ich diesen ganzen Ärger am

Hals." Sie machte zwei Schritte von ihm weg. „Ich muss meinen Freunden Bescheid geben." Rhys würde durchdrehen. „Sie werden sich Sorgen machen. Wo zum Teufel sind wir überhaupt?"

„In einem Airbnb, das ich gemietet habe. Und deine Freunde sorgen sich nicht so um dich, wie ich es tue."

War das wirklich sein Ernst? War er schon immer so egozentrisch gewesen? „Da hast du völlig recht. Sie sorgen sich *viel* mehr um mich, als du es je getan hast. Ich gehe jetzt."

Leo sprang auf. „Nein. Es ist zu gefährlich. Zakharovs Männer –"

Sie legte den Kopf schief. „Deine russischen Freunde?"

„Sie sind hinter dir her", sagte er.

„Warum?" Wut brannte in ihrer Kehle. „Woher wissen die überhaupt, wer ich bin?"

„Ich sagte doch, ich bin verzweifelt. Ich musste ihnen das Geld zurückzahlen und als ich Sergei von dem Gemälde erzählte ..." Leo schluckte. „Sie haben es, aber es fällt ihnen schwer, einen Käufer dafür zu finden."

„Es ist ein gestohlenes Meisterwerk. Man glaubt es kaum."

„Sie brauchen einen seriösen Profi, der ihnen garantiert, dass es sich um das Original handelt, und nicht um eine Fälschung. Sie wissen, wie sachkundig du bist ..."

Ihre Augen weiteten sich. „Sie haben meine Wohnung in die Luft gejagt und versucht, mich zu töten!"

„Du hättest nicht dort sein sollen." Er fuhr sich mit den Händen durch die Haare. „Es war Nachmittag und du hättest bei der Arbeit sein müssen. Sie wollten dir nur einen Schrecken einjagen und dich in die Ecke drängen."

Sie schüttelte den Kopf. „Ich fasse es nicht."

„Sie glauben, dass du ihnen helfen kannst, das Bild an den Mann zu bringen." Er rieb sich den Nacken. „Mit mir sind sie auch nicht glücklich, weil irgendeine Sicherheitsfirma aus San Francisco die Nase in ihre Angelegenheiten steckt."

„Mein Boss ist ein reicher, einflussreicher Geschäftsmann, Leo."

„Ist er derjenige, den du fickst?"

Haven biss die Zähne zusammen. „Nicht, dass es dich etwas angehen würde, aber nein. Einer seiner Brüder leitet diese Sicherheitsfirma und der andere arbeitet dort. Sie wollen das Gemälde zurück. Sie sind auch meine Freunde und meine Sicherheit ist ihre oberste Priorität."

„Zakharov will dich benutzen, um mich zu steuern."

„Warum?", kreischte sie.

„Weil er weiß, dass ich dich liebe."

„Hör auf, den Leuten zu sagen, dass du mich liebst. Ich liebe dich nicht!"

Kränkung legte sich in seine Züge. „Wir waren ein gutes Paar, Haven."

„Etwa dreißig Sekunden lang, Leo. Wir hatten Spaß. Dann hat es keinen Spaß mehr gemacht und jetzt macht es *wirklich* keinen Spaß mehr. Ich bin über dich hinweg. Ich bitte dich. Lass. Mich. In. *Ruhe*."

Er starrte sie mit seinen himmelblauen Augen an, die sie einmal für wunderschön gehalten hatte. „Bist du wegen dieses Wichsers über mich hinweg, der am Handy mit mir gesprochen hat?"

Haven wollte schreien. „*Das* hast du von allem, was ich gerade gesagt habe, mitbekommen? Ist dir eigentlich aufgefallen, dass ich dir gerade gesagt habe, was ich fühle und was ich will?"

Er hielt inne. „Bist du mit ihm zusammen?"

„Ich gehe jetzt, Leo."

„Nein!" Er stürzte sich auf sie.

Sie rangen kurz miteinander, bis sie ihm zwei Finger in die Augen stieß. Er japste und ging zu Boden, aber er riss sie mit sich und sie rollten über den verdreckten Teppich, bis sie gegen einen Couchtisch knallten und ein brennender Schmerz ihre Hüfte durchbohrte.

„Lass mich los!", schrie sie.

„Ich muss dich beschützen!"

Haven schaffte es, auf ihn zu klettern, und rammte ihm ihr Knie in den Bauch. Leo war gut in Form, aber bei Weitem nicht so stark und muskulös wie Rhys.

Luft entwich seinen Lungen und er stöhnte auf.

Haven rappelte sich auf und riss die Haustür auf. Sie hatte bei dem Kampf ihre High Heels verloren, aber sie zögerte nicht, sondern rannte barfuß das schmuddelige Treppenhaus hinunter.

Sie erreichte die Straße, sah nach links und rechts und entschied sich für links. Die kühle Luft schlug ihr entgegen und sie fröstelte.

Sie wollte Rhys. Sie wollte diese muskulösen, tätowierten Arme um sich spüren. Nur einmal wollte sie sich bei jemandem anlehnen und darauf vertrauen können, dass er sie stützte.

Sie unterdrückte ein Schluchzen und bog um eine Ecke. Sie hatte keine Ahnung, wo sie war, aber sie sah Lichter und Geschäfte vor sich.

Im Laufschritt eilte sie vorwärts und entdeckte eine Apotheke. Sie musste Gia und Rhys anrufen.

Die Türen glitten zischend auf.

„Ich brauche Hilfe."

Eine Frau mittleren Alters und ein Mädchen im Teenageralter standen hinter dem Tresen und rissen die Augen auf. Die Frau eilte zu Haven. „Oh, Liebes. Geht es Ihnen gut?"

Haven nickte. „Kann ich Ihr Telefon benutzen?"

Die Frau tätschelte ihr den Rücken. „Aber natürlich."

Haven war so froh, dass sie Gias Nummer auswendig wusste. Sie hielt das Telefon in ihren zitternden Händen. Es klingelte.

„Hallo?"

„Gia!"

„Haven! Geht es dir gut? Die Jungs suchen überall nach dir."

„Mir geht es gut. Leo –"

„Wir wissen alles – wir haben die Überwachungsvideos gesehen. Wo bist du?"

„In einer Apotheke. Bleib kurz dran." Sie legte ihre Hand auf die Sprechmuschel. „Wo sind wir hier?" Das Mädchen nannte ihr die Adresse und Haven gab sie ihrer Freundin durch.

„Bleib, wo du bist, Süße. Bist du sicher, dass es dir gut geht?"

„Ja."

„Okay, ich rufe die Kavallerie."

„Danke, G." Haven reichte das Telefon an die Frau zurück. „Ich danke Ihnen. Es kommt gleich jemand."

„Wollen Sie die Polizei rufen?"

Eigentlich wollte Haven nur eins, nämlich nicht mehr hier sein. „Nein, nein, schon gut."

Nach ein paar Minuten nahm sie eine Bewegung draußen vor der Tür wahr. Sie sah hoch.

Leo starrte sie mit einem manischen Blick durch die Scheibe hindurch an.

Oh, verdammt. Die Türen öffneten sich und sie stieß sich vom Tresen ab.

Leo stürmte herein. „Haven, wir müssen jetzt gehen."

„Leo, lass mich in Ruhe. Ich weiß nicht, wie ich es dir noch sagen soll."

Er packte ihren Arm. „Du musst –"

„Hey", unterbrach die Apothekerin ihn. „Lassen Sie sie in Ruhe."

Leo ignorierte die Frau und schubste Haven vor sich her in Richtung Tür. Sie wehrte sich, aber er arbeitete sich Schritt für Schritt vor.

Plötzlich segelte ein Schokoriegel durch die Luft und traf Leo an der Stirn. Er blinzelte erschrocken auf und Haven sah, wie das Mädchen einen weiteren Schoko-riegel aus einem Aufsteller neben der Kasse nahm.

„Haven", knurrte Leo.

„*Verschwinden* Sie einfach", schrie sie.

Er zerrte wieder an ihr, aber sie versuchte, sich aus seinem Griff zu befreien. Dabei wirbelten sie unkontrol-liert durch die Apotheke und prallten gegen einen

Aufsteller für Haarbürsten und Accessoires, die daraufhin in alle Richtungen durch die Luft flogen.

Sie stürzte zu Boden und Leo landete auf ihr. Sie bekam keine Luft mehr.

„Mein Gott, was habe ich nur jemals in dir gesehen?", rief sie.

Sie versuchte mit aller Kraft, seinen schweren Körper von sich zu stoßen, aber plötzlich verflog der Druck auf ihren Brustkorb wie von allein und im nächsten Augenblick wurde Leo gegen ein Regal geschleudert.

Sie rappelte sich auf und sah Vander und Saxon in der Tür stehen, ihre Mienen wie versteinert.

Vander verschränkte die Arme vor der Brust. „Haven, geht es dir gut?"

Sie nickte.

Dann drehte sie sich um. Rhys fixierte Leo auf dem Boden und umklammerte mit einer tätowierten Hand sein Hemd, während er ihm mit der anderen Hand einen Schlag ins Gesicht verpasste.

Oh, Gott.

Sie stürzte zu den beiden hinüber. „Rhys, lass ihn los. Er ist es nicht wert."

Keine Reaktion. Leo stöhnte.

„Rhys!" Sie klammerte sich an seinen Arm. „Bitte."

Er zögerte.

„Ich brauche dich. Ich kann spüren, dass sich ein riesiger Nervenzusammenbruch in mir anbahnt." Nun, das stimmte nicht ganz. Eigentlich war sie eher wütend als überfordert, aber das nervöse Zittern in ihrer Stimme hatte sie ziemlich gut hinbekommen.

Rhys ließ Leo los. Dann wandte er sich ihr zu, in

seinen Zügen tobte ein Sturm und in seinen Augen loderte ein Feuer.

„Rhys", flüsterte sie.

Er zerrte sie hoch und küsste sie. Sie ließ sich in ihren Kuss fallen und eine Flutwelle der Emotionen brach über sie herein – Erleichterung, Verlangen, Wut. Seine Zunge berührte die ihre und sie vergrub ihre Hände in seinem dichten Haar.

Als er sich schließlich zurückzog, drückte er seine Stirn an ihre und sie schmiegte sich an ihn. Dann stieß sie einen glücklichen, leisen Seufzer aus.

Er legte den Kopf schief. „Was ist jetzt mit deinem Nervenzusammenbruch?"

Ups. „Oh … Tja, dein Kuss muss ihn wohl vertrieben haben."

Seine dunklen Augen verengten sich, aber dann zuckten seine Mundwinkel. „Du hast doch nicht etwa versucht, mich abzulenken, damit ich nicht die Scheiße aus deinem Ex rausprügle, oder?"

„Wer, ich?"

Er schüttelte den Kopf und konnte sich ein Schmunzeln nicht verkneifen.

„Du hast gesagt, du bist nicht mit deinem Boss zusammen." Leos Stimme drang nasal zu ihr durch, seine Nase blutete.

„Er ist nicht mein Boss", schnaubte sie. „Er ist sein Bruder."

Leo schaute finster drein. „Er ist ein Arschloch –"

Rhys bewegte sich und Haven beeilte sich, einen Schritt vor ihn zu machen, um ihm die Sicht auf Leo zu versperren.

„Sei still", fauchte sie Leo an. „Du existierst für mich nicht mehr."

„Aber dieses Arschloch schon?" Leo funkelte Rhys an.

Hinter ihr spannte Rhys sich an. Sie drückte eine Hand auf seinen harten Bauch und war für einen Moment abgelenkt, als sie seinen Sixpack durch den Stoff seines Hemds hindurch spürte.

„Das tut er. Sag deinen Freunden, dass ich nichts mehr mit dir zu tun habe." Sie drehte sich um. „Können wir jetzt nach Hause fahren?"

„Ja, Engel."

Rhys hob sie hoch und sie schmiegte sich an ihn.

„Ich kann selbst gehen", sagte sie.

„Ich weiß", gab er zurück, setzte sie aber nicht ab.

Sie lehnte sich an ihn, als er mit ihr in seinen Armen zur Tür hinausging.

KAPITEL ZWÖLF

Als Rhys seine Haustür aufschloss, empfand er eine Mischung aus angestauter Wut und unbeschreiblicher Erleichterung.

Er hatte einen Arm um Haven gelegt. Sie war am Leben. In Sicherheit. Unversehrt.

Sie sah zwar trotz der Tortur, die sie durchgemacht hatte, gut aus, aber dennoch wollte er sich um sie kümmern.

Was er hingegen auf gar keinen Fall wollte, war, noch einmal jene Angst zu spüren, die er empfunden hatte, als er herausfand, dass sie entführt worden war.

Sie betraten seine Wohnung und er schaltete das Licht an.

„Warum nimmst du nicht ein Bad?", fragte er. „Entspann dich –"

„Ich will nicht baden." Sie machte ein paar Schritte in den Wohnbereich und sein Blick fiel auf den Rücken ihres Kleides. Oder vielmehr den fehlenden Stoff in diesem Bereich.

Sie drehte sich um und sah ihn mit ihren verführerischen blauen Augen an.

Dann machte sie einen Satz auf ihn zu und sprang an ihm hoch.

Er fing sie mit einem Grunzen auf und schob seine Hände unter ihren Hintern. „Haven."

„Ich weiß, was ich will." Ihr Mund schwebte über seinem, ohne ihn zu küssen. Noch nicht.

Ihre Vorfreude machte sie heiß und hungrig nach ihm. Ihr Atem vermischte sich mit seinem.

Sein Schwanz wurde augenblicklich hart, aber für sie schaffte er es, den letzten Rest seiner Selbstbeherrschung aufzubringen. Den winzigen verbleibenden Rest. „Es war ein ganz schön heftiger Abend für dich – "

Sie leckte sich über die Lippen und ihre Zunge neckte die seine. Sie stöhnten beide auf, als seine Finger sich im Fleisch ihres Hinterns vergruben.

„Ich denke an nichts anderes als an dich", murmelte sie.

Rhys biss die Zähne zusammen. Eigentlich war er bekannt für seine Beherrschung. Für seine eisernen Hände am Lenkrad eines schnellen Autos, am Steuerrad eines Schnellboots, am Abzug einer Waffe im Kampf.

Aber in diesem Moment zitterten seine Hände.

Ihretwegen.

Wegen seiner Haven.

Als er sich nicht rührte und nichts sagte, sah er, wie sich Verunsicherung in ihrem Gesicht ausbreitete.

„Ähm, wenn du nicht willst –?"

Er schob eine Hand in ihre Haare, um ihren Kopf daran nach hinten zu zerren, mit gerade so viel Kraft, dass er ihre volle Aufmerksamkeit hatte. Ihre schönen Lippen öffneten sich einen Spalt breit.

„Was willst du denn, Baby?", murmelte er.

Etwas erwachte in ihm, ein animalischer Teil seines Wesens, der sie auf den Boden werfen und ihr dieses verdammte Kleid vom Leib reißen wollte.

„Ich möchte mich sicher fühlen", murmelte sie. „Ich möchte deine Hände auf mir spüren." Ihr Mund berührte leicht den seinen. „Ich will dich in mir spüren."

Rhys' Knurren war laut. Sein Schwanz war hart und pulsierte, wehrte sich dagegen, in seinen verdammten Jeans gefangen zu sein. Sein Verlangen nach ihr tobte in seinen Lenden.

Er hatte noch nie zuvor eine Frau auf diese Weise beanspruchen und besitzen wollen.

„Wirst du mich meinen Schwanz tief in dir versenken lassen? Bist du feucht für mich, Engel?"

Sie rieb sich an seinem Körper. „Ja."

„Keine Zärtlichkeiten, keine Sanftheit heute Nacht." Er drückte seinen Schwanz gegen sie. „Du hast mich heiß und hart gemacht."

„Ich will hart. Ich will *alles*." Sie atmete stoßweise.

Rhys schritt mit ihr quer durch den Raum zu seinem Esstisch, erfüllt von einem Hunger nach ihr, den er kaum noch im Zaum halten konnte. Er stellte sie vor dem Tisch auf ihre Füße und zerrte ihr dann gierig das Kleid von den Schultern.

Der Stoff fiel ihr bis zur Taille und sie keuchte, aber Rhys hatte nur Augen für ihre prächtigen Brüste. Sie waren nicht groß, aber sie waren perfekt geformt und ihre Brustwarzen leuchteten im zartesten Rosé.

„Rhys –"

Er legte einen Arm in ihren Rücken und ließ sie nach hinten auf den Tisch sinken, wobei sie ihre Wirbelsäule durchdrückte, sodass sich ihre Brüste ihm entgegenstreckten.

„Wie wunderschön du bist." Er fuhr mit den Fingerknöcheln über ihre Brustwarzen und beobachtete, wie sie sich zu harten, kleinen Perlen zusammenzogen.

Sie gab einen begierigen Laut lusterfüllter Verzweiflung von sich.

Er senkte seinen Kopf und saugte eine ihrer Brustwarzen in seinen Mund.

„Oh ... *Gott, ja.*"

Genüsslich ließ er seine Zunge über ihre Brustwarze gleiten und liebte es, wie sie sich unter seiner Liebkosung wand. Dann wanderte er hinüber zur anderen Seite. Ihre Haut war so glatt. Sie war eine Göttin.

Haven schob eine Hand in sein Haar und zog sanft daran. Er saugte fester und sie stöhnte und bäumte sich unter ihm auf.

„Ich brauche dich in mir", flehte sie.

Ihr glühendes Verlangen ließ alles in ihm heiß werden, sich anspannen. Wenn er sie nicht bald nahm, würde er implodieren. Er fühlte sich, als hätte er sie seit Ewigkeiten gewollt. Er konnte sich nicht erinnern, sie jemals nicht gewollt zu haben.

Ohne zu zögern, schob er ihr Kleid über ihre Hüften nach unten, wo sich der Stoff um ihre Füße sammelte.

Darunter trug sie einen winzigen Hauch bronzefarbener Spitze.

Er packte sie an den Hüften und hob sie auf den Tisch.

„Oh." Sie griff nach seinem Bizeps. Dann griff sie mit beiden Händen nach seinem Hemd und riss es auf.

Knöpfe flogen in alle Himmelsrichtungen und ihr Blick blieb auf seiner nackten Brust hängen. Sie schob das zerrissene Hemd von seinen Schultern.

„Mein Gott, du bist der Stoff, aus dem Fantasien gemacht sind." Sie drückte eine Hand auf seine Bauchmuskeln und ließ ihre Nägel über seine Haut kratzen.

Bei dem Geräusch, das Rhys machte, sah sie ihm in die Augen. In ihrem Blick konnte er dasselbe Verlangen sehen, das auch durch seine Adern rauschte.

Sie berührte die Tätowierung auf seiner Brust – die amerikanische Flagge. Eine Erinnerung daran, wofür er gekämpft hatte, warum er kleine Teile seiner Seele geopfert hatte.

Und dann, bevor er auch nur erahnen konnte, was sie vorhatte, griff sie nach seinem harten Schwanz. *Fuck.* Er spürte, wie sich seine Eier zusammenzogen, und für eine Sekunde befürchtete er, dass er in seinen Jeans kommen würde.

Er agierte schnell, drängte sich dicht zwischen ihre Beine und schob sie zurück auf den Tisch. Verdammt, er hatte noch nie einen schöneren Anblick erlebt als Haven McKinney, wie sie nackt und bereit vor ihm lag.

„Baby, mein Schwanz kann jeden Moment explodieren, wenn du im Spiel bist. Aber ich habe vor, tief in dir zu kommen und nicht in meiner Hose."

Sie schob ihm ihre Brüste entgegen und er strich mit seinen Händen über ihren Bauch, bevor er zwei Finger unter das Bündchen ihres Tangas gleiten ließ. Sie war klatschnass und bei dieser Erkenntnis begannen seine Lenden vorfreudig zu zucken.

„Baby, so feucht. Wenn ich dich jetzt ficke, stecke ich direkt bis zum Anschlag in dir."

„*Rhys.*"

Er wollte nicht die kleinste Barriere zwischen ihnen spüren und zerrte kraftvoll an ihrem Tanga, bis der Stoff riss.

Sie keuchte. „Mir hat noch nie jemand die Kleider vom Leib gerissen."

Er grinste verwegen. „Du hast angefangen. Du hast mein Hemd zerfetzt."

Sie biss sich auf die Lippe. „Und ich bereue es nicht."

Er beugte sich vor und küsste sie. Es war ein Kuss, kompromisslos und verheißungsvoll. Ihre Zungen tanzten einen wilden Tanz, zogen, schoben, neckten einander. Ihre langen Beine legten sich um seine Hüften und sie rieb sich an seinem Schwanz.

Rhys schob eine Hand zwischen ihre Körper und ließ zwei Finger an ihren süßen, feuchten Falten entlanggleiten. Als sie lustvoll aufstöhnte, stieß er sie in ihre einladende Wärme.

Ihre Hände vergruben sich wieder in seinem Haar und zogen kräftig daran. Erst klangen ihre Laute verzweifelt, dann rief sie seinen Namen.

Er spürte, dass sie nah dran war, also hielt er inne und zog seine Finger zurück.

„*Nein*", beschwerte sie sich.

„Ich finde, du solltest kommen, wenn mein Schwanz in dir steckt, nicht meine Finger."

„Rhys, bitte." Sie bäumte ihren Oberkörper auf.

„Oder vielleicht lasse ich dich zuerst um meine Finger kommen und dann um meinen Schwanz." Er ließ seine Finger wieder in sie gleiten und drückte diesmal seinen Daumen auf ihren Kitzler.

„Rhys!"

Sie wiegte sich gegen seine Hand und ihr Aufschrei, als ein heftiger Orgasmus sie überkam, fühlte sich für ihn an wie der Jackpot. Ihre Muschi klammerte sich um seine Finger, als sie kam, und er bearbeitete sie weiter und beobachtete gebannt jede Emotion, die über ihr Gesicht huschte.

Sie war so verdammt ausdrucksstark.

Schließlich sackte sie keuchend unter ihm zusammen. Der Anblick ihrer geschwollenen Lippen war zu viel für ihn.

Er zerrte an seinem Gürtel, um die Schnalle zu öffnen. Er musste sie nehmen. *Jetzt.*

Hastig zog er ein foliertes Päckchen aus seiner Tasche, schob seine Jeans nach unten und streifte sie sich ab. Kurz darauf folgten seine Boxershorts und sein Schwanz war endlich frei.

Haven stützte sich auf einen Ellbogen, ihren hungrigen Blick auf ihn gerichtet. Sie ließ den Anblick seines nackten Körpers auf sich wirken und starrte beeindruckt auf seinen Schwanz. Er nahm ihn in die Hand und pumpte ihn ein paar Mal.

Ihre Brust spannte sich an. „Er ist groß."

„Er gehört ganz dir, Baby." Damit packte er sie und zog sie nach vorne an die Tischkante.

Sie keuchte.

ANNA HACKETT

Er drückte sich an sie, spreizte mit den Händen ihre Schenkel weit auf. „Was willst du mit ihm anstellen?"

„Er gehört mir", flüsterte sie.

„Er gehört dir."

Schnell riss er das Päckchen auf und streifte sich das Kondom über. Dann schob er sein Becken nach vorne und ließ seinen geschwollenen Schwanz über ihre nassen Falten gleiten.

Sie stöhnte auf. Er glitt in sie hinein, ein Stück weit, sodass nur die Spitze seines Schwanzes in ihr war. Sie stöhnten gleichzeitig auf bei dem Gefühl.

Ihre Arme und Beine schlangen sich um ihn.

„Na los", befahl sie ihm.

Rhys stieß sich in sie – hart und tief.

Ihr Schrei war laut, als ihre Nägel sich in seine Schultern bohrten.

Eng, heiß. Er biss die Zähne zusammen. „Haven."

„So groß. So gut."

Rhys zog sich zurück und versenkte sich wieder kraftvoll in ihr. Der Tisch begann unter ihnen zu wackeln, als er sich schneller zu bewegen begann.

„Halte dich an mir fest, Haven." Wieder und wieder glitt er in ihre feuchte Hitze und ließ sie wimmernd zurück, wenn er sie für einen kurzen Moment verließ, um gleich darauf wieder in sie einzutauchen. Er spürte, wie sich sein Höhepunkt in seinem Bauch, in seinen Eiern und an der Basis seiner Wirbelsäule aufbaute.

„*Ja*, Rhys, härter."

„*Baby.*"

Ihre Blicke trafen sich.

„Wir sind eins", flüsterte sie.

Und wie wir das sind. Er steckte so tief in ihr. Es fühlte sich so verdammt gut an.

„Komm noch mal", knurrte er.

„Ich bin mir nicht sicher –"

Er veränderte den Winkel seiner Stöße und kippte ihre Hüften leicht. Ihre heiseren Schreie erfüllten die Luft.

„Verdammt, ich brauche dich, Haven."

„Rhys!"

Sie kam ein zweites Mal und diesmal brach ihr Orgasmus so heftig über sie herein wie eine Flutwelle im Sturm. Sie wimmerte, ihr Körper bebte und ihre Muschi zog sich eng um ihn zusammen.

Rhys' eigene Erlösung traf ihn wie ein Orkan. Ein Brüllen hallte in seinem Kopf wider und jeder Muskel in seinem Körper zog sich krampfartig zusammen.

Bei seinem letzten Stoß glitt er mit seinen Zähnen an ihrem Hals entlang und versenkte sie in ihrem süßen Fleisch. Er hörte, wie sie aufschrie, als sein Körper unter seinem Orgasmus bebte und er sich heftig zuckend in ihr entlud.

HAVEN WAR ES VÖLLIG EGAL, dass der Tisch hart unter ihrem Rücken war.

Ein elektrisierendes Kribbeln drang in jede einzelne Zelle ihres Körpers vor. Ihr Atem ging immer noch schnell. Rhys' Körper lag erschöpft auf ihrem, sein Gesicht hatte er in ihrem Haar vergraben.

Wow.

Sie streichelte die Haut an seinem Rücken. Er bewegte sich und drückte ihr einen Kuss seitlich auf den Hals, dort, wo er sie gebissen hatte.

Ihre Blicke trafen sich und er senkte seinen Kopf, um sie zu küssen.

Oh.

Ihre Hände wanderten zu seinem Kopf und massierten ihn träge, während er sie wieder küsste. Diesmal war sein Kuss langsam und innig, mit einem überraschenden Hauch von Zärtlichkeit darin.

Sie summte in seinen Mund und zitterte.

„Ich muss das Kondom loswerden", sagte er. „Bin gleich wieder da."

Er zog sich aus ihr zurück und sie kommentierte den Verlust seines Schwanzes mit einem verhaltenen Wimmern.

Er grinste sie frech an und schlenderte dann selbstbewusst davon. Sie hatte gerade noch ausreichend Energie in sich, um auf den knackigsten und atemberaubendsten Arsch zu starren, den sie je gesehen hatte.

Haven vermutete, dass es ihr peinlich sein sollte, nackt auf Rhys' Tisch zu liegen. Sie wartete eine Sekunde. *Nein.* Das Einzige, was sie nach dem besten Sex ihres Lebens empfand, war pure Glückseligkeit.

Rhys kam zurück, immer noch splitterfasernackt, und drückte seine Hände an beiden Seiten ihres Körpers auf die Tischplatte.

„Willst du auf dem Tisch schlafen?"

„Vielleicht?", erwiderte sie.

Er grinste und es fühlte sich an, als würde er mit der Glut in ihrem Unterleib zündeln. *Oh, Mann.*

Er zog sie hoch und warf sie über seine starke Schulter. Eine große Hand legte sich auf ihren Hintern.

„Rhys!"

Ihr empörter Aufschrei brachte ihr ein Grunzen ein. Er ging mit ihr den Flur entlang und in sein Schlafzimmer. Dort legte er sie auf sein Bett und sie sah zu ihm auf. Vor den Fenstern strahlten die Lichter der Bay Bridge.

Er knipste die Lampe auf dem Nachttisch an und tauchte sie in einen warmen Schein.

In dem schwachen Licht war er noch attraktiver. Es umschmeichelte seinen harten Körper und die Schatten warfen ein faszinierendes Muster auf seine goldene Haut. Sie wollte all seine bedeutungsvollen Tattoos erkunden. Sie hatte noch nie etwas für Tätowierungen übrig gehabt, aber an Rhys sahen sie köstlich aus.

„Endlich kann ich den Tisch von der Liste der Orte streichen, an denen ich dich ficken will." Er drückte eines seiner Knie auf die Matratze.

Sie konnte dabei zusehen, wie sein langer, dicker Schwanz wieder hart wurde.

„Als Nächstes auf dem Bett", sagte er.

Haven ignorierte die Feuchtigkeit, die sich zwischen ihren Beinen sammelte. „Wie viele Orte stehen auf dieser Liste?"

Seine Augen blitzten auf. „Alle."

Sie dachte, er würde über sie herfallen, aber stattdessen lehnte er sich mit dem Rücken an die Kissen, vor dem metallenen Kopfteil. Dann legte er eine seiner starken Hände um seinen Schwanz und begann, ihn zu pumpen.

Ihr Innerstes zog sich zusammen.

„Was willst du jetzt, Haven?"

Ihre Lungen füllten sich mit Luft und ein vibrierendes Verlangen strömte durch ihren Körper. *Dich. Ganz und gar.*

Er hob seine andere Hand und krümmte einen Finger.

Sie kroch über das Bett zu ihm. Gott, hatte er einen schönen Schwanz. Sie kniete sich zwischen seine Beine und betrachtete seinen kräftigen, heißen Körper. Seine bronzefarbene Haut bildete einen atemberaubenden Kontrast zu den weißen Laken. In seinem Gesicht sah sie Verlangen und, mehr als das, ein Bedürfnis danach, zu besitzen.

Dieser Mann wollte sie besitzen.

Sie wickelte ihre Hand um seinen Schwanz und übte leichten Druck auf ihn aus. Er grunzte auf. Sie ließ ihre Hand von der Wurzel bis zur Spitze hinaufgleiten.

Sein Grunzen verwandelte sich in ein Stöhnen. „Baby."

„Ich mag diesen riesigen Schwanz." Er schwoll in ihrer Hand weiter an.

„Er mag dich auch. Wirst du ihn jetzt lutschen?"

Sie senkte ihren Kopf. „Ist es das, was du willst?" Ihre Lippen berührten seine Krone.

Rhys stieß zischend einen Atemzug aus. Er bewegte sich leicht und seine geschwollene Spitze strich über ihre Lippen. Haven öffnete ihren Mund und nahm ihn tief in sich auf.

Er murmelte einen Fluch und seine Hüften stießen nach oben. Sie glitt an seinem Schwanz hoch und saugte ihn dann wieder ein. Eine kräftige Hand glitt in ihr Haar, allerdings nicht, um sie zu führen, sondern vielmehr, um sich selbst zu erden.

Sie summte um seinen Schwanz herum. Sie liebte seinen salzigen, männlichen Geschmack nach Moschus. Sie leckte und saugte, strich mit ihrer Zunge über seine harte Länge.

„Das ist so gut, Engel." Seine Stimme war tief und rau. „Ich liebe deinen Mund auf mir."

Als sie ihn weiter bearbeitete, spannte sich sein massiver Körper an. Sie sah, wie sich seine Bauchmuskeln anspannten.

Dann, mit einem Ruck, schob er sie von sich.

„Nein." Sie war noch nicht fertig. Sie wollte ihn kommen sehen.

Stattdessen zog er sie an seinem Körper nach oben. Gott, sie liebte es, wie stark er war, liebte es, dass er sie mit solcher Leichtigkeit bewegen konnte, führen konnte. Er teilte ihre Schenkel und legte sie zu beiden Seiten seines Kopfes ab.

Havens Augen weiteten sich. Oh, *oh.*

„Das ist die schönste Muschi, die ich je gesehen habe", sagte er und drückte seinen Mund auf ihre Klitoris.

„Rhys!" Haven klammerte sich so fest an das Kopfteil, dass ihre Knöchel weiß anliefen.

Seine Zunge tauchte in sie ein und sie konnte nicht einmal seinen Namen schreien, sondern nur hungrige, verzweifelte Laute von sich geben.

Er leckte und saugte an ihr und verwöhnte ihre Klitoris mit seiner Aufmerksamkeit. Seine Bartstoppeln kratzten über ihre Haut. Sie wiegte ihre Hüften.

„Ja, reite mein Gesicht, Baby."

Mit einem tiefen Stöhnen kam sie. So verdammt hart. Ihr Rücken wölbte sich, ihr Kopf fiel zurück und sie schrie aus tiefster Seele.

Ihr Körper bebte noch immer und Lust durchströmte sie wie die süßeste Droge, als Rhys sie von seinem Gesicht hob.

Sie fand sich auf Händen und Knien in der Mitte seines Bettes wieder.

„Sieh hin, Haven."

Sie hob den Kopf. Der Spiegel an der Wand ermöglichte ihr den perfekten Blick auf sie beide.

Rhys kniete hinter ihr und sie hörte das Knistern der Folie, bevor er sich das Kondom überzog. Ihr Unterleib zog sich zusammen.

Seine Hände glitten zwischen ihre Pobacken, streichelten sie, brachten sie zum Stöhnen.

Dann wanderten sie an ihrer Wirbelsäule hinauf zu ihren Schulterblättern. Er drückte sie sanft und sie gehorchte, indem sie ihren Kopf auf das Bett senkte und ihre Wange auf die Matratze legte, um ihnen im Spiegel zusehen zu können.

Haven erschauderte und beobachtete, wie eine seiner Hände ihre Taille umschloss, während die andere sich um seinen Schwanz legte.

Er sah aus wie ein König auf einem Feldzug, der seine Eroberung einfordern wollte.

Ohne Vorwarnung stieß er sich in sie.

Haven stöhnte auf.

„Magst du meinen Schwanz, Engel?"

Sie stöhnte wieder.

Er bewegte sich in ihr, nicht schnell, aber tief und gezielt. „Du bist so verdammt schön. Ich habe den perfekten Blick auf deinen Körper, wie er meinen Schwanz nimmt. Du bist für meinen Schwanz gemacht, Haven."

Rhys lehnte sich über sie und bedeckte ihren Körper mit seinem. Eine seiner Hände glitt an ihrem Arm hinunter, um seine Finger mit ihren zu verweben.

Wie konnte sie nur eine so starke Verbindung zu ihm spüren? Es war, als würden sie miteinander verschmelzen. Sie war ganz von ihm umgeben – von seiner Stärke, seiner Macht, dem Anspruch, den er auf sie erhob.

In diesem Moment gab es nur Rhys. Der Rest der Welt existierte nicht.

Er wurde schneller und stieß sich immer wieder in sie. Haven spürte, wie sich der nächste Höhepunkt in ihr anbahnte. Sie begegnete jedem seiner Stöße mit ihrem Becken, auf der Suche nach noch tieferer Befriedigung.

„Du kannst nicht genug bekommen, was?", knurrte er.

„Ich kann nicht nah genug bei dir sein", keuchte sie.

Sie spürte, wie sich seine Finger um ihre herum anspannten.

Als sie kam, war es wie ein gleißendes Licht, das sich um sie legte wie eine Decke der Lust. Sie presste sich gegen seinen starken Körper und ihr Höhepunkt zwang sie dazu, seinen Namen zu wispern. „*Rhys*."

„*Haven*." Ein letzter kraftvoller, fast schon brutaler Stoß, und er kam. Sein leidenschaftliches Brummen hallte an ihren Ohren wider, während sie die Schockwellen ihres Orgasmus ausritt.

Rhys' Arme legten sich um sie, als sie gemeinsam auf dem Bett zusammensackten. Sie warf einen Blick in den Spiegel und sah einen muskulösen, tätowierten Arm, der ihren nackten Körper festhielt.

Wärme breitete sich in ihrer Brust aus. Gleichzeitig meldete sich zögerlich eine panische Stimme in ihrem Hinterkopf, aber sie verdrängte sie.

In diesem Moment wollte sie nirgendwo anders sein als in Rhys' Armen.

Er küsste ihre Schulter. „Schlaf, Baby."

Gewärmt, gesättigt und beschützt tat sie es.

KAPITEL DREIZEHN

R hys erwachte und streckte einen Arm über seinen
Kopf.

Verdammt. Sie hatten nicht viel Schlaf bekommen,
aber er bedauerte keine Sekunde davon.

Er tastete das Bett neben sich ab, fand aber keinen
warmen, weichen Körper neben sich. Stattdessen hörte er
Wasser in seinem Badezimmer laufen.

Er stopfte sich ein Kissen unter den Kopf und
betrachtete das Bett. Die Decken hingen an allen Seiten
herunter. Er zog die Ecke einer davon über seinen
nackten Körper und lächelte. In Haven McKinney
steckte ein heißes, wildes Sexkätzchen, das sie gekonnt
unter ihren engen Röcken verbarg.

Er hörte sie summen, während sie sich die Zähne
putzte, und sein Lächeln wurde breiter. Er mochte das
hier – sich gut zu fühlen, faul zu sein, seine Frau in
seinem Badezimmer zu wissen.

Jetzt musste er sie nur noch davon überzeugen, dass
sie keine Angst vor dieser Art von Leben haben musste.

ANNA HACKETT

Er hörte, wie sie das Wasser abdrehte. Während er so dalag, fiel Rhys auf, dass er zum ersten Mal seit sehr langer Zeit nicht dieses nagende Bedürfnis verspürte, aus dem Bett zu springen und die Dinge anzupacken. Diesen Drang, hinauszugehen und etwas zu finden, um sich abzulenken, um in Bewegung zu bleiben. Er wusste, dass die inneren Dämonen einen immer dann einholten, wenn man zur Ruhe kam.

Aber im Moment waren seine Dämonen weit und breit nicht zu sehen.

Haven schlenderte aus dem Bad. Sie trug eines seiner T-Shirts. Es war ihr viel zu groß – es reichte bis zur Mitte ihres Oberschenkels und der Ausschnitt rutschte ihr über eine Schulter.

Eine seidige, weiche Schulter. Sein Schwanz erwachte. Scheiße, wann hatte ihn das letzte Mal eine Schulter erregt?

Ihre Frisur war zerzaust von ihrem Liebesspiel und dem erholsamen Schlaf danach. Ihr üppiges, braunes Haar brachte ihn auf Ideen.

Ihre Schritte verlangsamten sich. „Hallo."

„Hey."

Ihr Blick schweifte über ihn. Er hatte sich nur den Zipfel der Decke über die Hüften gezogen, ein Bein war nackt.

Sie schluckte. „Du siehst aus wie ein Rockstar, der eine ausschweifende Nacht hinter sich hat."

„Nun, der ausschweifende Teil ist zutreffend."

Ihre Wangen begannen zu glühen. Sie sammelte ihr Haar in einem unordentlichen Knoten auf ihrem Kopf und bändigte es mit einem Haarband. „Ich mache uns

192

Frühstück und dann will ich alles durchgehen, was wir über die *Seerosen* wissen."

Rhys war einen Moment abgelenkt. Als sie die Arme hob, um sich die Haare zusammenzubinden, hob sich der Saum des T-Shirts an und gab ihm den Blick frei auf ein paar Zentimeter mehr von ihren schlanken Schenkeln. Trug sie ein Höschen?

„Rhys?"

Er registrierte ihre Worte. „Wir?"

„Ja." Sie hob das Kinn. „Ich werde dir helfen, das Gemälde zu finden."

Er war geneigt, sie an einem sicheren Ort zu verstecken, weit, weit weg von San Francisco und allem, was mit dem Gemälde zu tun hatte.

Aber er wusste, dass sie sich wehren würde.

Die einzige Alternative war es, jede Sekunde des Tages an ihrer Seite zu bleiben.

„Komm her", sagte er.

Sie zögerte, doch dann bewegte sie sich auf ihn zu und drückte ein Knie auf die Matratze. „Rhys –"

Mit seinen blitzschnellen Reflexen zerrte er sie auf sich.

„Hast du da drunter ein Höschen an?" Sie lag halb auf ihm und er griff nach ihrem Bein, knapp über ihrem Knie.

„Diese Frage werde ich nicht beantworten." Sie schnaubte. „Ich habe dir schon gesagt, dass du nicht entscheiden wirst, was ich anziehe."

Er ließ seine Hand nach oben gleiten und sah, wie sie nach Luft schnappte. „Aber ich habe ein Mitsprache-recht, wenn es darum geht, was du ausziehst." Seine

Hand glitt unter dem Saum des T-Shirts und wanderte zur Innenseite ihrer Oberschenkel. „Deine Haut ist so weich, Haven."

Dann stellte er fest, dass sie ganz eindeutig kein Höschen trug.

„Mein Engel hat eine unanständige Seite." Er ließ einen Finger zwischen ihre warmen Falten gleiten.

Sie stöhnte auf und ließ ihren Kopf nach vorne fallen, drückte ihre Hände auf seine Brust und er liebte es, als sie ihre Nägel in seine Haut bohrte.

Rhys schob zwei Finger in sie und gleichzeitig strich sein Daumen über ihre Klitoris. Ihre Hüften bewegten sich rastlos und sie stöhnte erregt auf.

„Mach dich bereit, Baby", murmelte er.

Sie keuchte und ihr Hüften schaukelten gegen seine Hand. „Rhys."

„Komm."

„*Oh, Gott.*" Sie rieb sich an ihm.

Er kniff gleichzeitig ihre Klitoris und sie kam. Er spürte einen Schwall von Feuchtigkeit auf seinen Fingern und die Muskeln ihrer engen Muschi, als sie sich um ihn herum zusammenzog. Ihre heiseren Schreie waren die schönste Melodie in seinen Ohren. Sie sackte auf seiner Brust zusammen.

Rhys griff nach dem Nachttisch und holte ein Kondom aus der kleinen Schublade. Er zog Haven wieder hoch, um sie rittlings auf ihn zu setzen. Stöhnend spreizte sie ihre Schenkel, setzte sich auf ihn und ihr lustvoller Blick blieb an seinem geschwollenen Schwanz hängen, der zwischen ihnen emporragte.

Er war so verdammt hart für sie.

„Du ziehst es mir über." Er reichte ihr das Päckchen.

Sie fummelte daran und riss es auf. Dann nahm sie sich sehr viel Zeit, das Kondom über seinen Schwanz zu rollen.

Rhys fühlte sich wie eine wilde Bestie. Er *brauchte* sie. Brauchte das Gefühl von ihrer Haut an seiner. Brauchte ihren Duft, der alle seine Sinne betörte. Brauchte ihre Wärme.

Er griff nach oben und zerrte ihr das T-Shirt über den Kopf. Dann pumpte er seinen Schwanz ein paar Mal und Havens Augen glitzerten vor Verlangen. Sie hob ihre Hüften an.

Sein Hunger nach ihr war überwältigend und das Blut schoss heiß durch seine Adern.

„Nimm dir, was du brauchst, Baby. Was wir beide brauchen."

Sie schaukelte sich gegen ihn und rieb sich an seinem Schwanz. Er stieß einen zischenden Atemzug aus.

„Haven, tu es." Er umklammerte mit den Händen ihre Hüften.

Sie senkte sich auf ihn und die Spitze seines Schwanzes glitt in sie. Sie stöhnten beide auf und ihre Blicke trafen sich.

„Genauso", sagte er. „Reite mich, Engel."

Sie erhob sich und ließ sich dann wieder auf seine harte Länge sinken, während sie leidenschaftlich wimmerte.

Rhys biss die Zähne zusammen. Er steckte tief in ihr – jeder harte Zentimeter von ihm. Seine Begierde nach ihr pochte in seinen Lenden, als sie einen lusterfüllten

Laut von sich gab und ihre Hände auf seine Brust presste.

Sie begann, ihn rhythmisch zu reiten, ließ ihre Hüften kreisen.

Fuck. Ihre enge Muschi umklammerte ihn hart. Bei jeder Abwärtsbewegung stieß sie einen keuchenden Atemzug aus.

„Schneller, Haven", knurrte er.

Sie steigerte ihr Tempo. Ihre hübschen Brüste wippten im Takt. Er griff nach oben und löste das Band um ihre Haare. Sie fielen ihr um die Schultern. Sie war das Schönste, was er je gesehen hatte. Haven, wie sie seinen Schwanz ritt und sich an ihm zum Höhepunkt rieb.

„Rhys?"

„Baby?"

„Bitte ... ich will, dass du mich reibst."

Sein Magen krampfte sich zusammen. Sein sexy Mädchen forderte ein, was es brauchte. „Du willst, dass ich deine Klitoris reibe, während du meinen Schwanz reitest?"

„Ja."

Er fand die süße Lustperle in ihrer Mitte und eine Bewegung mit dem Daumen über die zarte Haut reichte aus – ihre Muschi spannte sich um seinen Schaft herum an. Sie stieß einen erstickten Schrei aus und bäumte ihren Rücken auf.

So verdammt schön.

Ihr Orgasmus war der Auslöser für seinen eigenen. Rhys zog sie an seine Brust, während er seinen Schwanz tief in ihr vergrub. Seine Wahrnehmung beschränkte sich jetzt auf sie und den Höhepunkt, der ihn überkam. Mit einem animalischen Aufschrei erschütterte seine Erlösung seinen ganzen Körper.

Sie brach auf ihm zusammen. Er schlang seine Arme um sie und drückte sie noch enger an seine Brust, drehte sein Gesicht in ihr Haar und atmete ihren Duft ein. Irgendwann hörte er, wie sich ihre Atemzüge verlangsamten, und ließ seine Hand über ihren Rücken wandern.

Er wollte mehr. Er drehte seinen Kopf und fand ihren Hals. Er küsste sie, liebkoste ihre Haut und nahm den leicht salzigen Geschmack wahr. Dann sah er den winzigen blauen Fleck, den er dort hinterlassen hatte, als sie zum ersten Mal gefickt hatten, und lächelte.

Sie gehörte jetzt zu ihm. Er küsste das Symbol seines Anspruchs auf sie, sanft und liebevoll, und sie gab einen glücklichen, zufriedenen Laut von sich.

Dann ließ er eine Hand laut auf ihre Pobacke klatschen. „Du hast etwas von Frühstück gesagt."

Diesmal machte sie ein verärgertes Geräusch.

„Komm schon, McKinney. Ich muss meine Reserven auffüllen."

„Weil du mich fast die ganze Nacht gefickt hast. Ich bin überrascht, dass wir nicht beide fünf Kilo abgenommen haben."

Er griff nach dem T-Shirt, das er ihr vorhin ausgezogen hatte, bedeutete ihr, sich aufzurichten, und zog es ihr wieder über den Kopf.

Sie schenkte ihm ein verhaltenes Lächeln und Rhys erstarrte. Plötzlich brachen so viele Emotionen gleichzeitig über ihn herein.

In diesem Moment, als er auf seinem zerwühlten Bett mit einer ebenso zerwühlten Haven lag, wurde ihm klar, dass er für sie töten würde. Für sie sterben würde.

Sie legte den Kopf schief. „Rhys?"

„Komm schon, Engel. Ich brauche Speck."

HAVEN MACHTE DIE RÜHREIER FERTIG. Sie warf einen Blick auf Rhys an der Kaffeemaschine und legte noch ein paar Streifen Speck in die Pfanne.

Sie hatte ihr Haar wieder oben auf dem Kopf zusammengebunden und diesmal auch ein Höschen unter seinem T-Shirt angezogen.

Rhys konnte man nicht trauen.

Er trug eine lockere Jogginghose und sonst nichts. All die Muskeln und die Tattoos waren eine riesige Ablenkung für sie.

Ihr Unterleib verkrampfte sich. Sie hatte Sex – so viel köstlichen Sex – mit diesem Mann gehabt. Ihr Unterleib sollte eigentlich locker und entspannt bleiben.

Er drehte sich um und reichte ihr einen Becher Kaffee, dann gab er ihr einen Kuss auf ihre nackte Schulter.

Sie zitterte. Wie konnte ein Mann so verheerend auf ihre Sinne wirken?

Schnell wandte sie sich wieder der Bratpfanne zu. Sie steckte in *so* großen Schwierigkeiten. Sie und Rhys waren sich in den letzten Tagen sehr viel nähergekommen und bei diesem Gedanken bekam sie es mit der Angst zu tun. Sie schloss die Augen. Trotz all der Ängste, die in den Schatten ihres Geistes lauerten, wollte sie ihn. Sie wollte Rhys Norcross schon sehr lange und er setzte alles daran, sie zu beschützen.

„Bist du bald fertig damit, dir in Gedanken alle Gründe aufzuzählen, warum du nicht mit mir zusammen sein kannst?"

Sie drehte sich um und sah ihn an. „Noch nicht ganz."

Er lächelte sie an – langsam und sexy.

„Weg da", verscheuchte sie ihn mit ihrer Hand. „Und hör auf, so sexy auszusehen."

Sogar sein tiefes Glucksen war sexy.

„Geh mit deinen Spielzeugautos spielen."

Er warf ihr einen bösen Blick zu. „Das sind Modelle."

Sie verdrehte die Augen.

Bis sie das Frühstück aufgetischt hatte, saß Rhys schon an der Kücheninsel und starrte auf den Bildschirm eines schlanken, schwarzen Laptops.

Haven erstarrte.

Er trug eine Brille.

Ein heißer, durchtrainierter Kerl mit Brille. Ihr Höschen war binnen einer Sekunde durchtränkt.

„Haven?" Er sah sie an.

„Du trägst eine Brille?", fragte sie.

„Nicht oft. Manchmal brauche ich sie, wenn ich am Computer arbeite." Er legte den Kopf schief. „Warum?"

„Ach, nur so." Sie versuchte, nicht nervös zu zappeln, schob ihm seinen Teller zu und setzte sich dann auf den Hocker neben ihm. Dann presste sie ihre Schenkel zusammen.

Rhys' Grinsen schlug ins Überhebliche um. „Die Brille gefällt dir."

Sie ignorierte ihn. Sein Ego hatte es kaum nötig, unnötig gestreichelt zu werden.

„Muss ich dich noch einmal ficken?", fragte er.

Sie stocherte mit der Gabel in ihren Rühreiern herum. „Nein. Wir werden das Gemälde nie finden, wenn wir ständig –", *sieh nicht auf die Brille,* „– im Bett sind."

„Meine Liste der Orte, an denen ich dich ficken will, ist immer noch ziemlich lang."

Ein elektrisierendes Kribbeln durchfuhr ihren Körper.

„Und Haven, ich kann meine Brille auch öfter tragen."

Sie warf ihm einen Blick zu und konzentrierte sich dann auf ihr Frühstück. Er aß selbst auch etwas von seinem Teller und tippte nebenbei mit einer Hand auf die Tastatur seines Laptops.

„Ich habe alle Händler angerufen, die ich kenne", sagte er schließlich.

„Ich auch." Abgesehen von dem vagen Gerücht über die Auktion hatten ihnen diese Telefonate keinen weiteren Anhaltspunkt geliefert. „Zumindest scheinen sie Schwierigkeiten zu haben, Interessenten zu der Auktion zu locken. Deshalb hat Leo mich gebraucht. Um das Gemälde zu authentifizieren."

Rhys' Kiefermuskeln traten hervor, als er sie anspannte. „Wir werden die Ohren offenhalten. Früher oder später wird jemand etwas sehen oder hören."

Er zog den Laptop näher heran und Haven erkannte

auf dem Bildschirm das Foto der *Seerosen*, das sie selbst für die Ankündigung der Ausstellung aufgenommen hatte.

Sie stieß einen emotionalen Seufzer aus. „Es ist so wunderschön. Wenn sie es beschädigen ...“

Rhys schnaubte.

„Es ist *wirklich* wunderschön“, betonte sie. „Was mir daran gefällt, ist, dass man genauer hinsehen muss. Ein flüchtiger Blick reicht bei Weitem nicht aus. Für die guten Dinge muss man immer mehr investieren.“

Sie sah, dass er sie mit einem tiefgründigen Blick ansah.

„Rhys, die *Seerosen*. Der gestohlene Monet, den du finden musst.“ Sie berührte sein Kinn und drehte seinen Kopf zurück zum Bildschirm. „Sieh dir die Pinselstriche an. Die Schattierungen, die dem Bild seine Tiefe verleihen. Die Farben.“

Er runzelte die Stirn. „Dabei fragt man sich, was wohl unter der Wasseroberfläche liegt.“

„Genau.“ Sie strahlte ihn an. „Ja. Und sieh dir die Seerosen selbst an. Man kann die leichte Brise fast auf der eigenen Haut spüren. Sie ist wie eine versteckte Botschaft.“

„Ein Rätsel“, murmelte er.

„Ja, nur, dass es keine richtige oder falsche Antwort gibt. Es ruft bei jedem Menschen etwas anderes hervor.“

Er gab ein summendes Geräusch von sich. „Was ruft es in dir hervor?“

„Emotionen. Empfindungen. Ein Gefühl der Zugehörigkeit zu etwas, das viel größer ist als ich selbst.“

Sein Blick richtete sich auf sie wie ein Laserstrahl. „Du hast nicht das Gefühl, irgendwo hinzugehören?"

Sie spürte einen Schmerz unter ihrem Rippenbogen. Sie hatte vergessen, dass er ein ausgezeichneter Ermittler war. Unbehaglich rutschte sie auf ihrem Stuhl hin und her. „Rhys ..."

„Ich hatte immer meine Familie ... meine Geschwister", sagte er. „Dann ging ich zur Armee und fand dort einen weiteren Ort, an dem ich mich zugehörig fühlte."

„Du Glücklicher", flüsterte sie.

„Aber ich verstehe das Gefühl, mehr zu wollen. Etwas zu wollen, das sich von Anfang an und von ganz allein richtig anfühlt. Das den ganzen Krach in deinem Kopf zum Verstummen bringt und die Dinge einfach zur Ruhe kommen lässt." Er streckte seine Hand aus, griff nach der ihren und drehte sie um.

Sie schluckte. „Ich weiß, dass du bei der Armee in einer streng geheimen Einheit warst."

„Diese Informationen sind vertraulich."

„Ich verstehe. Aber mir ist trotzdem klar, dass die Aufträge, die du dort ausgeführt hast, gefährlich gewesen sein müssen." Sie zögerte. „Hart und schwierig."

Er nickte ihr flüchtig zu und in seinen Augen konnte sie die Albträume sehen, die ihn nachts quälten.

„Ist es das, was den Krach verursacht?", fragte sie leise.

Ein weiteres Nicken. „Immer in Bewegung zu bleiben, lässt den Lärm für eine Weile in den Hintergrund treten."

Sie lächelte. „Schnelle Autos, schnelle Boote und leichte Frauen."

Seine Finger krampften sich um ihre herum zusammen. „Ja. Aber jetzt habe ich eine Frau gefunden, die mich entschleunigt und den Krach verstummen lässt, indem sie mich einfach nur ansieht. Und die mich dazu bringt, Pinselstriche zu betrachten."

Ihr stockte der Atem. Was wollte er damit sagen?

Plötzlich klingelte Rhys' Handy. Er sah sie noch einen Moment länger an, dann zog er das Handy näher heran und aktivierte den Lautsprecher. „Ace."

„Hallo, Rhys. Ich weiß, es ist Samstag, aber ich habe vielleicht Neuigkeiten wegen des Gemäldes."

„Was?", platzte Haven heraus.

„Hallo, Haven." In Aces Stimme schwang Belustigung mit. „Das Lagerhaus, in das ihr eingebrochen seid – ich habe mich durch die Strohfirmen gewühlt, denen es gehört. Die Zusammenhänge waren verdammt verschachtelt, aber ich konnte eine Verbindung zu einem Typen namens Aleksandr Volkov herstellen. Er ist ein großer Kunstsammler."

Haven runzelte die Stirn und klopfte mit den Nägeln auf den Tresen. „Der Name kommt mir irgendwie bekannt vor."

„Er besitzt eine private Sammlung", fuhr Ace fort. „Obwohl nicht alles davon auf legalem Weg erworben wurde."

Haven konnte spüren, wie sich Wut in ihrem Bauch zusammenbraute. Sie *hasste* Diebe. „Woher weißt du das alles?"

„Babe", sagte Ace. „Ich bin der beste Hacker der nördlichen Hemisphäre."

Und so bescheiden.

„Der Name klingt russisch", merkte Rhys an.

„Welch begnadeter Ermittler du doch bist, Norcross", konnte Ace sich ein wenig Sarkasmus nicht verkneifen.

„Fick dich", antwortete Rhys gelassen.

„Volkov war ein hohes Mitglied der sowjetischen Regierung. Nach dem Zusammenbruch der Sowjetunion kam er an eine ganze Menge Land. Er verkaufte es, machte Millionen und landete schließlich in San Francisco."

„Gibt es irgendwelche offensichtlichen Verbindungen zu den Zakharovs oder zu Boris Petrov hier in San Francisco?"

„Nein, aber ich schätze, ich werde nicht lange suchen müssen, um sie zu finden."

„Okay, dann such weiter. Danke, Ace."

Haven drehte sich auf ihrem Stuhl zu ihm. „Dieser Aleksandr Volkov könnte das Gemälde haben. Vielleicht leitet er die Auktion."

„Vielleicht", sagte Rhys. „Aber wir werden nicht voreilig handeln. Zuerst müssen wir sämtliche Informationen über ihn sammeln und den Kerl überprüfen."

Ihre Frustration nagte an ihr.

Rhys Handy klingelte wieder.

„Hey, Rhys", sagte eine heitere Männerstimme.

„Jerome", antwortete Rhys.

„Heute Abend steigt eine Party auf der Jacht eines Freundes. Du hast doch gesagt, du willst mitkommen. Der Typ besitzt eine ganze Reihe von Booten. Der Alkohol wird fließen und zweifellos wird es auf der Jacht nur so vor willigen Models wimmeln. So laufen Kellermans Partys normalerweise ab."

Haven versteifte sich und ihr restliches Rührei zerfiel in ihrem Mund zu Staub.

„Mir ist etwas dazwischengekommen, Jerome", erwiderte Rhys.

Er hatte vorgehabt, auf eine Party zu gehen. Haven schluckte. „Geh, wenn du willst", flüsterte sie. „Ich kann bei Easton bleiben."

Rhys' Gesicht verfinsterte sich.

„Oder bei Vander", schlug sie vor.

„Rhys, ist da jemand bei dir?", fragte sein Freund.

„Ja. Hör zu, ich werde es nicht zu der Party schaffen, Jerome. Mach dir ohne mich einen schönen Abend."

„Alles klar, Rhys. Dann ein anderes Mal."

„Ja." Rhys beendete das Gespräch.

„Geh doch", beharrte sie. „Du hattest Pläne." *Mit Models zu feiern.*

„Du bleibst ganz sicher nicht bei einem meiner Brüder", presste er durch zusammengebissene Zähne hervor.

„Sie können mich genauso gut beschützen. Ich weiß, dass Easton ein ausgezeichnetes Sicherheitssystem in seinem Haus installiert hat." Sie war schon auf ein paar Partys in Eastons wunderschönem Haus in der Nähe der Billionaire's Row, der teuersten Wohngegend im nobelsten Stadtteil Pacific Heights, gewesen. „Wo Vander wohnt, weiß ich gar nicht." Sie rang sich ein Lächeln ab, obwohl ihr das Frühstück nun schwer im Magen lag. „Aber vermutlich ist es ein Bunker, den er in einen Hügel gegraben hat und der sogar einer Atomexplosion standhalten würde."

Rhys schüttelte den Kopf. „Versuch nicht, lustig zu sein, wenn ich sauer bin."

„Rhys."

Er zerrte sie von ihrem Hocker und zwischen seine Beine. Sie war von ihm umgeben und spürte die Hitze, die von ihm ausging.

„Ich hatte Jerome für die Party zugesagt, als ich gerade sauer auf dich war."

Sie starrte ihn an.

Er spielte mit ihrem Haar, rieb es zwischen seinen Fingern. „Aber jetzt will ich dort nicht mehr hin."

Aber eines Tages würde er es wollen.

„Hast du gehört?", fragte er.

„Ja", hauchte sie.

„Ich glaube, du hörst mir nicht richtig zu, oder du verstehst es nicht." Er küsste sie – langsam und zärtlich. Sie klammerte sich an seine Schultern und bald gab es nur noch ihn in ihren Gedanken.

Er knabberte an ihrer Unterlippe. „Vander lebt in einer Wohnung über der Norcross-Zentrale."

„Wirklich?" Sie hatte ja keine Ahnung gehabt.

„Er hat dort oben eine geniale Dachterrasse, aber er lässt sie nur selten jemanden betreten. Vander ist ein wenig paranoid, was seine Privatsphäre und Sicherheit angeht."

„Vander, paranoid? Niemals."

Rhys grinste und zog sie verspielt an den Haaren.

Im selben Moment klingelte es an der Tür und er runzelte die Stirn. „Bleib hier."

Sie setzte sich wieder auf den Hocker und sah ihm nach, als er ins Foyer ging.

Er sah durch das Guckloch und sein Ausdruck verhärtete sich. Er öffnete die Tür. „Was zum Teufel machst du hier und wie kommst du hier hoch?"

Eine Frau schritt herein. Sie war groß, blond und atemberaubend schön. Sie trug einen kurzen, eng anliegenden Rock und ein Strickoberteil, das ihrem schlanken Oberkörper schmeichelte. Ihr blondes Haar war eine kunstvoll gestylte Fülle von Locken.

„Ich habe dich schon lange nicht mehr gesehen, mein Hengst." Sie fuhr mit einem langen Nagel zwischen Rhys' nackten Brustmuskeln hinunter zu seinem Bauch.

Haven wäre am liebsten aufgesprungen und hätte ihr die Augen ausgekratzt.

„Du hast mich nie zurückgerufen", fuhr die Blondine fort.

„Wenn ein Typ nicht zurückruft, Heidi, ist das normalerweise kein Zeichen dafür, dass er sich über unangemeldeten Besuch freuen würde."

Haven saß wie zur Salzsäule erstarrt da. *Oh, Gott.*

Die Frau entdeckte sie und hielt inne. Plötzlich blickte sie nicht mehr so sexy aus der Wäsche. „Oh, eine Neue. Sie sieht gar nicht aus wie eine deiner üblichen Betthäschen."

„Heidi, raus hier", fauchte Rhys.

„Und ich dachte, ich wäre etwas Besonderes für dich gewesen." Echte Emotionen flackerten auf Heidis Gesicht auf und huschten über ihre Züge. Haven empfand Mitleid mit ihr. „Immerhin hast du mich mit in deine Wohnung genommen. Man hat mir gesagt, dass du das sonst nie tust."

Sie hatte sich also tatsächlich gefühlt, als wäre sie

etwas Besonderes für ihn. Havens Magen zog sich zusammen.

„Das stimmt, allerdings hatte es nichts weiter zu bedeuten, als dass du eine nervige Mitbewohnerin hast, die ich meiden wollte", erwiderte Rhys. „Mittlerweile bereue ich es ernsthaft."

Haven fiel auf, dass er angespannt und unglücklich wirkte.

„Sie ist hier." Heidi fuchtelte mit einer Hand in Havens Richtung.

„Sie wohnt hier."

Heidi riss die Augen so weit auf, dass Haven glaubte, sie würden ihr herausfallen und über den Boden kullern.

„Ach so. Nun, glaub mir", sagte Heidi zu ihr, „es wird nicht lange halten. Genieße ihn, solange du kannst."

Rhys knurrte. „Heidi, geh. Vergiss meine Nummer und Adresse. Und mit dem Portier, den du mit deinem Charme dazu gebracht hast, dich nach oben zu lassen, werde ich ein ernstes Wörtchen reden."

Die Frau warf ihre Haare über ihre Schulter.

Haven war irritiert. Sie wusste all das. Sie wusste, dass alles, was Heidi sagte, der Wahrheit entsprach. Doch als sie Rhys ansah, war sein Gesicht ausdruckslos und das verwirrte sie. Er war nicht wütend und scherzte auch nicht.

Er erwiderte ihren Blick und sah sie an. Seine dunklen Augen waren leer. Dennoch glaubte Haven, einen Hauch von ... Panik darin zu erkennen? Ein stilles Flehen?

Sie erinnerte sich an das, was er vorhin über den Krach in seinem Kopf gesagt hatte.

Also nahm sie all ihren Mut zusammen und glitt von ihrem Hocker. Mit aufgerichteten Schultern ging sie zu ihm hinüber und als sie ihn erreichte, legte er schnell einen Arm um sie und zog sie an seine Brust.

Heidis Augen verengten sich, als sie die beiden ansah.

„Schon kapiert", sagte Haven. „Du willst ihn. Du willst mehr von ihm."

Heidi blieb stumm.

„Nun, du kannst ihn aber nicht haben, denn er gehört mir."

Rhys' Arm zog sich enger um sie.

Heidi schnaubte. „Ich tue dir nur einen Gefallen. Früher oder später wird er dich abservieren. Diese Sache zwischen euch wird nicht halten."

Rhys wirbelte Haven in seinen Armen herum und zog sie auf die Zehenspitzen. „Ich werde dich nicht abservieren. Ich will dich genau hier bei mir haben. Ich wollte dich an meiner Seite haben, seit ich dir das erste Mal in die Augen gesehen habe."

„Rhys", hauchte Haven.

„Raus", sagte Rhys, ohne die Blondine auch nur eines weiteren Blickes zu würdigen.

„Oh, ich bin schon weg." Heidi machte auf dem Absatz kehrt, stolzierte hinaus, als wäre sie auf dem Laufsteg, und ließ mit einem Knall die Tür hinter sich ins Schloss fallen.

Haven blinzelte. „Glaubst du, sie übt vor dem Spiegel, so zu gehen?"

Rhys senkte seinen Kopf und fuhr mit seiner Nasenspitze an Havens Nasenrücken entlang. „Ich glaube, dass wir noch nicht einmal zu Ende gefrühstückt haben und ich dich schon wieder ficken muss."

Sie verspürte ein Zucken zwischen ihren Beinen. „Okay."

„Lass uns als Nächstes die Dusche von der Liste streichen."

Ein weiteres Zucken. „Okay."

KAPITEL VIERZEHN

R hys saß an seinem Laptop und stellte Nachforschungen über den Kunstsammler Aleksandr Volkov an.

Er konnte nicht viel über den Mann finden und das gefiel Rhys gar nicht. Jeder hinterließ eine Spur und wer es nicht tat, verwischte sie absichtlich. Er klopfte mit dem Stift auf seinen Notizblock.

Der Mann besaß ein großes Haus in Sea Cliff und ein Weingut in Napa. Wenn er das Gemälde für die Familie Zakharov aufbewahrte, dann wahrscheinlich in seinem Haus.

Er hörte Haven etwas murmeln und blickte zu ihr hinüber. Sie saß im Schneidersitz auf seiner Couch, hatte sich eine Yogahose und ein rosa Top angezogen und beides schmiegte sich eng an ihren Körper.

Sein Schwanz zuckte. Scheiße, das verdammte Ding wollte ihn umbringen. Er genoss Sex. Sehr sogar. Er machte ihm Spaß und fühlte sich gut an. Aber was er und Haven miteinander teilten, war viel mehr. Es war inten-

211

siv, atemberaubend und ging weit über zwanglosen Spaß hinaus.

Er beobachtete, wie sie sich bewegte und die Beine unter ihren Körper zog. Sie arbeitete auf seinem Tablet und vorhin hatte sie ihren Freund Harry, den Kunsthändler, angerufen. Der Mann hatte keine weiteren Gerüchte gehört. Allerdings kannte er Volkov. Offenbar zog Harry es vor, *keine* Geschäfte mit diesem Mann zu machen. Er hatte Haven auch bestätigt, dass Volkov ein ernstzunehmender Kunstsammler war.

In Rhys' Magen begann sich ein Knoten zu bilden. Er wollte Haven wirklich nicht in der Nähe des Mannes haben.

Sie stieß einen Atemzug aus. Ihr Haar trug sie immer noch auf ihrem Kopf aufgetürmt, aber einige Strähnen hatten sich aus dem Knoten gelöst und umrahmten ihr Gesicht.

Sie war so verdammt schön. Rhys wollte sie auf die Couch werfen und –

In diesem Moment klingelte es an der Tür.

Ihr Kopf schoss nach oben und er konnte ihre Angst vom anderen Ende des Raumes aus spüren.

„Ich mache auf." Er stand auf. Durch das Guckloch erkannte er seine Schwester.

„Morgen." Gia schwebte auf einer Wolke ihres Lieblingsparfüms herein.

„Eigentlich ist es schon Nachmittag", sagte Haven und Gia zuckte lässig mit den Schultern.

Die beiden Freundinnen umarmten sich.

„Geht es dir gut?", fragte Gia.

Haven nickte. „Ja."

Gias Blick wanderte zwischen Haven und Rhys hin und her, dann wieder zu Haven. „Die Hautreizung von seinen Bartstoppeln und der große Knutschfleck an deinem Hals sagen mir, dass es dir *wirklich* gut geht."

Haven warf ein Kissen nach Gia.

Grinsend setzte sich Rhys wieder auf den Hocker an der Insel.

„Halt die Klappe, G, oder ich erzähle dir alle Einzelheiten darüber, wie gut dein Bruder mit seinen Händen, seiner Zunge und seinem –"

Gia stieß Würgegeräusche aus, bevor ihr Gesicht ernst wurde. „Spaß beiseite. Geht es dir wirklich gut?"

„Ja. Ich glaube nicht, dass Leo mir wirklich etwas antun würde –"

Rhys knurrte. Er hatte nicht dasselbe Vertrauen in Becker wie sie. „Du kommst diesem Wichser *nicht* mehr zu nahe. Wenn du ihn siehst, rennst du weg."

„Also", sagte Gia. „Ich weiß, dass du noch ein wenig länger darauf warten musst, dass deine Versicherung zahlt, aber du brauchst mehr als ein Partykleid und ein paar Sportklamotten. Ich bin hier, um mit dir shoppen zu gehen. Wir gehen jetzt ins Einkaufszentrum und stocken deine Garderobe auf."

Rhys runzelte die Stirn. „Gia –"

„Das bedeutet, dass du einen Einsatz als Bodyguard hast, liebster Bruder. Du kommst nämlich mit."

Er stöhnte auf, denn er wusste, was seine Schwester unter Shopping verstand.

Aber dann sah er, wie Havens Gesicht aufleuchtete. Sie brauchte tatsächlich einige Dinge und er musste sich eingestehen, dass Gias Vorschlag zumindest eine gute

Ablenkung von allem wäre, was gerade in ihrem Leben vor sich ging.

Verdammt. Es sah ganz danach aus, als würde er heute shoppen gehen.

Eine Stunde später folgte Rhys Gia und Haven durch ein Kaufhaus und schleppte bereits mehrere Einkaufstüten für die beiden.

Sein Handy klingelte und er jonglierte die Tüten in seinen Händen, um es aus der Tasche seiner Jeans zu ziehen. „Hi, Vander."

„Hey. Wo bist du?"

„Einkaufen mit Haven und Gia."

Sein Bruder grunzte auf.

„Lach nur." Rhys sah, wie Haven ein Top hochhielt und dann über etwas kicherte, das Gia gesagt hatte. „Es ist gar nicht so schlimm. Außerdem braucht Haven eine neue Garderobe."

„Trotzdem. Ich weiß, wie Gia ist, wenn sie sich in der Nähe von Klamotten und Schuhen befindet, also bin ich froh, dass es nicht mich getroffen hat. Ich verfolge immer noch eine Spur, aber ich habe mit ein paar Leuten geredet und die Gerüchte über eine Auktion häufen sich. Anscheinend kommen potenzielle Käufer von außerhalb eigens dafür in die Stadt."

„Scheiße. Wir müssen das Gemälde finden."

„Mein Gefühl sagt mir, dass dieser Volkov der Schlüssel ist."

Und es lohnte sich immer, auf Vanders Gefühl zu vertrauen. „Ja, der Kunsthändler, mit dem Haven befreundet ist, hat ihr bestätigt, dass dieser Kerl ein renommierter Sammler ist. Ein Typ wie er könnte eine Auktion für ein gestohlenes Gemälde durchziehen."

„Wir werden ihn im Auge behalten. Na dann, viel Spaß im Schuhgeschäft."

Rhys lachte. „Als Nächstes sind die Dessous dran, Bro."

„Du Glückspilz."

„Du brauchst eine Frau, Vander."

Vander saugte zischend Luft in seine Lungen. „Ich habe noch keine gefunden, die ich freiwillig behalten hätte." Er hielt kurz inne. „Ist sie die Richtige für dich?"

Rhys' Kehle schnürte sich zu und er schluckte. „Sie ist etwas Besonderes."

„Das ist sie. Liebenswert, klug und hat es verdient, gut behandelt zu werden. Trag sie auf Händen, Bro."

„Mache ich. Bis dann." Er sah zu den beiden Frauen hinüber. „Seid ihr hier fertig?"

Gia schnaubte. „Nein."

Haven begegnete seinem Blick und lächelte. Er lächelte zurück. Ja, er würde töten, um sie zu beschützen. Sterben, um für ihre Sicherheit zu sorgen.

„Igitt, hört auf, einander so offensichtlich anzuschmachten." Gia rollte mit den Augen.

Havens Handy klingelte und sie zog es aus ihrer Tasche. „Es ist Harry."

„Stell ihn auf Lautsprecher", sagte Rhys.

Sie gingen in eine ruhige Ecke und steckten ihre Köpfe über dem Handy zusammen.

„Hey, Harry."

„Hallo, meine Süße. Hör zu, ich habe Neuigkeiten für dich und deinen harten Macker."

„Er sitzt neben mir. Gia auch. Du bist übrigens auf Lautsprecher."

„Hallo, Gia", rief Harry.

„Hi, Harry", antwortete Gia. „Alles bestens bei dir?"

„Bestens, wie immer. Also. Ich habe ganz diskret ein paar meiner Freunde nach Alek Volkov befragt."

„Und?", fragte Rhys.

„Er gibt heute Abend eine Party in seiner großen mediterranen Villa in Sea Cliff. Der Dresscode lautet Smoking."

Haven schnappte nach Luft. „Denkst du, es ist die Auktion?"

„Nein", sagte Harry. „Es ist ein informelleres Treffen vor der Auktion. Um das Interesse abzuschätzen."

Gia tippte mit einem Fingernagel gegen ihre Lippen. „Um zu sehen, wer bereit ist, für ein gestohlenes Gemälde Geld hinzublättern."

„Nun, ich bin noch einen Schritt weitergegangen." Harry machte eine dramatische Pause.

„Harry?", forderte Haven ihn auf, weiterzusprechen.

„Ich habe dir eine Einladung zu der Party besorgt!"

Rhys erstarrte.

Haven grinste. „Du bist der Beste."

„Schätzchen, der Haken an der Sache ist, dass die Einladung nur für dich gilt. Keine Begleitperson. Und die Sicherheitsvorkehrungen werden streng sein."

„Nein." Rhys spannte seine Kiefermuskeln an. Er würde sie *nicht* allein in die Villa dieses Typen gehen lassen.

Sie drehte sich zu ihm und drückte ihre Hände auf

Rhys' Brust. „Rhys, ich *muss* auf diese Party. Sie ist unser einziger Anhaltspunkt, um das Gemälde zu finden."

„Ist mir egal."

„Rhys. Easton hat Millionen von Dollar verloren."

Er berührte ihre Wange. „Er hat mehr. Für mich zählt nur, dass du in Sicherheit bist."

Ihre Züge wurden sanfter und Gia gab einen Seufzer von sich.

Rhys blickte zu seiner Schwester hinüber, die mit der Hand abwinkte. „Kümmert euch nicht um mich. Ich habe nur gerade einen emotionalen Moment."

„Oh, ich auch", säuselte Harry durchs Telefon. „Dieser Kerl ist ein Hauptgewinn, Haven."

„Ich muss das tun", flüsterte Haven.

„Nein", stieß Rhys hervor.

„Ich trage ein verstecktes Mikrofon und du wartest gleich vor der Tür."

Sie verstand nicht, dass die Dinge im Handumdrehen den Bach runtergehen konnten. Er hatte es auf viel zu vielen Missionen erlebt. Er hatte Menschen sterben sehen. Sie könnte tot sein, bevor er es schaffte, zu ihr zu gelangen.

„Rhys, bitte." Ihre blauen Augen flehten ihn an. „Es geht nicht nur darum, Eastons Geld zurückzubekommen. Es geht darum, ein einzigartiges Kunstwerk zu bewahren, ein Stück Geschichte. Und es geht auch darum, mein Leben selbst in die Hand zu nehmen. Mir ist schon klar, dass ich keine Schuld an dem Diebstahl trage, aber ich fühle mich trotzdem verantwortlich. Ich möchte diese Situation bereinigen und das Gemälde zurückholen, damit ich mich von allem lösen kann, was mit dem Raub in Verbindung steht."

Fuck. „Du trägst ein Mikrofon. Wir gehen kein Risiko ein."

Sie strahlte ihn an. „Ich gehe rein, sehe, was ich herausfinden kann, und verschwinde wieder."

„Dieser Volkov könnte wissen, wer sie ist", sagte Gia leise. „Die Kunstszene ist nicht besonders groß, oder?"

„Wenn er mich zur Rede stellt, werde ich nicht lügen", sagte Haven. „Ich werde ihm sagen, dass ich das Bild zurückhaben will."

Scheiße. Fuck. Das war zu gefährlich, aber Rhys sah keine andere Möglichkeit, das Bild zu finden. Und wenn er nein sagte, würde Haven sich vielleicht heimlich davonschleichen und trotzdem zu Volkovs Party gehen.

Sie berührte sein Kinn, streichelte es. „Ich weiß, dass du das nicht willst."

„Das ist eine Untertreibung."

Er legte seine Stirn an ihre. „Wann beginnt die Party?"

„Um acht", sagte Harry.

Sie lächelte. „Danke, dass du mir hilfst, das zu tun, was ich tun muss."

„Wir müssen alles vorbereiten." Rhys wollte das gesamte Norcross-Team außerhalb des Gebäudes haben. Vielleicht konnte er sogar jemanden einschleusen.

„Haven, du brauchst ein *fabelhaftes* Kleid für diesen Anlass", sagte Gia. „Machen wir uns gleich auf die Suche."

HAVEN PROBIERTE EIN WEITERES KLEID AN, das Gia ausgesucht hatte. Sie stand in einer großen, mit Plüsch ausgekleideten Umkleidekabine.

Das lange schwarze aufreizende Kleid war schön, aber nicht das, was sie suchte.

„Hier." Gia steckte ihren Kopf durch die Vorhänge in die Kabine und hielt ein weiteres Kleid in der Hand.

„Hey, ich bin nackt." Haven stand nur mit ihrem Höschen bekleidet da.

„Nichts, was ich nicht schon gesehen hätte. Und ich habe selbst auch Brüste."

Mit einem amüsierten Schnauben nahm Haven Gia das Kleid ab und ihre Freundin verschwand wieder. Diesmal hatte sie ihr eines aus wunderschöner, tiefgrüner Seide ausgesucht. Sie zog es an.

Ooh.

Es war ein langes, fließendes Kleid mit zarten Spaghettiträgern, die sich am Rücken zu einem raffinierten Muster kreuzten. Die Farbe war atemberaubend. Gia hatte ein gutes Auge.

Der Kopf ihrer Freundin tauchte wieder auf und ihre Augen weiteten sich. „Umwerfend. Ich wusste, dass dir diese Farbe gut stehen würde."

Haven hatte so etwas noch nie gemacht. Ihre Mutter war gestorben, als Haven noch klein gewesen war, und sie hatte nie jemanden gehabt, mit dem sie kichernd Kleider anprobieren hätte können. „Danke, G."

Gia warf ihr einen Kuss zu.

Eine Sekunde später schlüpfte Rhys durch den Vorhang in den Umkleideraum.

„Hey, du solltest nicht hier drin sein." Sie begegnete seinem Blick im Spiegel.

Sein großer Körper schob sich hinter sie. Die Ärmel seines weißen Hemdes waren hochgekrempelt und seine tätowierten, muskulösen Unterarme lösten in ihr das Bedürfnis aus, aufzuwimmern.

Sein hitziger Blick glitt langsam über ihren Körper und löste ein Kribbeln unter ihrer Haut aus.

„Rhys", hauchte sie.

Er schmiegte sich von hinten an sie und drückte ihr einen Kuss auf die Schulter, während sie sich und ihn im Spiegel beobachtete.

Seine Hand berührte ihren Schenkel und schob das Kleid langsam nach oben. Seine Lippen wanderten zu ihrem Hals, wo seine Zunge den Fleck berührte, den er dort hinterlassen hatte.

Oh Gott.

Von einer Sekunde auf die andere glühte Haven vor Verlangen. Seine Hand wanderte unter den Stoff und eine Sekunde später in ihr Höschen.

„Ich will nicht, dass dich jemand in diesem Kleid sieht." Er fand ihre Klitoris und massierte sie.

Haven stieß einen Atemzug aus und biss sich auf die Lippe.

„Das werden sie aber", fuhr er fort. „Nur wird dich niemand *so* sehen. Keiner wird dich so berühren wie ich."

In ihrer Mitte flammte ein Feuer der Leidenschaft auf und ihre Knie wurden plötzlich weich. Doch im nächsten Moment zog er seine Hand weg und sie wimmerte empört auf.

„Hey, hey. Du heizt mich mit all diesen sexy Kleidern auf, also gibt es auch keinen Orgasmus für dich."

Sie rieb ihren Hintern an der halb harten Beule in seiner Hose. „Rhys."

Er ließ den Stoff um ihre Beine fallen und es schmiegte sich wieder um ihre Knöchel. Dann packte er sie an den Hüften. „Sei brav, böses Mädchen. Unartig kannst du später sein. Saxon ist hier, um mit mir über einen anderen Fall zu sprechen. Ich bin draußen."

Damit schlüpfte er aus der Umkleidekabine und Haven stieß einen bebenden Atemzug aus. *Himmel.*

Gia tauchte wieder auf. „Jetzt fehlen nur noch die passenden Dessous, um deinem Outfit den letzten Schliff zu verleihen und einen gewissen Norcross-Bruder in den Wahnsinn zu treiben." Sie hängte eine Selektion aus Seide und Spitze an die Haken an der Wand.

„Danke." Haven betrachtete die Unterwäsche und lächelte. Sie würde sich schon noch an Rhys rächen.

Der Vorhang wurde wieder zur Seite gezogen. „Oh nein, Rhys, du kannst doch nicht –"

Doch vor ihr stand Leo.

Haven schnappte nach Luft. „Du *darfst nicht* hier sein."

Seine Nase war geschwollen und er hatte ein blaues Auge. „Haven, bitte ..."

„Lass mich einfach in Ruhe, Leo."

Er holte zitternd Luft. „Ich weiß, du willst mich nicht sehen, aber ich liebe dich."

„Wenn Rhys dich sieht, macht er dich fertig. Er ist nicht gerade dein größter Fan."

Leos Gesicht verzog sich. „Ist das Kleid für ihn?"

„Nein, es ist für mich. Damit ich mich auf eine schicke Party schleichen und das Gemälde finden kann, das du aus meinem Museum gestohlen hast."

Leos Blick verfinsterte sich. „Haven, hör mir zu –"

Der Vorhang wurde aufgerissen. Alles, was Haven sah, war Rhys' wütendes Gesicht und Saxon, der direkt hinter ihm stand.

Oh, Scheiße. „Rhys –"

Ihr Rufen wurde davon unterbrochen, dass Rhys Leo packte und ihn aus der Kabine zerrte.

Leo schrie auf und Rhys stieß ihn zu Boden.

„Schlag mich nicht", flehte Leo.

„Rhys", warnte Saxon ihn.

Haven stürmte den Männern hinterher und sah ein paar erschrockene, halb bekleidete Frauen, die aus den umliegenden Kabinen spähten.

„Rhys." Sie eilte auf ihn zu. „Er ist es nicht wert. Bitte!"

Rhys wich zurück und schlang einen Arm um sie. Saxon nahm seinen Platz ein und drückte ein Knie in Leos Rücken. „Keine Bewegung."

„Das alles tut mir so leid", stammelte Leo. „Ich wollte versuchen, meine Fehler wieder gutzumachen. Ich wollte dir sagen, dass ich einen Hinweis zu dem Gemälde habe. Sie haben einen Mann gefunden, der es authentifizieren kann. Ich weiß, wen."

„Verdammt noch mal, ich fasse es nicht!", fauchte Haven wütend.

Rhys zog sie enger an sich. „Ich mache das." Er sah Leo an. „Sein Name?"

„Arthur Irvine."

Haven keuchte. „Aber Mr. Irvine ist ein reizender alter Mann. Er ist im Ruhestand."

„Unter der Hand nimmt er noch Aufträge an", sagte Leo.

„Ich glaube, Becker hat gerade einen Kurzurlaub in einem unserer Hafträume gewonnen." Saxon zerrte ihn hoch und im selben Moment tauchte Gia wieder auf.

„Was ist denn hier –?" Sie starrte auf die Szene. „Der vertrottelte Ex, nehme ich an?" Gia tätschelte Havens Arm. „Eine eindeutige Steigerung, Süße."

„Ich bringe Becker in die Zentrale", sagte Rhys. „Sax, fährst du Haven zurück zu meiner Wohnung?"

Saxon hob sein Kinn. „Sicher."

Gott, Havens Magen machte einen Rückwärtssalto. War es eine gute Idee, Rhys mit Leo allein zu lassen?

„Rhys, warum kann Saxon ihn nicht –?"

Ein Sturm tobte in Rhys' braunen Augen, als er sie ansah. Wut beschrieb die Emotion in seinen Iriden nicht einmal im Ansatz.

„Es gibt ein paar Dinge, die ich Becker klarmachen muss", sagte Rhys mit eiskalter Stimme.

„Ich liebe sie", erklärte Leo. „Und sie hat mich geliebt –"

„Eigentlich habe ich dich nie geliebt, Leo." Alles, was vorgefallen war, alles, was sie mit Rhys erlebte, ließ sie infrage stellen, was sie bisher über das Leben und die Liebe zu wissen geglaubt hatte.

Eine Emotion, die sie nicht zuordnen konnte, ließ Leo das Gesicht verziehen.

„Vorbei ist vorbei, Becker", sagte Rhys. „Es war mein

Schwanz, auf dem sie heute Morgen und letzte Nacht gekommen ist. Sie gehört zu mir."

Seine bildliche Ausdrucksweise ließ Haven zusammenzucken. Wunderbar. Rhys hatte gerade der ganzen Welt offenbart, dass sie Sex miteinander hatten. Noch dazu jede Menge.

Leo wurde fuchsteufelswild. Sie konnte es in seinen Augen sehen.

Im nächsten Moment wirbelte Rhys herum und riss Leos Arm hinter seinem Rücken hoch. „Gehen wir. Du kannst gerne Ärger machen und mich zwingen, dich zu schlagen." Rhys sah Haven an. „Ich sehe dich zu Hause, Engel. Bleib bei Saxon."

Sie nickte.

Gia legte einen Arm um sie. „Komm schon. Zieh dich um und dann kaufen wir das Kleid."

Haven holte tief Luft.

„Das Kleid ist der absolute Wahnsinn", sagte Saxon. „Ich habe eine Vorliebe für Grün." Sein Blick wanderte zu Gias grüner Bluse.

„Zieh Leine", schnippte Gia mit den Fingern. „Wir brauchen hier keine Hilfe und außerdem muss Haven sich umziehen."

Haven schlüpfte zurück in die Umkleidekabine und zog ihre Sachen an. Sie bezahlten das Kleid und sie verabschiedete sich von Gia. Ihre Freundin und Saxon tauschten ein paar feurige Blicke aus, bevor Haven mit Saxon zu seinem Wagen ging.

Es war eine ruhige Fahrt zurück zu Rhys' Wohnung. Sie war besorgt um ihn.

„Rhys hat die Lage unter Kontrolle", sagte Saxon.

„Der Mann ist der König der Kontrolle."

Nun, wenn sie miteinander im Bett waren, war er nicht so kontrolliert. Sie leckte sich über die Lippen. „Ich will das alles einfach nur hinter mich bringen. Endlich war mein Leben wieder auf Schiene, ich hatte einen großartigen Job –"

„Rhys wird dir helfen, dein Leben wieder auf die Reihe zu kriegen."

„Nach dieser Sache wird es auch mit Rhys und mir vorbei sein."

Saxon lachte laut auf. Es war ein tiefes, sexy Lachen.

„Was ist so lustig?", fragte sie.

„Rhys wird dich nicht gehen lassen."

„Er wird das Interesse verlieren." Sie sah aus dem Fenster. „Er wird sich die nächste Frau suchen." Sie ließ die Schultern hängen.

„Auf unseren Missionen hatten wir viel Zeit zum Reden."

Sie blickte zu ihm hinüber und sah, wie sich Saxons schönes Gesicht verhärtete.

„Manchmal können Einsätze dich an die Grenzen treiben, oder sogar darüber hinaus. Einmal wurde ich schwer angeschossen."

Haven schnappte nach Luft. Das hatte sie nicht gewusst. Sie fragte sich, ob Gia davon wusste.

„Weit und breit war niemand, der uns hätte helfen können. Wir bekamen einen Evakuierungspunkt zugewiesen, aber der war gute fünfzehn Kilometer entfernt. Ich konnte kaum gehen und zwischen uns und dem Hubschrauber lauerten eine Menge Gefahren."

Haven schlug ihre Hände zusammen.

„Rhys trug mich. Er trug mich jeden einzelnen Schritt des Weges, während Vander und die anderen aus unserem Team uns Deckung gaben. Er sprach die ganze Zeit über mit mir, um mich bei Bewusstsein zu halten. Er erzählte mir von seiner Hoffnung, dass alles, was er für den Dienst an seinem Land opferte, ihm eines Tages eine Belohnung einbringen würde. Er sagte, wenn er erst einmal die richtige Frau gefunden hätte, würde er alles tun, um sie zu beschützen und glücklich zu machen."

Gott. Haven verspürte ein Brennen in ihrer Brust.

„Er sagte auch, dass er nichts dagegen hätte, sich so richtig auszutoben, bis er sie findet." Saxon sah sie an. „Er ist einer der besten Menschen, die ich kenne, Haven."

Sie starrte einfach ins Leere, während unzählige Emotionen gleichzeitig über sie hereinbrachen.

Dann klingelte ihr Handy und sie blinzelte sich in die Gegenwart zurück. Sie sah auf den Bildschirm. Es war Rhys.

„Hallo", sagte sie.

„Engel, ich wollte dir nur sagen, dass ich deinen Ex in den Haftraum gebracht habe. Es wurde kein Blut vergossen."

Ihre Finger schlossen sich um ihr Handy. „Okay. Gut."

„Geht es dir gut?", fragte er.

„Ja, Baby."

Es gab eine lange Pause. „Baby. Das gefällt mir. Wir sehen uns bald wieder."

„Rhys ... Danke. Für alles."

„Du musst mir niemals danken, Engel."

KAPITEL FÜNFZEHN

Haven warf einen Blick in den Spiegel. Ihr Make-up war perfekt und das grüne Kleid sah umwerfend aus. Ihr Haar trug sie offen und es fiel in Wellen über ihre Schultern. Sie sah großartig aus.

Sie wünschte sich nur, sie würde dieses Kleid zu einem Date mit Rhys tragen und nicht zur Party eines Kriminellen.

Gia hatte ihr etwas von ihrem Schmuck geliehen und in ihren Ohren funkelten nun Diamanten.

Von ihrem eigenen Schmuck war ihr nichts geblieben. Ihr Magen verkrampfte sich, wenn sie an das Silberarmband ihrer Mutter dachte. Es war das Einzige, was Haven noch von ihr gehabt hatte, und jetzt war es für immer verloren. Sie seufzte auf. Sie hatte immer noch die Erinnerungen an ihre Mom. Die konnte ihr niemand nehmen.

Haven richtete sich auf. Wie sie es immer tat, riss sie sich zusammen und regelte die Dinge. Etwas anderes blieb ihr auch nicht übrig.

Sie verließ Rhys' Badezimmer und fand ihn im Schlafzimmer, wo er energisch auf und ab marschierte.

Mitten in der Bewegung sah er auf und sein Ausdruck veränderte sich schlagartig. „Engel, du siehst wunderschön aus."

Sie errötete und freute sich aufrichtig über das Kompliment. „Danke."

Er war ganz in schwarz gekleidet – schwarze Cargos und ein enges langärmeliges schwarzes Shirt. Unter dem Stoff konnte sie die Umrisse seiner Bauchmuskeln erkennen. Er sah dunkel und gefährlich aus.

Es war eine Erinnerung daran, dass ihnen eine riskante Nacht bevorstand.

Seine Hände legten sich um ihre Oberarme. „Du schaffst das."

Sie lächelte. Sie wusste, dass er wirklich nicht wollte, dass sie ihren Plan in die Tat umsetzte, und trotzdem versuchte er, sie zu bestärken und zu beruhigen.

„Es hilft mir, zu wissen, dass du direkt vor seinem Haus wartest", sagte sie.

Er strich mit seinen Fingern über ihren Wangenknochen. „Danach werde ich dich nach Hause bringen und dich bis zum Morgengrauen lieben."

Ein Kribbeln durchfuhr ihren Körper. „Hört sich nach einem guten Deal für mich an."

„Ich habe etwas für dich."

Er nahm eine lange schmale schwarze Schachtel vom Nachttisch.

Sie hielt die Luft an.

Er öffnete sie. Darin befand sich eine Halskette, eine

zarte Silberkette mit einem tropfenförmigen Diamanten als Anhänger.

„Rhys", hauchte sie.

„Ich habe noch nie für jemanden einen Diamanten gekauft, aber ich weiß, dass du deinen gesamten Schmuck bei der Explosion verloren hast. Ich habe das hier gesehen und konnte es mir gut auf deiner wunderschönen Haut vorstellen."

Sie drehte sich um und hob ihr Haar an, um sich die Kette von ihm anlegen zu lassen.

„Er ist so schön", flüsterte sie und berührte den Stein.

Er drehte sie so, dass sie ihn ansah, und küsste sie. Seine festen Lippen legten sich auf ihre und sie genoss es, ihn zu schmecken.

„Ruiniere bitte nicht mein Make-up", murmelte sie gegen seine Lippen.

Er lächelte. Gott, er war so verdammt sexy. Dann küsste er sie wieder, langsam und innig. Sie war völlig benommen und wollte am liebsten die ganze Nacht in seinen Armen verbringen.

Er hob den Kopf. „Du musst vielleicht deinen Lippenstift nachziehen, Baby."

Sie nickte.

„Ich habe noch etwas für dich." Diesmal hielt er eine kleine Metallbox hoch und klappte sie auf. „Ein Mikrofon."

Sie sah hinein und entdeckte das kleinste und dünnste Mikrofon, das sie je gesehen hatte. „Das ist ja winzig."

„Vander investiert in die beste und neueste Technologie. Einiges davon ist noch in der Testphase und nicht auf dem freien Markt erhältlich."

Der winzige Mikropunkt war cremefarben und würde mit ihrem Hautton verschmelzen.

„Das haftet an deiner Haut", erklärte er. „Niemandem wird es auffallen."

Sie nickte. Er hob den Punkt mit seiner Fingerspitze aus der Box, dann zog er mit der anderen Hand den V-Ausschnitt ihres Kleides nach unten. Sie trug keinen BH und als sein Blick auf ihre Brüste fiel, entflammte Lust in seinen Augen. Er fuhr mit dem Handrücken über ihre Rundungen. Sie biss sich auf die Lippe, als ihre Brustwarzen kribbelten. „Rhys."

Er drückte den kleinen Punkt genau zwischen ihre Brüste. „So."

Wie sollte sie sich auf das konzentrieren, was sie vorhatte, wenn sie nur daran denken konnte, wie sehr sie Rhys brauchte?

„Zeit, zu gehen", sagte er.

Sein ernster Ton brachte ihr Verlangen schlagartig zum Versiegen und ein mulmiges Gefühl machte sich in ihrem Magen breit. Schnell schlüpfte sie ins Bad und frischte ihren Lippenstift auf, bevor sie sich auf den Weg zur Küche machte.

Ach du lieber Himmel. In Rhys' Küche hatten sich die heißesten Bad Boys unter der Sonne versammelt.

Vander, Rhys und Saxon trugen alle fast identische, schwarze Outfits. Man musste ihnen nur noch Waffen umhängen und sie konnte sich bildlich vorstellen, wie sie sich aus einem Stealth-Hubschrauber abseilten.

Sie machte noch ein paar Schritte und entdeckte

zwei weitere große breitschultrige Männer. Einer war Rome, der dunkelhäutige Kerl mit den grünen Augen, den sie in der Norcross-Zentrale gesehen hatte. Er begegnete ihrem Blick und nickte.

Auf jeden Fall der starke, stille Typ.

Dann sah sie den anderen Mann an und blinzelte. Es dauerte eine Sekunde, bis sie erkannte, dass es Easton war.

Manchmal vergaß sie, dass ihr Boss ein ehemaliger Berufssoldat war. Er verbarg sich so gut hinter dem Auftreten des erfolgreichen Geschäftsmanns. Heute Abend trug er keinen Designeranzug. Stattdessen hatte er ebenfalls Schwarz gewählt und sah genauso knallhart aus wie die anderen Jungs.

Rhys kam zu ihr und nahm ihre Hand.

„Haven, das Kleid war jeden Penny wert", sagte Saxon mit einem sexy Grinsen.

Rhys warf seinem Freund einen finsteren Blick zu, aber Haven schaffte es, zu lächeln.

„Wir werden das Mikrofon im Auto testen", sagte Rhys. „Hast du deine Einladung?"

Sie hielt die schwere, cremefarbene Karte hoch, die Harry ihr überreicht hatte. Sie steckte sie in ihre kleine Handtasche und hob ihr Kinn an. „Ich bin so weit."

Eine Regung huschte über Rhys' Gesicht und sie dachte, es könnte Stolz sein. Sie sonnte sich im Licht dieser Vorstellung, als sie die Wohnung verließen.

Sie betraten den Aufzug. „Rhys wird als dein Fahrer fungieren", sagte Vander. „Der Rest von uns wird vor Volkovs Villa Stellung beziehen."

Okay. Es war gut zu wissen, dass sie alle da sein würden.

„Geh keine unnötigen Risiken ein." Vanders mitternachtsblauer Blick bohrte sich in sie.

Sein dunkler, gebieterischer Ton ließ sie schlucken und nicken. Sie würde es auf keinen Fall wagen, ihm zu widersprechen.

„Ich will das Bild zurück", sagte Easton. „Aber wichtiger ist mir, dass du es lebend dort rausschaffst und in Sicherheit bist."

Sie betrachtete die Wand aus Muskeln, die sie umgab. Jeder einzelne von ihnen tat so viel, um sie zu beschützen. Rhys' Hand legte sich auf ihren unteren Rücken.

„Ich möchte euch allen noch einmal dafür danken –"

„Nicht nötig", unterbrach Vander sie. „Eine Sache noch. Ich habe es geschafft, jemanden auf die Party einzuschleusen. Rhys erzählt dir alles unterwegs."

Sie nickte. Vor Rhys' Wohngebäude ging er mit ihr zu einer schwarzen Limousine und half ihr hinein. Nervös fuhr sie mit der Hand über das Leder. *Sie schaffte das. Sie schaffte das.*

Die Limousine fügte sich nahtlos in den Verkehr ein.

„Wir werden alles hören, was du sagst, und alles, was sich um dich herum abspielt", sagte Rhys vom Fahrersitz aus.

„Okay", antwortete sie.

„Aber du wirst uns nicht hören. Ein In-Ear-Mikro können wir nicht riskieren."

„Verstanden." Sie fummelte an ihrer Clutch herum.

„Vander, hörst du sie?", fragte Rhys.

„Ja. Klar und deutlich", ertönte Vanders Stimme aus den Lautsprechern des Wagens.

„Vander hat ein paar Beziehungen spielen lassen und einem Freund, einem sehr guten Kunden von Norcross, eine Einladung verschafft. Er wird dich nicht ansprechen, es sei denn, du brauchst Hilfe."

Haven schluckte. „In Ordnung."

„Sein Name ist Zane Roth. Er ist –"

Sie schnappte nach Luft. „Ein Milliardär. Der König der Wall Street. Einer von New Yorks milliardenschweren Junggesellen. Wurde letztes Jahr zum Sexiest Man of the Year gewählt."

Rhys knurrte. „Bist du fertig?"

Ups. Da klang aber jemand verärgert. „Ich meine, ich kenne ihn und seine Freunde nur aus den Medien." Die Medien liebten die drei Männer und Haven konnte es ihnen nicht verdenken. Drei heiße Kerle, die sich auf dem College kennengelernt hatten, zu unverschämt erfolgreichen Milliardären geworden und alle obendrein schockierend attraktiv waren. Was sollte man daran nicht lieben?

Aber vielleicht wollte ihr Mann das nicht hören.

„Pfft. Wer will schon Milliarden? Das muss ja total nerven."

Im Rückspiegel sah sie, wie Rhys' Mundwinkel zuckten.

„Ich selbst bevorzuge ja eher heiße knallharte Kerle mit sexy Tattoos und einer zerzausten Rockermähne."

Rhys schüttelte den Kopf, aber er lächelte.

Die Vororte zogen vor dem Fenster vorbei, als sie sich Sea Cliff näherten, einem wohlhabenden Viertel mit Villen, die sich an die Klippen schmiegten und einen weitläufigen Blick auf den Pazifischen Ozean und die Golden Gate Bridge boten.

Bald darauf bestaunte sie große, schicke Häuser, von denen sie wusste, dass sie alle mehrere Millionen Dollar wert waren. Vor einer stattlichen Villa im toskanischen Stil mit graugrünem Anstrich und schwarzen Akzenten hatte sich eine Schlange von Fahrzeugen gebildet, die eines nach dem anderen vor dem Haus hielten. Der Vorgarten war fein säuberlich angelegt und gepflegt. Das Haus selbst wurde von weiteren Villen flankiert, aber ihr fiel auf, dass es einen großen Garten an einer Seite hatte, wahrscheinlich weil die Rückseite an einer Klippe mit Blick auf das Wasser lag. Auf der anderen Seite erkannte sie eine Einfahrt, die Wachmänner freihielten.

Sie wurde wieder nervös und ein mulmiges Gefühl breitete sich in ihrer Magengegend aus.

Rhys fuhr vor und sie atmete tief durch. Die Villa stank nach Geld, obwohl sie für ihren Geschmack ein wenig zu spießig war.

Er drehte sich in seinem Sitz zu ihr. „Sei vorsichtig, Haven. Dieser sexy Körper gehört mir. Ich habe später noch viel damit vor."

Sie spürte ein Ziehen in ihrem Unterleib. „Wir sehen uns bald wieder."

„Verlass dich darauf."

Dann stieg er aus, umrundete das Auto, öffnete ihre Tür und half ihr beim Aussteigen.

Wachmänner standen links und rechts der Türen,

die in das Haus führten. Andere Gäste, ebenfalls schick gekleidet, gingen die Treppe hinauf.

Haven holte tief Luft. Sie war im Rahmen ihres Berufs auf noblen Benefizveranstaltungen gewesen. Sie wusste, wie man sich auf diesem Parkett bewegte.

Das Letzte, was sie von Rhys spürte, war eine flüchtige Berührung seiner Hand, dann war er weg. Sie durfte es nicht riskieren, zurückzublicken. Also ging sie mit aufrechtem Rücken und gestrafften Schultern die Stufen hinauf und achtete darauf, möglichst viel Bein aus dem Schlitz in ihrem Kleid hervorblitzen zu lassen.

Sie lächelte.

Lasset die Spiele beginnen.

HAVEN SCHRITT durch die überfüllten Räume von Volkovs Villa, in der es von Menschen wimmelte – alle in Designerkleidern, Anzügen und Smokings.

Uff. Wussten all diese Leute, dass das Gemälde gestohlen war? Waren sie alle daran interessiert, es trotzdem zu kaufen?

Nein, wahrscheinlich nicht. Harry hatte erwähnt, dass dieser Rummel nur dazu diente, um bei den Interessenten vorzufühlen. Wahrscheinlich nutzte Volkov die Party, um einen Köder auszulegen und abzuwarten, wer anbiss.

Sie nahm ein Glas Champagner vom Tablett eines weiß gekleideten Kellners. Das Haus war in einem Stil eingerichtet, der nach einem reichen, alleinstehenden, älteren Mann schrie, was eine Menge dunkler Farben, viel Holz und massive Möbel bedeutete. Wie sie schon vermutet hatte, war die Rückseite des Hauses komplett verglast und bot einen atemberaubenden Blick auf die Golden Gate Bridge. Sie bemerkte, dass ein Großteil der Oberschicht von San Francisco anwesend war. Einige Gäste befanden sich auf der Terrasse, während andere sich im Inneren unterhielten. Sie schlenderte durch den großzügigen Raum und ihr Blick blieb an einem Gemälde an der Wand hängen.

Sie schnappte nach Luft. Ein Rembrandt. Er war atemberaubend schön. Sie drehte sich herum und entdeckte auch noch eine Giambologna-Skulptur auf einem Beistelltisch, die eine wunderschöne Linienführung aufwies. Dieser Volkov mochte ein Krimineller sein, aber er hatte eindeutig einen guten Geschmack.

Sie schlenderte in einen angrenzenden Raum, in dem weniger los war, passierte einen Mann im Anzug, der ihr einen bewundernden, interessierten Blick zuwarf und lächelte nichtssagend, bevor sie weiterging.

Der nächste Raum war eine große Bibliothek.

Toll. Riesige Regalwände waren gefüllt mit Büchern. Ledersessel standen verteilt und luden dazu ein, sich ein Buch auszusuchen und darin zu schmökern.

Auf der anderen Seite des Raumes entdeckte sie eine Cézanne-Landschaft in einem wunderschönen vergoldeten Rahmen, der über einem mit opulenten Schnörkeln versehenen Kamin hing. Er sollte in einem Museum ausgestellt sein, wo sich viele Menschen daran erfreuen konnten, nicht nur einer.

Aber sie unterdrückte ihren Ärger und blieb vor dem Cézanne stehen. Aus der Nähe sah er noch schöner aus.

„Gefällt er Ihnen?"

Die Stimme hinter ihr war tief und leise, mit einem leichten russischen Akzent.

Sie drehte ihren Kopf und sah Aleksandr Volkov neben sich stehen. Er trug einen dunklen, dreiteiligen Smoking.

„Er ist großartig. Ich liebe die Arbeiten von Cézanne. Seinen Sinn für solide Substanz und die Verwendung von kräftigen Farben."

„Ah, eine schöne Frau, die sich mit Kunst auskennt."

Sie sah in seine haselnussbraunen Augen. Er hatte ein breites, jungenhaftes Lächeln in seinem sonst rauen Gesicht, aber der Blick in seinen Augen war eiskalt. Sie konnte ihn überhaupt nicht einschätzen. Wusste er, wer sie war?

„Sie haben eine beeindruckende Kunstsammlung, Mr. Volkov."

Sein Blick wanderte über sie und ließ ihr die Nackenhaare zu Berge stehen.

„Ich sammle gerne schöne Dinge, Ms. McKinney."

Igitt, Schleim-Alarm. Sie lächelte unbeirrt weiter. „Sammeln Sie auch gerne Dinge, die anderen Leuten gehören?"

Bei dieser kühnen Aussage konnte sie praktisch hören, wie Rhys sie verfluchte.

Volkov lächelte. „Ich versichere Ihnen, dass alles, was Sie hier sehen, legal erworben wurde."

Ja, aber was ist mit dem, was sie nicht sehen konnte?

„Ich habe das Hutton-Museum besucht", fuhr Volkov fort. „Das Museum verfügt über einige ausgezeichnete

Sammlungen und Exponate. Vor allem, seit Sie dort als Kuratorin tätig geworden sind."

„Ich liebe meine Arbeit." Sie legte den Kopf schief. „Es war sehr aufregend für mich, die *Seerosen* von Monet zu erwerben."

Der Gesichtsausdruck des Mannes wurde ernster. „Ich habe von dem Raub gehört. Eine schreckliche Sache."

„Ja, schrecklich. Ganz besonders habe ich daran gehasst, dass die Diebe zwei unschuldige Wachmänner angeschossen und mich verprügelt haben."

Sein Ausdruck blieb unverändert. „Es tut mir leid, das zu hören."

Sie holte tief Luft. „Ich will, dass die *Seerosen* ihren Weg dorthin zurückfinden, wo sie hingehören."

Volkov beäugte sie. „Verzweifelte Menschen tun verzweifelte Dinge, Ms. McKinney." Er trat näher an sie heran. „Sie sind wirklich eine wunderschöne Frau, Haven. Darf ich Sie Haven nennen?"

Als ob sie nein sagen könnte. Sie nickte kaum merklich.

„Ich denke, es ist das Beste, wenn Sie sich künftig aus gefährlichen Situationen heraushalten", fuhr er fort.

„Und mir nicht meinen hübschen kleinen Kopf zerbreche?"

Er schmunzelte. „Da lodert ein Feuer in Ihrem Inneren. Das gefällt mir." Er senkte erst seine Stimme und dann seinen Blick auf ihr Dekolleté. „Sehr sogar."

Sie blickte zurück auf das Gemälde und bemühte sich, nicht angewidert zu wirken. Ein Finger berührte ihre nackte Schulter und sie hatte Mühe, nicht zusammenzuzucken.

„Sie haben auch sehr weiche Haut."

Verdammt, wie kam sie aus dieser Situation nur heraus?

„Möchten Sie ein paar meiner Kunstwerke sehen, die ich nicht hier in den Haupträumen aufgehängt habe?", fragte er.

Mit ihm allein irgendwo hingehen? *Nein, nein, nein.* Sie nippte an ihrem Champagner. „Sind die *Seerosen* eines davon?"

Volkov lächelte nur.

Haven beschloss, aufs Ganze zu gehen. „Wann findet die Auktion statt?"

In seinen Zügen war keine Überraschung zu erkennen. „Lassen Sie uns nach der Party weiter über ... Kunst reden."

„Ich kann nicht –"

„Ich bestehe darauf." Er lächelte immer noch. „Ich bin ein Mann, der sehr daran gewöhnt ist, alles zu bekommen, was er will, Haven. Ich werde Ivan bitten, bei Ihnen zu bleiben, um sicherzustellen, dass Sie nicht gehen, bevor wir Gelegenheit hatten, uns zu unterhalten."

Ivan war ein aufgeblasener Muskelprotz, der aussah, als wüsste er nicht, wie man lächelte. Er war an der Tür zur Bibliothek postiert.

Volkov ließ seinen Blick noch einmal über sie gleiten, dann drehte er sich um und mischte sich wieder unter die Gäste.

Oh. *Scheiße.* Haven ließ die Schultern hängen, obwohl sie eine innere Anspannung in ihrem gesamten

Körper verspürte. Der Champagner, den sie getrunken hatte, verwandelte sich in ihrem Bauch zu wild flatternden Schmetterlingen.

„Ähm, Ivan, ich muss mal für kleine Mädchen, also werde ich –"

„Sie bleiben, bis Mr. Volkov zurückkommt."

Großartig. Sie saß in der Falle. Sie begann, durch die Bibliothek zu schlendern, kehrte Ivan den Rücken zu und tat so, als würde sie die Buchrücken studieren.

„Hilfe", flüsterte sie.

Mist. Rhys würde in diesem Moment sehr, sehr unglücklich sein.

Sie beäugte das Fenster. Sie könnte versuchen, hinauszuspringen, aber dahinter ging es zwei Stockwerke tief in den Garten hinunter und das Risiko war ihr zu groß.

Sie drehte sich um und sah sich Ivan genauer an. Sie war sich sicher, dass sie ihn nicht überwältigen konnte. Er sah aus wie ein ehemaliger Wrestler.

Rhys würde kommen. Er würde sie hier rausholen.

Plötzlich öffnete sich die Tür. „Liebling, da bist du ja. Ich habe schon überall nach dir gesucht."

Haven erkannte den gut aussehenden Mann in seinem tadellosen Armani-Smoking sofort.

Ach ja, richtig. Ihren Retter vor Ort hatte sie ganz vergessen. Zane Roth. Eigentümer von Roth Enterprises. Aktienmilliardär.

Der Körper unter dem Anzug wirkte schlank und kräftig. Nicht wie der eines Mannes, der nur am Schreibtisch saß. Sein dichtes, braunes Haar war gut geschnitten und sein Lächeln verdammt sexy.

Sie erwiderte es. „Zane."

„Hey –" Ivan machte einen Schritt in ihre Richtung.

Zane ignorierte den Mann und nahm ihre Hand. Er zwinkerte ihr zu. „Ich habe nur meine bezaubernde Begleitung gesucht."

„Mr. Volkov möchte mit ihr sprechen", brummte Ivan.

„Ich fürchte, wir haben andere Pläne." Zane drückte sie eng an seine Seite und ging auf die Tür zu.

Ivan stellte sich ihnen in den Weg und versuchte, sie daran zu hindern, die Bibliothek zu verlassen.

Zanes attraktives Gesicht nahm plötzlich härtere Züge an. „Sie wissen, wer ich bin?"

Ivan grunzte. „Ja."

„Ich nehme an, Ihr Boss will nicht, dass Sie mich verärgern. Also schlage ich vor, Sie gehen mir aus dem Weg."

Kühn schob sich Zane an dem Mann vorbei und zerrte Haven mit sich in den Wohnbereich.

Als sie den Flur entlanggingen, neigte er seinen Kopf zu ihr und hielt seine Stimme gesenkt. „Ich bin Zane. Tut mir leid, dass wir uns unter diesen Umständen kennenlernen, Haven."

„Hallo. Und danke für die Rettung."

„Ich habe sonst nicht oft die Gelegenheit, den Ritter ohne Furcht und Tadel zu spielen." Er tätschelte ihren Arm. „Vander hat mir den Grundriss des Anwesens auf mein Handy geschickt. Wir sollen zügig durch eine Seitentür in den Garten verschwinden. Vermutlich wird Volkov seine Schläger losschicken, um dich zu finden."

„Ich bin verflucht", murmelte sie. „Mehr Pech als ich hat wirklich kein Mensch auf diesem Planeten."

„Nun, du hast die Norcross-Brüder auf deiner Seite, also würde ich sagen, dein Blatt wendet sich gerade. Und jetzt lächle und tu so, als wäre ich der attraktivste und charmanteste Mann, den du je getroffen hast."

Trotz der Umstände musste Haven herzhaft auflachen.

KAPITEL SECHZEHN

Mitzuerleben, wie Volkov sich an Haven heranmachte und sie mit seinen schleimigen Worten umgarnte, war härter als alles, was Rhys sich jemals hatte anhören müssen.

Noch schlimmer war, dass er rein gar nichts dagegen tun konnte.

Er ballte seine Hände zu Fäusten, bis seine Knöchel weiß anliefen. Zu wissen, dass sie da drin war, allein und verängstigt –

Vander legte seine Hand auf Rhys' Schulter. „Es geht ihr gut. Dein Mädchen ist hart im Nehmen."

Rhys nickte. Das war sie. Er wünschte nur, sie müsste es nicht sein. Sie hatte schon genug durchgemacht.

Sie standen in den Schatten des Hauses neben Volkovs Villa. Irgendwie hatte Vander es geschafft, dass die Besitzer die Nacht auswärts verbrachten. Rhys hörte die Musik und das Gemurmel der Leute auf der Terrasse.

Der Rest des Norcross-Teams hatte sich in der

Umgebung aufgeteilt. Sie waren alle gut – die Ghost-Ops hatten sie sogar zu den Besten der Welt gemacht. Easton war nicht bei den Ghost-Ops dabei gewesen, hatte aber als Ranger in einer anderen Spezialeinheit verdammt gute Arbeit geleistet. Sie alle hatten ihre Fähigkeiten im Laufe der Zeit verfeinert, selbst Easton.

Außerdem war Vanders Freund, Zane Roth, da drin. Auch, wenn der Mann ein milliardenschwerer Geschäftsmann war und kein Soldat. Wenn etwas schiefging ...

Dann hörte Rhys über die Leitung, wie Volkovs Ton plötzlich eiskalt wurde.

„Lassen Sie uns nach der Party weiter über ... Kunst reden." Rhys' gesamter Körper erstarrte. Er hörte Vander leise fluchen.

„Ich bestehe darauf", sagte Volkov. „Ich bin ein Mann, der sehr daran gewöhnt ist, alles zu bekommen, was er will, Haven."

Fuck. Rhys explodierte innerlich, so wütend machte ihn dieser Satz. Er machte zwei Schritte vorwärts.

Vander packte ihn. „Du kannst da nicht einfach reinplatzen. Er hat überall Männer postiert."

„Das Arschloch will meine Frau. Er hat ihr *gedroht*."

Er konnte ihren hektischen Atem über die Leitung hören. Sie hatte Angst. Er hörte, wie sie unter dem Vorwand, die Toilette zu benutzen, versuchte, es aus der Bibliothek zu schaffen. *Kluges Mädchen.*

Aber Volkovs Schlägertyp fiel nicht darauf rein.

„Hilfe", murmelte sie.

Mit einem Knurren wollte Rhys sich an Vander vorbeidrängen. Rome tauchte aus der Dunkelheit auf und gemeinsam schoben die beiden Männer ihn gegen die Wand des Nachbarhauses.

„Wenn du da reingehst, wird es für sie nur umso gefährlicher." Vanders Tonfall war derselbe, den er als Kommandeur ihrer Ghost-Ops-Einheit benutzt hatte. „Wenn du ihr helfen willst, musst du einen kühlen Kopf bewahren."

Verdammt. Eine Sorgenfalte bildete sich auf Rhys' Stirn. „Vander ..."

„Wir holen sie raus." Sein Bruder hob sein Handy an sein Ohr. „Zane, du hast grünes Licht. Sie wird in der Bibliothek festgehalten. Bring sie durch den Seitenausgang raus. Der Grundriss ist auf deinem Handy."

Sekunden später hörte Rhys in der Leitung die charmante, aber dennoch autoritäre Stimme eines Mannes. Jeder Muskel in Rhys' Körper spannte sich an, vibrierte vor Spannung. Rhys hörte mit an, wie Zane Roth es schaffte, Haven aus der Bibliothek zu führen.

Der grausame Krach in seinem Kopf, der ihn in letzter Zeit kaum noch heimgesucht hatte, kehrte zurück und war plötzlich ohrenbetäubend laut. Er trieb ihn an, tätig zu werden, loszurennen, zu kämpfen, etwas zu unternehmen. Diese furchtbare innere Rastlosigkeit, mit der er zu kämpfen hatte, seit er das Militär verlassen hatte. Die Albträume und Flashbacks hatten dank der Therapie, zu der Vander ihn gezwungen hatte, nachgelassen. Aber der Krach in seinem Kopf war nie verstummt.

Für Rhys war dieser Lärm in seinem Geist – und die Nervosität und das starke Bedürfnis, in Bewegung zu bleiben – ein geringer Preis. Normalerweise konnte er damit umgehen. Aber im Moment konnte er an nichts anderes denken als daran, Haven in Sicherheit zu bringen.

„Das reicht." Rhys wand sich aus dem Griff der beiden Männer und marschierte den schmalen Weg hinunter, der am Nachbarhaus entlangführte. Eine Mauer trennte es von Volkovs Haus. Er erreichte ein Seitentor aus Eisen. Es öffnete sich zu Volkovs makellos angelegtem Garten hin.

Dann hörte er am anderen Ende der Leitung, wie Haven über etwas lachte, das Roth gesagt hatte, und plötzlich wurde es wieder still in seinem Kopf.

Es ging ihr gut. Verdammt, sie konnte sogar lachen. Wie schaffte es diese Frau nur, so unverwüstlich zu sein?

Eine Sekunde später tauchten Roth und Haven auf.

Sie eilten händchenhaltend den Weg hinunter und verdammt, sie gaben wirklich ein schönes Paar ab. Roth trug einen Smoking und Havens grünes Kleid funkelte im Schein der Gartenbeleuchtung.

Dann hob sie den Kopf und entdeckte Rhys. Ein Lächeln breitete sich auf ihrem Gesicht aus und Erleichterung legte sich in ihren Blick. „Hey –"

Mit zwei Schritten war Rhys direkt vor ihr und hob sie in die Luft. Seine Lippen legten sich auf die ihren für einen harten, strafenden Kuss. Sie gab einen dumpfen Laut von sich, bevor sie den Kuss erwiderte und sich an ihn schmiegte.

Verdammt, erst jetzt wurde ihm klar, wie viel Angst er um sie gehabt hatte.

Schließlich löste er sich von ihren Lippen und hob

den Kopf. Sie wirkte benommen und er drückte seine Stirn gegen ihre.

Ohne den Mann anzusehen, sagte Rhys: „Danke, Roth."

„Mit Vergnügen", antwortete der Geschäftsmann.

Schließlich warf Rhys ihm doch einen Blick zu. „Ich schulde dir etwas."

Zane neigte den Kopf.

„Lasst uns abhauen", sagte Vander. „Zane, du solltest wahrscheinlich auch gehen."

„Es war sowieso eine langweilige Party."

Sie gingen alle durch das kleine Verbindungstor zurück in den Garten der Nachbarn und von dort weiter auf die Straße. Rome und Zane verabschiedeten sich und gingen den Bürgersteig hinunter.

„Ich bringe Haven nach Hause", sagte Rhys zu Vander.

Sein Bruder nickte. „Die Nachbesprechung machen wir morgen."

„Hey, du kannst dein magisches Mikrofon wiederhaben", sagte Haven.

„Vander wird es *nicht* entfernen." Rhys schob seine Hand schnell in den Ausschnitt ihres Kleides und zog den Punkt von ihrer Haut. Sie erschauderte leicht und er musterte ihr Gesicht. Ihre Wangen waren gerötet.

Vander hielt eine kleine Box auf und Rhys drückte das Mikrofon hinein.

„Nacht, Haven", murmelte Vander. „Gute Arbeit."

„Nacht, Vander."

Rhys führte Haven eine andere Straße entlang zu seinem Wagen. Er hatte einen abgelegenen, schummrigen Platz in einer Seitenstraße ein paar Blocks entfernt gefunden.

„Tja, Volkov hat die *Seerosen*", sagte Haven niedergeschlagen.

„Ich vermute, dass er sie aufbewahrt und die Auktion als Gefallen für die Zakharovs durchführt", sagte Rhys. „Zweifellos erhält er dafür einen sauberen Anteil."

„Viel mehr habe ich nicht herausgefunden. Ich bin keine besonders gute Spionin."

Das Adrenalin schoss immer noch durch Rhys' Adern. „Deine Spionagekarriere ist sowieso vorbei. Du befindest dich jetzt offiziell im Ruhestand."

Sie stieß einen heftigen Seufzer aus. „Eine Schande ... ich mochte meine Dienstkleidung."

Er drückte ihre Hand fester. „Ich kaufe dir alle Kleider, die du willst, und führe dich darin in ein schickes Restaurant aus."

Sie entspannte sich.

Sein Magen hingegen war immer noch verkrampft und wollte sich nicht beruhigen. Er stellte sich immer wieder vor, was Volkov ihr angetan hätte. Er drückte wieder ihre Finger.

„Rhys, geht es dir gut?", fragte sie.

„Nein."

„Rede mit –"

Er drehte sie herum, stieß sie in die Schatten und drückte sie unter einem Baum gegen eine Ziegelwand.

Sie keuchte.

„Nicht reden", knurrte er.

Der primitive Neandertaler in ihm hatte gerade das

Kommando übernommen. Er verspürte das dringende Bedürfnis, seine Frau in Sicherheit zu wissen.

„Rhys", hauchte sie und ihre Stimme klang erregt.

Er hob sie hoch, sodass ihre Füße den Halt verloren. Seine Hände glitten unter ihr Kleid und er fand ihr Höschen. Mit einer ruckartigen Drehbewegung riss er es ihr herunter.

Sie schnappte nach Luft, rieb sich aber im nächsten Moment an ihm. Sein Mund eroberte den ihren – hart, tief, feucht. Ihr Parfüm erfüllte seine Sinne – süß, genau wie Haven selbst. Seine Finger fanden ihre Falten, glitten hinein.

Sie schrie an seinem Mund auf und er schluckte die Geräusche, die sie machte. Sie war nass. Nass und bereit für ihn.

Er ließ einen Finger in ihre enge Wärme gleiten und sein Daumen fand ihren Kitzler.

„Das hier wird nicht lange dauern, Haven. Und ich werde dich hart nehmen." Seine Stimme war rau.

Sie gab ein leises Stöhnen von sich. „Ja."

Er fummelte erst an seinem Gürtel, dann an seinem Reißverschluss. Dann schob er eine Hand unter ihren Hintern, drückte seinen Schwanz an ihren Eingang und trieb sich energisch in sie.

Haven stöhnte seinen Namen. Ihre Beine umklammerten seine Hüften und Rhys stieß sich in sie.

„Fuck, ich fühle, wie sich deine Muschi um meinen Schwanz klammert. Nimm mich, Baby."

Sie tat es und hielt sich an ihm fest, während er sich wieder und wieder in ihr vergrub.

„Du machst mich so heiß, Haven."

„*Ja*." Ihr Mund wanderte über seine Haut, berührte seinen Hals. Er spürte das Kratzen ihrer Zähne.

Er glitt immer wieder in sie, ohne Finesse, ohne Vorsicht, nur getrieben von dem primitiven Bedürfnis, seine Gefährtin als die seine zu markieren und zu beanspruchen.

Sie stieß einen heiseren Schrei aus und er konnte spüren, wie ihr Orgasmus sich in ihr entlud. Sie biss ihm in die Haut an seiner Halsbeuge.

Rhys bewegte sich jetzt schneller und stieß seinen Schwanz bis zum Anschlag in ihre Enge. Haven. *Seine Haven*. Herrlich. Ein letzter kraftvoller Stoß, dann pumpte er seine Ladung in sie.

Sie verharrten in diesem Moment, Haven, die von Rhys an die Wand gedrückt wurde, und rangen beide nach Luft.

Verflucht. Er war wild und grob gewesen.

„Habe ich dir wehgetan?" Er hob den Kopf.

Sie blinzelte und schenkte ihm dann ein breites, träges Lächeln, das er in dem schwachen Licht gerade noch erkennen konnte.

„Kein bisschen. Das war ... *unglaublich*."

Alles in ihm entspannte sich.

„Ich finde, wir sollten mindestens einmal in der Woche wilden Sex an einer Ziegelwand haben", sagte sie.

Seine Lippen zuckten. Verdammt, sie war wirklich etwas ganz Besonderes.

„Ich habe eventuell ein paar Kratzer am Rücken –"

Er verzog das Gesicht. „Du hast doch gesagt, du bist nicht verletzt?"

„Bin ich auch nicht. Das sind Ehrenabzeichen."

Er schüttelte den Kopf und zog sich aus ihr zurück. Sie stöhnte bei dem Gefühl auf und in diesem Moment fiel es ihm wie Schuppen von den Augen.

„Verdammt." Er begegnete ihrem Blick in dem schwachen Licht. „Ich habe kein Kondom benutzt."

Sie streichelte seine Wange. „Ist schon gut. Ich bekomme die Dreimonatsspritze und nach Leo habe ich mich testen lassen." Sie leckte sich über die Lippen. „Seit ihm gab es niemanden mehr. Ähm, und bei dir ...?"

„Ich war mit niemandem zusammen, seit ich dich kennengelernt habe."

Ihre Augen weiteten sich. „Was?"

„Und davor habe ich immer Kondome benutzt. Aber ich werde mich testen lassen, nur um sicherzugehen." Er würde in jeder Hinsicht für ihre Sicherheit sorgen.

Er strich über ihre geschwollenen Lippen, als er bemerkte, dass in seinem Kopf wieder Stille herrschte. Kein Krach. Die Unruhe stiftende Bestie, die sich in seinem Inneren aufgebäumt hatte, war besänftigt.

„Lass uns nach Hause gehen", murmelte sie.

Nach Hause. Mit Haven.

„Ja, lass uns nach Hause gehen."

AM NÄCHSTEN MORGEN stand Haven mit Rhys in einem Coffeeshop und wartete auf ihren Milchkaffee. Der niedliche, gemütliche Laden befand sich gleich um die Ecke seiner Wohnung.

Er reichte ihr einen Becher zum Mitnehmen und sie nippte daran und stöhnte. Als sie die Augen öffnete, sah

Rhys sie mit einem Grinsen und diesem ganz bestimmten Blick an.

Lasziv leckte sie den Schaum von der Innenseite des Deckels.

Seine braunen Augen verdunkelten sich. „Du Luder."

Er wandte sich von ihr ab, um seinen Kaffee vom Barista entgegenzunehmen. Im selben Moment entdeckte Haven zwei Frauen an einem Tisch in der Nähe, die gebannt dasaßen und ihn anstarrten.

Sie konnte es ihnen nicht verdenken, hob aber trotzdem fragend eine Augenbraue.

Die beiden Frauen lächelten sie an und eine der beiden streckte ihr sogar einen erhobenen Daumen entgegen.

Nachdem Rhys seinen Kaffee getrunken hatte, gingen sie nach draußen, wobei er sie eng an seine Seite drückte.

Havens Herz zog sich zusammen. Sie fing an, es zu glauben. Rhys hatte ihr gesagt, er sei mit niemandem zusammen gewesen, seit sie sich kennengelernt hatten. Sie hatte diese Aussage für nicht besonders glaubwürdig gehalten, aber jetzt wurde ihr klar, dass sie ihn seither tatsächlich mit keiner anderen Frau gesehen hatte. Sie war ihm zwar aus dem Weg gegangen, aber ihr war nicht entgangen, was er getrieben hatte.

Dieser wunderbare Mann mochte sie *wirklich*. Er beschützte sie und wollte für sie da sein.

„Komm", sagte er jetzt. „Es ist ein kurzer Spaziergang zum Hutton."

Sie wollte ihren Arbeitslaptop und ein paar andere

Sachen aus dem Museum holen, damit sie von Rhys Wohnung aus arbeiten konnte. Das Museum war an Sonntagen geschlossen, aber die Wachleute würden sie trotzdem hineinlassen.

Rhys war bewaffnet. Sie wusste, dass er unter seiner Wildlederjacke ein Schulterholster trug. Als er ihn heute Morgen angelegt hatte, hätte sie ihn am liebsten besprungen. Was war es, das Männer mit Waffengurten so sexy machte?

Sie nippte an ihrem Kaffee.

„Du hast mich noch gar nicht nach Becker gefragt", sagte Rhys.

Sie sah ihn an. „Weil ich gar nicht an ihn gedacht habe. Ähm, ist er noch in der Zentrale?"

„Nein. Saxon hat ihn verhört. Er konnte uns keine neuen Informationen liefern, also hat er ihn gehen lassen. Er kann sowieso von Glück reden, wenn er Zakharov überlebt."

Haven wollte nicht, dass Leo starb, aber seltsamerweise empfand sie ... rein gar nichts. Sie zuckte nur mit den Schultern. „Ich will nur, dass er abhaut und nie wieder zurückkommt."

Rhys fuhr mit einer Hand über ihren Rücken.

Sie fühlte sich viel sicherer, aber sie zerbrach sich immer noch den Kopf wegen der *Seerosen*. Sie wollte das Gemälde zurück und sie war mehr als sauer, dass Volkov und die Zakharovs dachten, sie könnten sich einfach so an den hart erarbeiteten Errungenschaften anderer bedienen.

Schließlich erreichten sie die elegante Fassade des Hutton-Museums. Sie sprachen sich kurz mit dem

Sicherheitspersonal ab und betraten dann das Gebäude. Drinnen war es still und ihre Schritte hallten durch die hohen Räume.

Haven blieb in der Haupthalle stehen und starrte auf die leere Wand. Sie *hasste* diese leere Wand.

„Alles okay?", fragte Rhys.

„Ich will das Gemälde zurück. Easton hat so viel Geld dafür hingeblättert. So viele Leute haben schon den Anblick dieses Kunstwerks genossen." Sie seufzte. „Ich habe immer noch das Gefühl, dass all das meine Schuld ist. Wenn ich nicht mit Leo zusammen gewesen wäre, wenn ich –"

„Hey." Rhys legte einen Finger unter ihr Kinn. „Wir holen es uns schon noch zurück. Nichts davon ist deine Schuld. Ich werde dich das so oft wiederholen lassen, bis du es glaubst."

„Und wie willst du das anstellen?"

Er schmunzelte genüsslich. „Ich werde dich an mein Bett fesseln, dich mit meinen Händen und meiner Zunge quälen und deinen Orgasmus so lange hinauszögern, bis du mir zustimmst, dass es nicht deine Schuld ist."

Ihre Brustwarzen richteten sich auf und sein Blick senkte sich, bevor er ihr ein heißes Grinsen schenkte.

„Sadist", gab sie zurück.

„Wohl kaum. Ich verspreche dir, dass du jede Sekunde davon genießen wirst."

Sie gingen die Treppe hinauf und als sie in ihrem Büro ankam, warf Haven ihren leeren Kaffeebecher in den Mülleimer. An ihrem Schreibtisch schnappte sie sich ihren Laptop und ein paar Unterlagen.

„Morgen möchte ich zur Arbeit kommen", sagte sie.

„Ich muss mich mit meinen Mitarbeitern abstimmen und ein paar Restaurierungsprojekte durchgehen."

„Okay."

Einfach so. Er würde bei ihr bleiben und für ihre Sicherheit sorgen. Sie ging zu ihm und küsste ihn.

Er sah sie fragend an. „Wofür war das?"

Sie holte tief Luft. „Ich wollte dich nur wissen lassen, dass ich dich wirklich gerne mag."

Etwas flackerte in seinen Augen auf. „Ich mag dich auch wirklich gerne."

„Ich fange langsam an, das zu begreifen."

„Endlich."

Sie schlug ihm spielerisch auf den Arm. „Jetzt müssen wir nur noch die *Seerosen* finden. Was ist unser nächster Schritt?"

„Nun, mein Plan ist es, den Gutachter zu verhören. Irvine."

Haven keuchte. „Mein Gott, bei all dem, was los war, habe ich ganz auf ihn vergessen!" Das war eindeutig der Grund, warum Rhys der Ermittler war und nicht sie.

„Ich werde Vander bitten, bei dir zu bleiben –"

„Nein." Sie packte seinen Arm. „Ich komme mit."

Rhys sah sie finster an. „Haven."

„Er ist siebzig Jahre alt, Rhys. Ich kenne ihn und er mag mich." Sie machte ein langes Gesicht. „Ich bin immer noch schockiert, dass er illegale Gutachten erstellt, aber mich mitzunehmen, stellt kein Risiko dar."

„Verdammt, ich hoffe, du wirst mir in Zukunft nicht ständig deinen Willen aufschwatzen."

Sie schenkte ihm ein niedliches Lächeln.

Kurz darauf machten sie sich mit Rhys' Firmenwagen auf den Weg zu Mr. Irvines Adresse, die Rhys bereits kannte.

Der Mann wohnte in einem kleinen, gepflegten Haus in Glen Park. Er empfing sie an der Tür, gekleidet in Hose, Hemd und Strickweste. Er sah aus wie eine kleinere, drolligere Version des Weihnachtsmanns.

„Mr. Irvine, ich bin Rhys Norcross. Wir haben miteinander telefoniert."

„Äh, ja, aber natürlich." Der Mann bemerkte Haven. „Haven! Was für eine erfreuliche Überraschung."

„Hallo, Mr. Irvine."

„Kommen Sie doch herein. Ich habe gerade Tee gemacht."

Die Einrichtung wirkte wie aus Großmutters Zeiten. An den Wänden hingen einige schöne Drucke, hauptsächlich von englischen Landschaften. Es gab auch viele gerahmte Fotos von Mr. Irvine und einer Frau mit grauen Haaren und einem freundlichen Gesicht. Außerdem viele von Kindern und Enkelkindern.

Alles wirkte so normal. Das hier war es, was Haven wollte. Liebe. Eine Familie. Sie wollte selbst überall Bilderrahmen mit Fotos aus ihrem Leben aufstellen. Von all den Dingen, die sie seit dem Tod ihrer Mutter nicht erlebt hatte.

Sie setzten sich an den Küchentisch und Mr. Irvine brachte eine Kanne Tee.

„Nicht für mich", sagte Rhys.

Nein, Haven war sich sicher, dass knallharte Bad Boys *keinen* Tee tranken.

Mr. Irvine schenkte zwei Tassen ein.

„Haben Sie die *Seerosen* hier geschätzt?", fragte Haven.

„Ach, wissen sie", lächelte der alte Mann, „das ist rein geschäftlich, Haven. Es tut mir leid, dass das Gemälde aus dem Hutton gestohlen wurde."

„Meine Wachmänner wurden niedergeschossen. Ich wurde zusammengeschlagen."

Bedauern zeichnete sich auf dem Gesicht des Mannes ab. „Es tut mir *sehr* leid, das zu hören. Ich begutachte und schätze nur. Ich stelle keine Fragen."

„Gegen eine sehr hohe Gebühr", entgegnete Rhys.

„Ja. Ich brauche das Geld, um das Haus zu erhalten und meine Familie zu unterstützen." Der Mann strahlte. „Mein ältester Enkel wird dieses Jahr nach Berkeley gehen. Meine liebe Jean ist letztes Jahr gestorben." Trauer legte sich auf seine Züge. „Dieses Haus hat ihr alles bedeutet. Es war das Haus ihrer Eltern und sie ist hier aufgewachsen. Ich begehe keine Verbrechen, aber ich führe immer wieder inoffizielle Schätzungen durch."

Haven seufzte. „Mein Ex war derjenige, der den Diebstahl der *Seerosen* organisiert und die Sache ins Rollen gebracht hat. Wir wollen, dass das Gemälde dorthin zurückkehrt, wo es hingehört, anstatt an einen Kriminellen verkauft zu werden, der es in einer Privatsammlung wegsperrt."

Mr. Irvine nippte an seinem Tee und nickte.

„Haben Sie Informationen, die uns helfen könnten?", flehte sie. „Tun Sie das Richtige, Mr. Irvine. Zum Gedenken an Jean, für ihren Enkel, der nach Berkeley geht, für Ihre Familie."

„Sie waren alle darauf bedacht, in meiner Gegenwart

nicht zu viel zu sagen. Sie brachten mich zu einem Lagerhaus in Potrero Hill. Es sah aus, als wäre es einmal eine Fabrik gewesen."

Haven warf Rhys einen Blick zu. Das Gemälde war also doch irgendwann in diesem Lagerhaus gewesen.

„Es ist wirklich ein Meisterwerk. Aber, wie dem auch sei, ich bin ein alter Mann. Ein paar der Bodyguards haben sich unterhalten, als wäre ich gar nicht da. Sie dachten wohl, ich sei schwerhörig."

Rhys beugte sich vor. „Und was haben sie gesagt?"

„Sie planen, das Gemälde bald an den Mann zu bringen. Es wird einen Privatkauf geben."

Haven runzelte die Stirn. „Nein, es wird eine Auktion geben."

Mr. Irvine schüttelte den Kopf. „Ein privater Käufer hat ein riesiges Angebot gemacht. Ich glaube, irgendein Prinz aus dem Nahen Osten." Er runzelte die Stirn und kratzte sich am Kopf. „Oder war es ein Technologie-Milliardär aus dem Silicon Valley?"

Haven schnappte nach Luft. „Wann? Haben Sie gehört, wann der Verkauf über die Bühne gehen soll?"

„Mal sehen ... heute ist Sonntag, also morgen. Um sechs Uhr morgen früh wird ein schwarzer Lastwagen ohne Kennzeichen die Villa von Mr. Volkov verlassen."

Sie sah Rhys an. *Sie waren wieder im Rennen.*

„Danke, Mr. Irvine", sagte sie.

„Sonst noch etwas?", fragte Rhys. „Haben Sie auch gehört, wo der Verkauf stattfinden wird?"

„Das ist alles, was ich gehört habe. Ich wünsche Ihnen viel Glück. Ich hoffe, Sie bekommen das Gemälde zurück. Es sollte in einem Museum hängen. Vielleicht schaue ich bald im Hutton vorbei."

Es war schwer, dem liebenswerten, alten Mann böse zu sein. Haven streckte ihre Hand nach seiner aus. „Wenn Sie das tun, gebe ich Ihnen eine private Führung."

Haven stand auf und Rhys zog ihren Stuhl zurück und griff nach ihrer Hand. Sie verabschiedeten sich und gingen.

Die Reifen quietschten, als Rhys aus der Einfahrt fuhr. Er fuhr gern schnell, aber mit einer ruhigen, selbstbewussten Leichtigkeit, die sie sexy fand.

„Ich muss Vander anrufen und unsere Mission planen", sagte Rhys. „Wir haben nicht viel Zeit, um sie auf die Beine zu stellen."

Haven nickte. „Ich werde –"

„Du wirst *nicht* dabei sein. Und diesmal wirst du mich auch nicht mit deinen Argumenten breitschlagen." Seine Stimme war hart wie Stahl.

„Das hatte ich auch nicht vor." Okay, vielleicht doch. Aber trotzdem. „Eigentlich wollte ich sagen, dass ich das den Experten überlasse, da ich wohl einfach nicht für solche Aktionen geschaffen bin."

Rhys warf ihr einen Blick zu, der sie wissen ließ, dass er ihr nicht ein Wort glaubte.

KAPITEL SIEBZEHN

E s war noch dunkel, als Rhys Haven weckte.
Er streichelte über ihr Haar. In den frühen
Morgenstunden war sie endlich eingeschlafen, nachdem
sie die ganze Nacht nicht zur Ruhe gekommen war und
sich Gedanken über die heutige Mission gemacht hatte.

Gestern hatten er, Vander und der Rest des
Norcross-Teams den gesamten Nachmittag damit
verbracht, die nötigen Vorkehrungen zu treffen. Sie
hatten nichts dem Zufall überlassen und Vander hatte
immer mehr als einen Notfallplan parat.

Danach hatte Rhys Haven endlich nach Hause
gefahren, damit sie etwas essen konnten. Sie war nervös
und zappelig gewesen und hatte nur auf ihrem Teller
herumgestochert. Am Ende hatte er sie auf der Couch
mit seiner Zunge verwöhnt, bevor er sie ins Bett
getragen und auf andere Weise körperlich erschöpft
hatte.

Aber sie war trotzdem unruhig gewesen.

Jetzt, im düsteren Licht des frühen Morgens, küsste

er ihren Nacken. Sie rührte sich, immer noch nackt, und drückte sich an ihn.

Sein Schwanz wurde sofort hart und Leidenschaft überkam ihn. Er küsste ihre Schulter und sie gab ein erregtes Schnurren von sich.

Seine Lust auf sie ließ seinen Schwanz pochen. Er drehte sie auf den Bauch und kletterte hinter sie. Dort packte er ihren Hintern und knetete das weiche Fleisch. Er drehte sich zur Seite, zog sich ein Kondom über und stieß seine harte Länge von hinten in sie.

Sie stöhnte seinen Namen.

„Nimm mich, Baby." Er nahm einen Rhythmus gleichmäßiger Stöße auf und ihr Körper bebte unter jedem einzelnen davon.

Ihre Hände vergruben sich in der Decke. „Rhys."

Er hob ihr Becken an und beugte sich über sie, bedeckte sie mit seinem Körper, beschützte sie. Sie gehörte ihm und er würde sie ehren und jedes Übel von ihr fernhalten.

Er biss ihr ins Ohrläppchen. „Ich verliebe mich in dich, Haven."

Sie gab einen Laut von sich, flüsterte seinen Namen und drückte ihren Hintern gegen ihn.

Er schob eine Hand unter sie. „Spürst du, wie du meinen Schwanz nimmst? Wie sich deine Muschi um meinen Schwanz herum dehnt?" Er fand ihren Kitzler und streichelte ihn. Sie stieß einen rauen Schrei aus und ihre inneren Muskeln zogen sich noch enger um ihn zusammen. „Komm für mich, Baby."

Ihr Rücken wölbte sich und ihr Kopf flog zurück gegen seine Schulter. Als sie kam, stieß er sich weiter in sie, bevor er mit einem tiefen Stöhnen hart in seiner Haven kam.

Zufrieden ließ Rhys sich auf seine Seite des Bettes fallen und zog sie an sich. Sie klammerte sich an ihn. Sobald sich sein Atem beruhigt hatte, drückte er ihr einen Kuss auf die Schläfe.

„Ich muss los, Engel." Er würde duschen, sich fertig machen und dann Vander und die anderen treffen. Sie wollten weit vor sechs Uhr morgens einsatzbereit sein.

„Okay, Rhys", flüsterte sie.

Er küsste sie noch einmal und kletterte dann aus dem Bett. Wenn das hier vorbei war, würde er mit ihr Urlaub machen. Vielleicht an einem Strand oder in einer Hütte in den Bergen. Dann könnten sie den ganzen Tag im Bett verbringen.

Rhys duschte schnell und zog sich an.

Als er das Badezimmer verließ, fand er Haven in der Küche. Ihr Haar war immer noch zerzaust und sie trug eines seiner T-Shirts. Es sah viel zu sexy an ihr aus.

„Kaffee." Sie schob ihm einen Reisebecher hin. „Ein Bagel ist im Toaster."

„Danke, Babe." Er nippte an dem Kaffee.

Sie ging um die Kücheninsel herum und schmiegte sich an seine Brust. „Sei vorsichtig da draußen." Ihre Hände wanderten über seinen Oberkörper. „Komm heil zu mir zurück, Rhys Norcross."

Er küsste sie und sie erwiderte den Kuss voller Leidenschaft, obwohl er darunter einen Hauch von Verzweiflung spüren konnte. Alles, was er tun konnte, um sie zu beruhigen, war, die ganze Sache so schnell wie möglich hinter sich zu bringen.

Becker und das Leben selbst hatten sie gezwungen, Mauern um sich herum aufzubauen. Rhys war kurz davor, diese Mauern niederzureißen. Sie war nicht ausgeflippt, als er ihr gestanden hatte, dass er sich in sie verliebte.

Nicht mehr lange, dann würde Haven McKinney mit Leib und Seele ihm gehören.

„Du bleibst hier", sagte er. „Du verriegelst alle Türen und aktivierst die Alarmanlage. Egal, was passiert, du verlässt diese Wohnung nicht. Ace koordiniert von der Zentrale aus die Kommunikation für uns. Wenn du Angst bekommst, rufst du ihn an. Falls er nicht antwortet, ist er mit der Mission beschäftigt, dann hinterlässt du ihm eine Nachricht."

„Okay."

Er strich ihr das Haar hinters Ohr und spielte mit dem Diamanten, den sie nicht mehr abgenommen hatte, seit er ihn ihr geschenkt hatte. „Es ist fast geschafft."

Sie drückte ihr Gesicht an seine Brust und umarmte ihn fest.

Nach einem weiteren Kuss schnappte sich Rhys seinen Bagel und seinen Kaffee und ging. Im Flur wartete er, bis sie die Tür von innen versperrte und verriegelte, bevor er sich auf den Weg zur Parkgarage machte.

Mit wenigen Bissen hatte er den Bagel aufgegessen und seinen Kaffee ausgetrunken. Den Becher stellte er neben seinem GTS ab, bevor er sein Motorrad startete. Dann stellte er seinen Stiefel auf das Pedal, setzte seinen Helm auf und brauste aus der Einfahrt nach oben.

Ein paar Blocks von Volkovs Villa entfernt traf er mit Vander, Saxon, Rome und Easton zusammen.

Vander stand neben seinem eigenen Motorrad, während Saxon und Easton in einem Geländewagen saßen. Rome wartete in einem zweiten Geländewagen.

Vander reichte Rhys einen Ohrhörer.

Er steckte ihn in sein Ohr. „Okay."

„Ich höre dich." Aces Stimme drang zu ihm durch.

Vander hob einen Arm und überprüfte seine klobige Breitling Aerospace. „Okay, legen wir los."

Rhys schwang ein Bein über sein Motorrad, überprüfte die Glock 22, die sicher im Holster unter seinem Arm steckte, und setzte dann seinen Helm auf. „Bringen wir es zu Ende."

Vander ließ seinen Motor aufheulen. „Verdammt, ja."

Sie klappten ihre Visiere herunter. Rhys und Vander fuhren voran, die beiden Geländewagen dicht hinter ihnen. Rhys legte sich in die nächste Kurve und das frühmorgendliche Grau wich einem intensiveren Licht.

Sie hielten unweit von Volkovs Villa.

„Fast sechs Uhr", murmelte Vander.

Pünktlich um sechs verließ ein schwarzer Truck Volkovs Einfahrt. Er fuhr langsam die Straße hinunter und bog um die nächste Ecke.

„Folgt uns", kam Vanders Befehl per Funk. „Wir halten uns im Hintergrund und warten den passenden Moment ab, um sie aufzuhalten."

Rhys wünschte sich, den Zielort zu kennen. So konnten sie nur hoffen, dass sich eine geeignete Stelle fand, um den Truck zum Anhalten zu zwingen und einzugreifen. Er schlängelte sich durch den leichten Verkehr und bog an derselben Kreuzung ab.

Sie folgten dem Truck aus Sea Cliff hinaus und erreichten bald darauf den Presidio.

Wo zum Teufel wollten sie hin? Warum fuhren sie durch den riesigen Park? Waren sie etwa

auf dem Weg zur Golden Gate Bridge?

Der Truck bog in eine Seitenstraße zwischen den Bäumen ein. Es waren weder Gebäude noch Autos in Sicht.

„Los", befahl Vander.

Der X6 scherte aus, raste über die staubige Straße und überholte den Truck.

Rhys beschleunigte. Vander, der sich mit flachem Rücken über seine Maschine gebeugt hatte, preschte vorwärts. Im nächsten Moment sah er, wie die Bremslichter des Trucks aufleuchteten.

Perfekt.

Sie teilten sich auf und flankierten den Truck auf beiden Seiten.

Plötzlich kamen die beiden Geländewagen vor dem Truck zum Stehen und blockierten die Straße.

Der Truck hielt mit quietschenden Bremsen und wankte dabei leicht.

Rhys hielt an und stieg von seinem Motorrad. Er zog seine Glock heraus. Vielleicht hätten sie leichtes Spiel?

Die Beifahrertür des Trucks öffnete sich. Ein großer Mann glitt heraus und hob ein Gewehr.

Oder auch nicht.

Rhys schoss. Der Kerl wirbelte herum und feuerte eine Salve von Kugeln ab.

Rhys rannte geduckt los und suchte hinter dem Heck des Wagens Schutz.

Vander tauchte von der anderen Seite neben ihm auf.

„Ich habe einen Mann", sagte Rhys. „Er hat eine AR-15."

„Der Fahrer auch."

„Zugriff von vorne", drang Romes tiefe, ruhige Stimme durch seinen Ohrhörer. Der Kerl ließ sich durch nichts aus der Ruhe bringen.

Von der Vorderseite des Trucks ertönten Schüsse. Rome, Saxon und Easton hatten angegriffen.

Dann hörte Rhys einen Aufschrei. Er spähte schnell um die Ecke des Trucks.

Der Kerl auf seiner Seite fiel auf ein Knie.

Rhys verließ seine Deckung und sprintete los. Er drückte seine Glock an den Hinterkopf des Mannes. „Fallenlassen."

Der Mann gab einen wütenden Laut von sich, warf aber seine Waffe zu Boden.

Saxon und Easton tauchten auf. Sie beide richteten ihre Waffen auf den Mann.

Rhys tastete den Mann ab, zog eine Pistole aus seinem Hosenbund und ein Messer aus seinem Gürtel.

Saxon hielt Kabelbinder hoch und sie fesselten den Kerl zügig.

Ein Schrei durchbrach die Luft. Rhys drehte sich um und sah durch die offene Tür des Trucks.

Auf der anderen Seite der Kabine sah er, wie Vander dem Fahrer einen harten Tritt gegen die Brust verpasste, sodass dieser taumelte. Dann ging alles ganz schnell – Vander trat ihm die Waffe aus der Hand und versetzte dem Mann einen kräftigen Seitentritt, gefolgt von einem Schlag ins Gesicht und einem Stoß gegen den Unterkiefer mit seinem Ellbogen. Der Fahrer ging zu Boden.

Rome lief zu Vander, um ihm zu helfen, den Mann zu sichern.

„Ace", sagte Vander. „Ruf Hunt an. Sag ihm, wir haben ein paar Freunde, die er abholen kommen kann."

„Oh, Detective Morgan wird begeistert sein", sagte Ace gedehnt.

„Tja, das war einfach", sagte Easton.

Diese Worte jagten Rhys ein Kribbeln über den Rücken. *Ein wenig zu einfach.*

Er ging zum hinteren Teil des Trucks und lauschte. „Ich höre niemanden."

Während Rome und Saxon die beiden überwältigten Männer zu ihren Geländewagen schleppten, machten sich Vander, Easton und Rhys bereit, die Ladefläche des Trucks zu öffnen.

Vander und Easton standen mit erhobenen Waffen an einer Seite.

Rhys legte den Riegel um und schwang die Tür auf. Er hielt seine Glock vor sich und sah hinein.

Dann fluchte er. Hinter sich konnte er hören, wie Easton ein paar sehr üble Schimpfwörter von sich gab.

Die Ladefläche war leer.

Keine Schlägertypen. Kein Gemälde. Nichts.

„Jemand hat uns eine Falle gestellt", stieß Vander hervor. Er war fuchsteufelswild.

Rhys spürte ein unangenehmes Ziehen in seiner Bauchgegend. Er zückte sein Handy und rief Haven an.

Es klingelte und klingelte.

Heb ab, Haven.

Seine Befürchtungen verstärkten sich, als der Anruf direkt in ihre Sprachbox ging. Die anderen sahen ihn an. Er biss sich auf die Zähne und versuchte es erneut. Sie hob wieder nicht ab.

„Haven geht nicht an ihr Handy."

„Scheiße", murmelte Easton.

Rhys holte tief Luft. Er hatte keinen Beweis dafür, aber er war sicher, dass Volkov Haven in seiner Gewalt hatte.

HAVEN SCHRITT DURCH RHYS' Wohnzimmer, drehte sich um, und schritt wieder zurück. Das tat sie schon eine ganze Weile.

Es war die reinste *Folter*.

Das Warten. Die Frage, was vor sich ging. Ging es Rhys und den anderen gut?

Sie stellte sich an die Fenster vor dem Balkon. Die Sonne war mittlerweile aufgegangen und tauchte die Bucht und die Brücke in ein goldenes Licht. Sie schlang ihre Arme um sich.

Ihm würde nichts zustoßen. Er wusste, was er tat. Alle Norcross-Männer waren gut in ihrem Job.

Sie durfte Rhys nicht verlieren. Ihre Kehle schnürte sich zusammen, ihr Herz fühlte sich eng an in ihrer Brust. *Oh Gott.* Sie war in Rhys *verliebt*.

Sie presste ihre Handfläche auf ihre Brust. Eine Zeit lang hatte sie erwartet, dass sie sich in Leo verlieben würde. Als die Dinge zwischen ihnen noch schön gewesen waren.

Aber mit ihm hatte es sich nie in diese Richtung entwickelt. Was sie für Rhys empfand, war größer, strahlender und heller als alles, was sie je für Leo empfunden hatte.

Rhys wollte nur eines, nämlich, dass es ihr gut ging. Sicher, er konnte bestimmend sein und trieb sie manchmal zur Weißglut, aber sie erkannte jetzt, dass das, was sie hatten, echt war. Authentisch. *Das* war das Leben. Wahre Liebe war ein ständiges Geben und Nehmen. Dabei ging es nicht darum, sich selbst kleinzumachen, damit sich der andere immer überlegen fühlte. Es bedeutete, für einander da zu sein, in guten wie in schlechten Zeiten, was auch immer geschah.

Sie stolperte zur Couch und ließ sich darauf sinken. *Sie war in Rhys verliebt.*

Schmetterlinge regten sich in ihrem Bauch und gleichzeitig verspürte sie ein Aufflackern von Panik. Nein, das war die alte Haven.

Er hatte ihr gesagt, dass er drauf und dran war, sich in sie zu verlieben. Sie musste ihm vertrauen, auf ihre Beziehung vertrauen.

Jetzt musste er nur noch zu ihr zurückkommen.

Bei diesem Gedanken begann sie wieder, nervös auf und abzulaufen. Sie ging hinüber zu seiner teuren Musikanlage und drehte sie an. Dann drehte sie sie wieder ab. Sie musste sich irgendwie beschäftigen. Also stapfte sie in die Küche und spülte das Frühstücksgeschirr.

Als ihr Handy klingelte, schreckte sie hoch. Es war

gerade mal ein paar Minuten nach sechs. Die Aktion konnte doch noch nicht über die Bühne gegangen sein, oder?

Dann sah sie Harrys Namen auf dem Bildschirm.

„Hey, Harry. Ich dachte, du kommst vor sieben Uhr nicht aus den Federn."

„Haven."

Seine ernste Stimme jagte ihr einen Schauer über den Rücken. „Was ist los?"

„Ich bin heute früher aufgestanden. Gestern gab es einen Fehler bei einer Lieferung in der Galerie, also musste ich mich heute schon in aller Herrgottsfrühe nach Dogpatch zum Lager der Lieferfirma schleppen, um die Ware selbst abzuholen."

„Okay."

Harry holte tief Luft. „Dort habe ich einen Truck gesehen. Sie waren dabei, etwas zu verladen. Ich konnte nur einen flüchtigen Blick darauf erhaschen. Süße, ich bin mir ganz sicher, dass es die *Seerosen* waren. Ich habe das Gemälde am Rahmen erkannt. Sie haben es in den Truck geladen.

Das konnte doch nicht stimmen? Die *Seerosen* befanden sich doch in einem anderen Truck, der ziemlich genau in diesem Moment Volkovs Villa am anderen Ende der Stadt verließ. Sie erstarrte. War das alles nur eine Finte gewesen? Ein Ablenkungsmanöver?

Ihre Gedanken überschlugen sich. Hatte Mr. Irvine sie etwa angelogen? *Nein.* Wahrscheinlicher war, dass die Wachmänner, die so getan hatten, als wäre er nicht da, sogar sehr genau wussten, was sie taten.

„Harry, wo bist du jetzt?"

„Ich verstecke mich in meinem Auto und bespitzle sie durch das Fenster."

„Und der Truck ist noch da?"

„Ja. Noch. Es sieht aber so aus, als würden sie bald aufbrechen."

„Okay, lass sie nicht aus den Augen. Ich rufe Rhys und die anderen an."

„Wo ist dein Muskelmann?"

„Unterwegs, aber ich werde ihm eine Nachricht zukommen lassen. Halt die Ohren steif."

Sie legte auf und wählte hastig die Nummer, unter der sie Ace erreichen konnte.

Es klingelte und klingelte.

„Komm schon."

Gott, war bei der Mission etwas schiefgelaufen? Ein Signal ertönte. Es folgten keine Anweisungen, aber sie wusste, dass die Aufnahme lief.

„Äh, hallo, hier ist Haven. Mein Freund Harry hat mich gerade angerufen." Sie wiederholte die Informationen, die Harry ihr gegeben hatte. „Da ich dich nicht erreichen kann, fahre ich jetzt dorthin. Ich hänge mich an den Truck, bis Rhys und die anderen kommen. Machs gut."

Dann rannte Haven ins Schlafzimmer, schlüpfte aus Rhys' T-Shirt und zog sich Leggings, eines ihrer eigenen T-Shirts und Laufschuhe an. Ihr Haar band sie zu einem Pferdeschwanz zusammen und ihre Kette mit dem Diamanten behielt sie um den Hals, steckte sie aber unter das T-Shirt. Zu guter Letzt warf sie sich eine leichte Sportjacke über.

Sie schnappte sich Rhys' Autoschlüssel und ihr

Handy und verließ die Wohnung. Sie würde sich Rhys' GTS ausleihen und hoffen, dass er nicht sauer wurde.

Im Aufzug schrieb sie Harry, dass sie Rhys nicht erreichen konnte, dass sie aber selbst auf dem Weg sei.

Die Fahrstuhltüren öffneten sich. Die Parkgarage war menschenleer und ihre Schuhe quietschten auf dem Betonboden. Mit einem Piepen entsperrte sie Rhys' Mercedes. Gott, war dieses Auto sexy. Es lag tief auf der Straße und sah verdammt schnell aus.

Sie hörte ein Geräusch und drehte sich um.

Da war niemand. Sie suchte die Umgebung ab, ihr Puls raste. Parkgaragen waren immer unheimlich, wenn man allein war.

Während sie den Weg zum Auto zurücklegte, nahm sie den Schlüsselbund in ihre linke Hand und steckte sich die Schlüssel als behelfsmäßige Waffe zwischen ihre Finger. Sie konnte immer noch niemanden sehen.

Trotzdem ging sie immer schneller und rannte fast schon zu dem Mercedes.

Das dumpfe Geräusch von Schritten erklang hinter ihr. Bevor sie sich umdrehen konnte, schlossen sich fleischige Arme um sie und hoben sie von den Füßen. *Nein!* Sie wirbelte ihren Körper herum und holte mit der Hand aus. Die Schlüssel trafen auf Fleisch und ein tiefes Grunzen erfüllte ihre Ohren.

Ihr Angreifer ließ sie fallen und sie sah den großen Mann, der drei frische Kratzer auf der Wange trug. „Ivan."

„Mr. Volkov will Sie."

„Nun, er kann mich aber nicht haben." Sie stolperte zurück. „Man kann doch nicht einfach beschließen, dass man eine Person haben will, und sie sich nehmen. Ich bin doch kein Ding."

Sie schüttelte den Kopf. Warum zog sie geisteskranke Typen an? Rhys ausgenommen, natürlich.

Oh Gott. Wenn Rhys erfuhr, dass sie die Wohnung verlassen hatte und das hier passiert war ... würde sie ihn nach allen Regeln der Kunst besänftigen und von dem Thema ablenken müssen.

„Sie kommen mit mir", grummelte Ivan. „Ich will Ihnen nicht wehtun."

„Gehen Sie einfach. Mein Freund wird stinksauer sein."

„Zane Roth?"

„Ähm, nein. Er ist eigentlich nicht mein Freund."

Ivan wirkte verwirrt, doch dann verhärteten sich seine Züge. Er näherte sich ihr.

Haven hob ihre Hände. „Bitte –"

Sie wich nach links aus und lief zwischen zwei Autos hindurch.

Hinter sich konnte sie hören, wie er die Verfolgung aufnahm, also schlängelte sie sich um einen hoch gebauten Chevy herum und lief, so schnell sie konnte. Sie musste es zur Treppe schaffen.

Sie rannte, so schnell sie ihre Beine trugen, und rang nach Luft. Verdammt, sie musste öfter ins Fitnessstudio gehen.

Leider war Ivan schneller, als er aussah. Er stürzte sich auf sie und beide prallten sie auf den harten Beton. *Aua.* Haven war wie benommen und alle Knochen taten ihr weh.

Bevor sie zu Atem kommen konnte, stand Ivan schon auf und zog sie hoch.

Haven wehrte sich. Sie versuchte, ihn zu kratzen und zu treten und zappelte wie verrückt.

Nichts half. Der Mann war stark wie ein Bär.

Er zerrte sie zu einem unauffälligen, silbernen Wagen, riss die Hintertür auf und stieß sie auf den Rücksitz. Obwohl sie sich wehrte, gelang es ihm, erst ihre Handgelenke und dann ihre Knöchel mit Klebeband zusammenzubinden.

Scheiße. Verflucht. Fuck.

Tränen brannten in ihren Augen, aber sie drängte sie zurück. Sie konnte es sich nicht leisten, jetzt die Nerven zu verlieren.

Ivan stieß sie erneut an und sie fiel flach auf die Rückbank. Sie starrte ihn an, als er die Tür schloss und dann auf den Fahrersitz kletterte. „Mein Freund wird so was von stinksauer sein. Und ich werde ihm sagen, dass Sie ein riesiges Arschloch sind."

„Er wird Sie nicht finden. Mr. Volkov hat Pläne für Sie."

Diese ominösen Worte lösten eine Welle der Übelkeit in ihr aus. Das hörte sich nicht gut an.

Rhys würde sie finden ... oder? „Wir werden ja sehen." Haven nahm all ihren Mut zusammen. „Rhys wird –"

„Klappe halten. Den Mist will ich nicht hören."

Sie setzte sich auf und lehnte sich zurück. „Ich mag Sie nicht, Ivan."

Das brachte ihr lediglich ein verächtliches Grunzen ein.

Dann drehte er sich um und beugte sich durch den Spalt zwischen den Vordersitzen zu ihr nach hinten. „Wir haben eine längere Fahrt vor uns und Mr. Volkov möchte, dass Sie nicht wissen, wohin ich Sie bringe."

Ivan hielt eine Spritze in der Hand.

„Nein!", schrie sie.

Sie versuchte, sich zu wehren, aber er war zu stark. Sie spürte einen kurzen Stich in ihrem Nacken.

Als sie blinzelte, drehte sich Ivan wieder auf seinem Sitz nach vorne. Eine Sekunde später fuhr der Wagen aus der Garage. Haven biss sich auf die Lippe, als ihre Sicht verschwamm. *Oh nein.*

Dann übermannte sie die Dunkelheit.

KAPITEL ACHTZEHN

H aven stöhnte.
Ihr Kopf pochte und ihr Mund war staubtrocken. Sie öffnete die Augen. Sie lag auf einer Ledercouch. Nachdem sie noch ein paar Mal geblinzelt hatte, konnte sie schließlich den Raum erkennen, in dem sie sich befand.

Es war ein geräumiges lichtdurchflutetes Büro mit hellen glänzenden Holzdielen und einem großen hölzernen Schreibtisch vor einer Flügeltür. Sonnenlicht strömte herein. Der Raum war mit viel Holz ausgestattet und alles war in Brauntönen gehalten. Durch die Flügeltüren hatte man einen herrlichen Blick auf ... Sie stützte sich auf ihre Ellbogen. Weinstöcke. Reihen und Reihen von Weinstöcken.

Haven setzte sich auf, sah sich um und schreckte hoch.

Die *Seerosen* lehnten an der Wand ihr gegenüber.

Ihr Puls schoss in die Höhe. Es wirkte unversehrt,

schien keine offensichtlichen Schäden davongetragen zu haben. *Gott sei Dank.*

Sie rieb sich die Handgelenke. Das Klebeband war verschwunden, aber auf ihrer Haut klebten noch immer Rückstände davon. Aus dem Augenwinkel nahm sie eine Bewegung wahr und riss den Kopf herum. Aleksandr Volkov kam durch eine angrenzende Tür herein.

„Ah, Sie sind wach", sagte er.

Sie starrte ihn an, aber innerlich kochte sie.

„Brauchen Sie etwas Wasser?", fragte er. „Ich habe gehört, dass das Mittel die Mundschleimhaut austrocknet."

„Ich will nichts von Ihnen. Sie können mich nicht einfach entführen!"

Er ging zum Schreibtisch und lehnte sich mit der Hüfte dagegen. „Ich kann alles tun, was ich will, Haven. Das habe ich immer und werde ich immer."

„Dann werden Sie es noch bereuen."

„Ich habe keine Angst vor Zane Roth."

„Zane ist ein Freund meines Freundes, nichts weiter."

Volkov legte den Kopf schief und auf seiner Stirn bildete sich eine Grübelfalte. „Nun, das spielt alles keine Rolle, denn Sie gehören jetzt mir. *Du* gehörst jetzt mir."

Verärgert lehnte sich Haven zurück gegen die Couch. „Ernsthaft, warum ziehe ich immer besessene, unheimliche Männer an?"

Volkovs Augen blitzten auf. „Vorsichtig. Ich dulde weder Ungehorsam noch Unverschämtheit."

Der Ton in seiner Stimme ließ ihr einen Schauer über den Rücken laufen.

„Ich kann dir so viele Dinge geben, Haven." Er breitete seine Hände aus. „Kleider, Schuhe, Schmuck, das Beste von allem."

„Glauben Sie wirklich, dass mich das interessiert?"

Er neigte den Kopf zur Seite. „Ich hätte wissen müssen, dass du mehr Klasse hast. Ich besitze Kunstwerke, die du dir bestimmt gerne ansehen wirst. Sobald der Käufer eintrifft –", er nickte in Richtung des Monets, „und ich den Verkauf des Gemäldes abgeschlossen habe, wird mir mein enger Freund Sergei Zakharov meinen Anteil überweisen."

Dreckskerl. Ihre Nägel bissen in ihre Handflächen.

„Gleich danach machen wir uns auf den Weg zu meinem Anwesen am Meer in Mexiko. Es wird dir gefallen. Meine Kunstsammlung ist unglaublich."

Sie schmeckte Galle in ihrem Mund. „Ich werde nirgendwo mit Ihnen hinfahren. Rhys wird mich holen kommen."

Volkov sah unbeeindruckt aus. „Der Freund?"

„Ja, Rhys Norcross."

Der ältere Mann richtete sich wie von der Tarantel gestochen auf. „Norcross?"

Sie hob ihr Kinn. „Ja."

Er murmelte einen Fluch. „Verwandt mit Easton und Vander?"

„Er ist ihr Bruder."

Volkovs Gesichtsausdruck wandelte sich zu einer unglücklichen und beunruhigten Grimasse. Dann schüttelte er den Kopf. „Niemand wird dich hier finden, nicht einmal die Norcross-Brüder. Sobald der Käufer aus dem Silicon Valley eintrifft, verschwinden wir und sind längst über alle Berge, bevor sie dich aufspüren können."

Haven starrte ihn finster an.

„Ich möchte, dass du in das angrenzende Badezimmer gehst. Dort liegt ein Outfit bereit, das du anziehen sollst." Er warf einen leicht spöttischen Blick auf ihre Sportkleidung.

Sie verschränkte die Arme vor der Brust. „Nein."

Volkov lächelte kalt. „Wenn du deine Meinung nicht änderst, ziehe ich dich selbst aus."

Igitt. Sie wollte die Hände dieses Mannes nicht in ihrer Nähe haben.

Haven warf ihm einen letzten bösen Blick zu und stapfte dann durch die Tür, auf die er deutete. Dahinter befand sich ein kleines, aber hübsch eingerichtetes Badezimmer mit Oberflächen aus braunem Granit, der mit Gold durchzogen war.

An einem Haken an der Wand hingen ein feuerrotes Kleid und ein Paar silberne Riemchenstilettos mit fünf Zentimeter hohen Absätzen. Normalerweise hätte sie beim Anblick der Schuhe einen Freudentanz veranstaltet, aber dass Volkov sie gekauft hatte, änderte alles. Das Kleid war allerdings ganz und gar nicht schön. Es war viel zu kurz, saß viel zu eng und der Ausschnitt war viel zu tief, als dass sie etwas Ähnliches jemals getragen hätte.

Verärgert zog sie ihre Klamotten aus und streifte sich das Kleid über. Toll. Jetzt sah sie aus wie eine Edelnutte. Sie schlüpfte in die Schuhe und beschloss, ihren Pferdeschwanz zu lassen, wo er war. Sie wollte ihm nicht unnötig schmeicheln. Als sie fertig war, schritt sie hinaus und starrte ihn an.

Seine Augen leuchteten auf. „Gut. Bald machen wir uns auf den Weg." Mit diesen Worten ließ er sie allein zurück.

Haven presste ihre Hände auf ihr Gesicht. Scheiße, sie hoffte, dass es nicht so weit kommen würde. Rhys würde sie finden.

Zittrig atmete sie ein.

Verdammt, sie wünschte wirklich, sie hätte ihm gesagt, dass sie ihn liebte. Bis sie wieder eine Gelegenheit dazu erhielt, würde sie allerdings nicht untätig herumsitzen und hoffen, dass sie gerettet wurde wie eine Jungfrau in Nöten. Und sie würde sich definitiv nicht auf das Anwesen eines miesen Bösewichts entführen lassen, egal, wie viel Kunst er besaß.

Zuerst überprüfte sie die Flügeltüren. Sie waren verschlossen und der Schlüssel steckte nicht. Die Scheibe einzuschlagen, würde zu viel Lärm verursachen.

Also ging sie zurück ins Bad und durchsuchte es. Im Schrank unter dem Waschbecken fand sie ein kleines Lufterfrischungsspray. Kein Pfefferspray, aber es würde seinen Zweck erfüllen.

Zurück im Büro, warf sie einen Blick auf den Schreibtisch. Vielleicht gab es hier ein Telefon? Ein Adrenalinstoß durchzuckte sie und sie eilte hinüber. Sie überprüfte alles. Eine Schublade war verschlossen, in einer befanden sich nur ein Notizblock und ein Stift, und die anderen waren allesamt leer. Sonst fand sie nichts, nicht einmal einen Hefter.

Sie schnaubte frustriert auf. *Verdammt noch mal.*

Schließlich ging sie zur Haupttür in der Erwartung,

dass auch diese verschlossen war. Aber der Knauf ließ sich drehen und sie schluckte.

Haven warf einen Blick in den Flur.

Es warteten keine muskelbepackten Bodyguards vor ihrer Tür. Sie vermutete allerdings, dass sie nicht weit sein konnten, sonst hätte Volkov die Tür nicht unverschlossen gelassen.

Leise schlüpfte sie hinaus. Das Haus war beeindruckend und viel schöner als Volkovs Villa in San Francisco. Die Holzböden waren traumhaft und insgesamt verströmte das rustikale Haus eine entspannende Atmosphäre.

Sie ging auf Zehenspitzen, um mit den Absätzen keine Geräusche zu machen, und erreichte das Ende des Flurs. Dahinter entdeckte sie einen großen, offen gestalteten Wohnbereich. Ansprechende und gemütlich wirkende Wildledersofas beherrschten den Raum. An der Wand hing ein monströser Flachbildfernseher neben einem großen, mit Stein verkleideten Kamin.

Sie entdeckte noch viele weitere Flügeltüren, die alle auf eine große Terrasse mit Steinboden führten. Dahinter sah sie einen Pool und einen Pavillon und in der Landschaft jenseits der Gebäude Weinstöcke, so weit das Auge reichte.

Okay. Sie musste zu den Weinstöcken gelangen, sich darin verstecken und dann fliehen. Vielleicht könnte sie es zu einer Straße schaffen und ein Auto anhalten oder so etwas in der Art.

Haven huschte durch das Wohnzimmer. Die erste Tür war verschlossen, aber bei der zweiten hatte sie

Glück. Sie zog sie auf und grinste, als sie ins Freie schlüpfte und tief die frische Luft inhalierte.

Sie liebte Napa. Vielleicht würde sie Rhys überreden, mit ihr für ein langes Wochenende wegzufahren, wenn das alles vorbei war.

Sex, Wein und Rhys. *Mmh.*

Sie eilte die Terrasse entlang und ihre Absätze klackten auf dem Boden. Zuerst musste sie von hier verschwinden.

Dann hörte sie Stimmen. *Mist.* Sie duckte sich hinter ein Gartensofa. Ihr Herz pochte so laut, dass sie sicher war, man würde es hören.

„Alles ruhig", sagte eine tiefe Stimme. Es gab eine Pause. „Fahrzeug nähert sich. Bestätigt." Wieder eine Pause. „Ja, die Citation ist aufgetankt und wartet auf der Startbahn."

Oh, Scheiße.

Stille. Haven wartete noch ein paar Sekunden und betete, dass der Typ weitergegangen war.

Zeit zu gehen.

Sie sprang auf und rannte los. Nachdem sie den Pavillon am Pool umrundet hatte, stieß sie mit einer harten Brust zusammen.

„Autsch." Sie stolperte zurück.

Ein großer, blonder Bodyguard in einem dunklen Anzug blickte sie finster an. „Hey, Sie sollten nicht – "

Sie hob den Lufterfrischer hoch und sprühte ihn dem Mann in die Augen.

Er riss die Hände nach oben und fluchte. Haven nutzte den Moment, um die Dose nach ihm zu werfen, und traf ihn am Kopf.

Dann rannte sie. *Zu den Weinstöcken. Zu den Weinstöcken.*

Innerlich verfluchte sie diese blöden High Heels. Die Absätze sanken immer wieder im Gras ein. Sie hätte sie vorhin ausziehen sollen, aber vor lauter Angst hatte sie nicht klar denken können. Sie war noch nicht weit gekommen, als eine Hand nach ihrem Pferdeschwanz griff und sie daran zurückkriss.

Sie heulte auf. *Aua, das hatte wehgetan.* Es fühlte sich an, als stünde ihre Kopfhaut in Flammen.

Sie wurde herumgewirbelt und sah sich einem wütenden Ivan gegenüber.

„Du schon wieder", rief sie und verzichtete auf jede Höflichkeit.

Er verdrehte ihren Arm, zog ihn am Handgelenk hinter ihren Rücken und schob sie vor sich zurück zum Haus. Der blonde Bodyguard kam ihnen entgegen, seine Augen waren gerötet und tränten.

„Schlampe", schnauzte er.

„Ich wurde entführt und werde gegen meinen Willen hier festgehalten. Was hast du denn erwartet?" Sie hörte ein Geräusch von Ivan und sah hinter sich. „Hast du gerade gelacht?"

„Nein."

Sie sah ihn mit verengtem Blick an. „Es klang aber wie ein Lachen."

„Lipinski, spül dir die Augen aus", befahl Ivan und schob Haven ins Haus.

Dort angekommen, manövrierte er sie zurück zum Büro, an dessen Tür Volkov ihnen entgegenkam.

„Ein Glück, dass ich temperamentvolle Frauen mag, Haven."

Sie verdrehte die Augen, zu wütend, um noch Angst vor ihm zu haben.

„Aber nicht *zu* temperamentvoll. Ivan, fessle sie an den Stuhl."

Der Bodyguard stieß sie auf einen Stuhl, der vor dem Schreibtisch stand. Dann zog er eine *ach* so praktische Rolle Klebeband aus einer Seitentasche seiner Hose.

„Gehört Klebeband zur Grundausstattung für zwielichtige Handlanger?", fragte sie ihn sarkastisch.

Er ignorierte sie und fesselte ihre Arme und Beine an den Stuhl.

Einfach großartig. Rhys, bitte mach deinem Namen als genialer Ermittler alle Ehre und finde mich.

Angst stieg wieder in ihr auf und schnürte ihr die Kehle zu. Sie zerrte an ihren Fesseln, aber sie konnte sich kaum rühren.

Ein weiterer Bodyguard erschien in der Tür und nickte Volkov zu.

Der ältere Mann lächelte. „Gut, der Käufer ist hier. Sobald die Transaktion abgeschlossen ist, können wir uns auf den Weg machen, Haven."

Ihr Magen zog sich bis an den Rand der Übelkeit zusammen.

Rhys, bitte beeil dich.

FUCK.

Rhys war noch nie so verzweifelt gewesen. Er hob

Havens zerbrochenes Handy und die Schlüssel zu seinem GTS vom Boden auf.

Während er seinen Blick durch die Parkgarage wandern ließ, knirschte sein Kiefer, so fest biss er sich auf die Zähne. Er hatte keine Ahnung, wo sie war.

Vander beobachtete ihn mit Argusaugen, eindeutig bereit, Rhys zu überwältigen, falls er ausrastete.

Vanders Handy klingelte und er holte es heraus. „Ace, was hast du herausgefunden?"

„Sieh dir das an", ertönte Aces Stimme aus dem Lautsprecher.

Rhys warf einen Blick auf Vanders Handy und gemeinsam sahen sie sich die Sicherheitsaufnahmen an, die über den Bildschirm flimmerten. Ein bäriger Schlägertyp, der Haven durch die Parkgarage jagte, bevor er sie schließlich einholte und in einen silbernen Wagen mit Fließheck verfrachtete.

„Sie nannte ihn Ivan", sagte Ace.

Rhys fluchte. „Volkovs Mann fürs Grobe. Er ist derjenige, der versucht hat, sie in der Bibliothek festzuhalten."

„Ich informiere Hunt", sagte Ace. „Er soll das SFPD nach dem Auto fahnden lassen." Ace atmete tief durch. „Es tut mir leid, Rhys. Ich habe ihren Anruf verpasst, als ihr den Truck gestoppt habt. Ihr Freund Harry hat gesehen, wie das Gemälde in einen anderen Truck geladen wurde."

Rhys schluckte seine Frustration hinunter. Er wusste, dass es nicht Aces Schuld war, aber er wünschte, der Mann hätte verdammt noch mal abgehoben. „Ist schon okay. Konzentrieren wir uns einfach darauf, sie zu finden."

Sie hätte die Wohnung niemals verlassen dürfen. Wenn er sie zurückbekam, würde er ihr kräftig ihren süßen Hintern versohlen.

Falls er sie rechtzeitig fand.

Er holte tief Luft. „Ich habe ihr eine Halskette geschenkt. In den Anhänger ist ein Peilsender eingebaut. Ace, kannst du ihn aktivieren?"

Saxon hob eine Augenbraue. „Du hast deiner Freundin einen Peilsender umgehängt? Mann, du hast echt Eier."

„Ich habe nur für die Sicherheit meiner Frau gesorgt."

„Hast du ihr das auch gesagt?", fragte Saxon.

„Bist du bescheuert?"

Vander schüttelte den Kopf.

„Ich habe das Signal", sagte Ace. „Es zeigt an, dass sie in … Napa ist."

„Napa", murmelte Rhys.

„Volkov hat dort ein Anwesen", sagte Vander.

„Ja", fügte Ace hinzu. „Bestätigt. Sie befindet sich auf Volkovs Anwesen."

Rhys ballte seine Hände zu Fäusten. Er würde dieses Arschloch zur Strecke bringen. „Ich bringe ihn um."

Die Fahrt ins Napa Valley würde sie eine gute Stunde kosten. Das war zu verdammt lang.

„Ace, mach den Hubschrauber bereit", befahl Vander. Sein kühler Blick schweifte über sie hinweg. „Wir fahren zurück ins Büro, bereiten uns vor und fliegen dann sofort rauf."

„Das gefällt mir", murmelte Rome. Seine Zähne blitzten weiß auf, als er grinste.

Rhys sprang auf sein Motorrad. Kurz darauf trafen sie sich in der Norcross-Zentrale wieder, in der Umkleidekabine neben dem Fitnessraum.

Sie brauchten nicht lange, um sich fertigzumachen, da sie noch ihre Kampfmontur von heute Morgen trugen. Rhys schlüpfte in eine Kevlarweste und zurrte sie fest. Als Nächstes holte er ein M4-Sturmgewehr aus dem Waffenschrank. Es war das Modell, das sie beim Militär benutzt hatten.

Er drehte sich um und stellte fest, dass Vander, Saxon, Rome und Easton auch schon fertig und gleich schwer bewaffnet waren.

Sie machten sich auf den Weg zum Dach, wo ein Flugschrauber – ein schnittiger schwarzer Sikorsky – schon auf sie wartete.

Vander winkte Magdalena „Maggie" Lopez durch das Cockpitfenster zu. Er hatte die junge Pilotin von der Marine abgeworben. Die Frau lächelte immerzu, fluchte wie ein Seemann und war eine großartige Hubschrauberpilotin.

Sie stiegen alle ein und einen Moment später hoben sie ab und flogen über die Stadt und kurz darauf über die Bucht hinweg in Richtung Nordosten.

Es war wie in den alten Tagen, wenn sie zu einer Mission aufgebrochen waren. Eine Sekunde lang sah Rhys die Wüste unter sich. Dann blinzelte er und Alcatraz Island erschien.

Das hier war allerdings keine Ghost-Ops-Mission. Dieser Einsatz war viel wichtiger – schließlich ging es darum, Haven zu retten und nach Hause zu holen.

Rhys versuchte, während des Fluges nicht nervös zu

werden. Aber als die Bucht von San Francisco in jene von San Pablo überging, stieg sein innerer Druck – und mit ihm der Lärm und die Angst – und drohte, aus ihm herauszubrechen. Beruhigend klopfte er mit seinem Stiefel auf den Boden.

Mach, dass es ihr gut geht. Mach, dass es Haven verdammt noch mal gut geht.

Vander berührte sein Knie. Rhys sah zu seinem Bruder auf, dann zu Easton, dann zu den anderen. Sie alle warfen ihm beruhigende Blicke zu. Sie standen hinter ihm. Sie standen hinter Haven.

Er war nicht allein und seine Frau war klug, zäh und einfallsreich.

Er nickte.

„Halte durch, Baby", murmelte er.

Bald darauf kamen die ersten Weingärten in Sicht. Sie erstreckten sich in langen Reihen über die hügelige Landschaft.

Maggie flog jetzt tiefer. Rhys sah, wie sich Vanders Mund bewegte, und wusste, dass er mit der Pilotin sprach.

Sie umkreisten Volkovs Anwesen und Vander deutete hinunter. Rhys ließ seinen Blick über die weit-läufige Villa schweifen.

Dann konzentrierte er sich nur noch auf das Ziel ihrer Mission. *Sie mussten Haven retten.*

Mit einem Schwenk entfernte sich Maggie wieder von dem Areal. Sie wollten Volkov und seine Schläger nicht vorwarnen. Ein Hubschrauber in Napa war keine Seltenheit. Der Flugschrauber landete auf einer flachen Wiese in der Nähe von ein paar Schuppen. Sie sprangen heraus und gingen mit erhobenen Waffen in Formation.

„Macht sie kampfunfähig", beorderte Vander die anderen.

Sie bewegten sich lautlos und schnell und legten die Strecke zu Volkovs Anwesen in kürzester Zeit zurück. Dann näherten sie sich dem Haupthaus und umrundeten einen großen Pool.

Ein Bodyguard tauchte auf und hob seine Waffe, aber Vander brachte ihn mit einem Schuss ins Bein zu Fall. Saxon brauchte nur ein paar Sekunden, um den Mann zu entwaffnen und zu sichern.

Dann teilte sich das Team auf. Vander und Rhys schlichen links um das Haus herum, die anderen rechts.

Rhys stieß auf zwei weitere Bodyguards und empfand eine tiefe Genugtuung dabei, sie mit mehreren harten Schlägen und Stößen bewusstlos zu schlagen.

Bevor sie ihren Weg fortsetzten, fesselten Vander und er die beiden Männer.

Dann näherten sie sich einer langen Reihe von Doppelflügeltüren. Rhys spähte durch eine davon in einen großen Wohnbereich, konnte aber niemanden sehen.

Er bedeutete Vander, weiterzugehen, und sie arbeiteten sich an dem Gebäude entlang vor.

Ein paar Meter entfernt machten sie eine weitere Glastür aus. Als sie sich ihr näherten, hörte Rhys das Gemurmel von Stimmen und hob eine Hand. Er und Vander blieben stehen.

Vorsichtig spähte Rhys durch die Scheibe.

Er sah Volkov im Gespräch mit zwei seiner Männer.

Sie standen in einem Büro und die Bodyguards waren an der hinteren Tür postiert.

Sein Blick schweifte durch den Raum und fiel schließlich auf Haven. Sein Herz setzte einen Schlag aus.

„Sie lebt", murmelte er. Sie war zwar an einen Stuhl gefesselt und, ihrem Blick nach zu schließen, stinksauer, aber sie war am Leben.

Die *Seerosen* lehnten an der Wand, nur der vergoldete Rahmen war entfernt worden. Nun hob Volkov die Leinwand hoch und ging damit hinaus.

„Volkov hat gerade mit dem Gemälde den Raum verlassen."

Vander nickte. „Ich gehe durch das Wohnzimmer rein und schalte ihn aus. Kannst du dich um die zwei Typen da drin kümmern?"

Rhys warf seinem Bruder einen empörten Blick zu.

„Schon gut", sagte Vander. „Versuch einfach, niemanden zu töten."

Drinnen hörte Rhys Haven mit jemandem reden. Sie klang wütend und ruckte an dem Klebeband, mit dem man sie an den Stuhl gefesselt hatte.

Die Bodyguards sahen sie herablassend an.

Rhys entschied sich für einen schnellen Zugriff. Er machte ein paar Schritte rückwärts und rannte los. Er hob einen Arm und schloss die Augen, als er durch die Glastür krachte und die Scheiben zersplitterten.

Haven schrie auf.

Rhys zielte und feuerte. Der erste Kerl krümmte sich und ging zu Boden. Der zweite machte eine Bewegung, aber Rhys schwenkte seine Waffe und brachte auch ihn zu Fall.

Dann ging er hinüber und trat ihnen die Waffen aus den Händen. Beide stöhnten schmerzerfüllt auf. „Eine falsche Bewegung und ich bringe euch um."

Keiner der beiden Männer wagte es, sich zu rühren oder einen Laut von sich zu geben.

Mit ein paar Schritten war er bei Haven.

„Rhys!"

„Schon gut, Baby." Er zückte sein Kampfmesser, schnitt das Klebeband durch und befreite sie. „Ich hole dich hier raus."

Plötzlich flog die Tür zum Büro auf. Volkov stürmte herein, hinter ihm zwei seiner Bodyguards.

Verflucht. Vander hatte ihn nicht rechtzeitig erwischt. Die Männer hoben ihre Pistolen.

„Erschießt ihn!", schrie Volkov.

Rhys machte einen Satz von Haven weg. Wenn sie auf ihn schossen, wollte er nicht riskieren, dass sie versehentlich getroffen wurde. Er tauchte hinter den Schreibtisch und die Kugeln schlugen in das Holz ein. *Fuck.*

„Aufhören!", schrie Haven aus tiefster Kehle.

Rhys tauchte hinter dem Schreibtisch auf, schoss auf einen der Bodyguards und tauchte wieder ab.

Wieder ging ein Kugelhagel auf das Holz nieder.

Er wiederholte seine Bewegung und diesmal, als er hinter dem Schreibtisch zum Vorschein kam, sah er, wie Volkov auf Haven zustürmte, die sich an die gegenüberliegende Wand drückte. Der Mann hatte eine Waffe in der Hand.

Panik schoss durch Rhys' Körper. Ohne nachzudenken, gab er seine Deckung auf und wollte losrennen.

Zisch.

Die Kugel traf Rhys mitten in die Brust. Während sein Körper zuckte, gab er einen Schuss ab. Der Bodyguard schrie auf und fiel.

„Rhys!", schrie Haven.

Er ging hinter dem Schreibtisch auf ein Knie und stöhnte. Verdammt, das hatte wehgetan. Er tastete seine Weste ab und versuchte, Luft zu holen. Es war eine Qual.

„Rhys, nein", rief Haven von der anderen Seite des Raumes.

Er umklammerte die Schreibtischkante fest und hievte sich daran hoch. Der Schmerz war unerträglich und seine Sicht verschwamm. *Reiß dich zusammen, Norcross.*

Volkov schob Haven vor sich wie ein Schutzschild und hielt ihr die Waffe an den Kopf.

Rhys' Blick traf den ihren. Ihr Gesicht war blass, ihre Augen waren weit aufgerissen und tränenverhangen.

„Lass die Waffe fallen", knurrte Volkov.

KAPITEL NEUNZEHN

In ihrem ganzen Leben hatte Haven noch nie eine so tiefgreifende, alles vereinnahmende und von Kopf bis Fuß lähmende Angst empfunden wie in diesem Moment.

Rhys hatte eine Kugel abbekommen. Nein. *Nein.*

Volkov packte sie und drückte ihr die Waffe an den Kopf. Aber das war ihr egal. Sie starrte einfach auf den Schreibtisch, hinter dem Rhys zu Boden gegangen war. *Rhys.* Sein Name war ein Aufschrei in ihrer Seele. Sie bekam keine Luft, konnte nicht atmen.

Im nächsten Moment erhob er sich und wirkte benommen, fahrig. Sie blinzelte, entdeckte aber kein Blut an seinem Körper. Bei dieser Erkenntnis wurde ihr schlagartig klar, dass er eine schusssichere Weste tragen musste.

Rhys und Volkov starrten einander an. Rhys hatte seine Waffe auf Volkovs Kopf gerichtet.

„Nimm die Waffe runter." Volkov drückte den Lauf seiner eigenen Pistole gegen ihre Wange und sie zuckte zusammen. „Mach schon, oder ich tue ihr weh. Nimm sie runter und kick sie zu mir rüber."

Rhys setzte sich in Bewegung, umrundete den Schreibtisch und senkte seine Waffe.

„Rhys, nicht." Er wäre ihm ausgeliefert.

Aber er hörte nicht auf sie, sondern legte das beeindruckend große Sturmgewehr ab und ließ es mit einem beherzten Tritt über den Holzboden schlittern. „Ich werde alles tun, um dich zu beschützen."

Sie bekam keine Luft mehr.

„Auch den kleinen Bruder", fügte Volkov hinzu.

Rhys zog eine Pistole aus dem Holster an seinem Oberschenkel und ließ sie fallen.

Ich werde alles tun, um dich zu beschützen.

Jeder verbleibende Zweifel, den sie noch gehabt hatte, was Rhys' Gefühle für sie, oder ihre Gefühle für ihn anging, lösten sich in Luft auf. Einen Moment lang waren es nur sie beide in dem Raum. Sie sahen sich in die Augen. Er würde für sie sterben, würde alles in seiner Macht Stehende tun, um ihr Leben zu retten.

Sie liebte ihn. *Oh Gott*. Und es war ihre Aufgabe, das Gleiche für ihn zu tun.

Sie würde ihn *nicht* hier sterben lassen.

Kaum merklich hob sie einen Fuß und bohrte mit einer energischen Abwärtsbewegung den hohen Absatz ihres Stilettos in Volkovs Fuß.

Er jaulte auf. Sie wirbelte herum und stieß ihn von sich, sodass seine Arme unkoordiniert durch die Luft flogen, bevor er gegen die Wand in seinem Rücken krachte. Dann beugte sie sich hinunter und zog sich einen ihrer Schuhe aus. Einen jener Schuhe, die er ihr aufgezwungen hatte.

Sie stürzte sich auf ihn und rammte ihm den schlanken Absatz in die Brust. Sie konnte spüren, wie er auf seine Haut traf und holte erneut aus.

„Du Arschloch! Du hast meinen Mann angeschossen. Und du hast mich in dieses billige Kleid gesteckt."

Volkov taumelte. Sie schlug gegen seinen Arm und die Waffe segelte durch die Luft, bevor sie erneut mit dem Absatz des Stilettos auf ihn einstach, diesmal so fest, dass sie hören konnte, wie seine Haut aufplatzte.

Mit einem Aufschrei stürzte er zu Boden und Haven bückte sich, um ihm eine schallende Ohrfeige zu verpassen.

Rhys verpasste Volkovs Waffe einen Tritt, sodass sie über den Boden glitt und in sicherer Entfernung liegenblieb. „Okay, Wonder Woman." Er zerrte sie von ihrem Entführer herunter.

Volkov krümmte sich auf dem Boden.

„Ich bin noch nicht fertig mit ihm", fauchte sie aufgebracht.

Ein Geräusch an der Tür ließ sie herumfahren. Vander betrat das Büro.

„Du bist spät dran", sagte Rhys.

„Tut mir leid, es gab ein kleines Problem." Er beäugte Volkov und runzelte die Stirn. „Was ist passiert?"

„Haven hat ihn windelweich geprügelt."

Sie warf ihre Haare zurück. „Und ich bin noch nicht fertig."

Vanders Lippen zuckten, als er in die Hocke ging

und Volkovs Hände fesselte. „Mit einem Stöckelschuh niedergestochen?"

„Von einer schönen Frau grün und blau geschlagen", fügte Rhys hinzu.

Vander schüttelte den Kopf, zerrte Volkov hoch und stieß ihn in denselben Stuhl, an den kurz zuvor noch Haven gefesselt gewesen war. Mit Hilfe von ein paar Kabelbindern konnte Volkov sich schon bald nicht mehr rühren. „Ein Mucks und Sie sind ein toter Mann."

Volkov schluckte und blieb stumm.

„Ich bin froh, dass ihr beide euch so köstlich amüsiert", platzte Haven heraus. „Immerhin hat er Rhys in die Brust geschossen!"

Vanders Züge wurden ernst und er stand auf. „Alles klar bei dir?"

„Die Weste hat das meiste abbekommen."

„Tut mir leid, Mann. Diese Schmerzen sind so was von besch–", Vander sah Haven an, „bescheiden."

„Darum kümmere ich mich später, aber zuerst ..." Rhys griff nach Havens Armen. „Was zum Teufel hast du dir dabei gedacht, ihn einfach so anzugreifen?"

Ihre Augen weiteten sich. „Bist du etwa sauer auf mich?"

„Er hat dir eine *Waffe* an den Kopf gehalten", knurrte Rhys. „Er hätte dich umbringen können."

„Dich hätte er auch umbringen können! Er hatte dir bereits eine Kugel verpasst und ich hatte nicht vor, zuzulassen, dass er ein zweites Mal auf den Mann schießt, den ich liebe."

Sie erstarrte. *Oh Gott, das hatte sie tatsächlich gerade laut gesagt.*

Rhys starrte sie an und etwas in seinem Blick veränderte sich. Im nächsten Moment zerrte er sie in seine Arme und küsste sie.

Haven blieb eine Sekunde lang wie erstarrt stehen, bevor sie seinen Kuss erwiderte. Seine Zunge tauchte in ihren Mund ein und sie versenkte ihre Hände in seinem Haar. *Mehr.* Sie brauchte mehr.

Als er sich schließlich von ihr löste, keuchte sie. Er drückte sein Gesicht in ihr Haar und legte seine Arme fest und sicher um sie.

„Wenigstens kannst du dich in Zukunft nicht mehr über meine Schuhe beschweren oder jammern, wenn wir dich zum Shoppen mitnehmen, um neue zu kaufen", sagte sie leise.

Er schüttelte den Kopf und lächelte.

„Wo ist das Bild?", fragte Vander.

Haven erstarrte. „Volkov hat es vorhin hinausgetragen. Habt ihr es nicht gefunden?"

Vander schüttelte den Kopf und legte einen Finger an sein Ohr. „Saxon, hat jemand von euch Sichtkontakt zu dem Gemälde?" Er musste eine Antwort erhalten haben, denn eine Sekunde später schüttelte er den Kopf.

Oh Gott. „Volkov sagte vorhin, der Käufer sei eingetroffen. Bitte sagt mir nicht, dass das Arschloch es schon mitgenommen hat."

„Seit wir angekommen sind, hat kein Fahrzeug das Anwesen verlassen", sagte Vander und stieß Volkov mit seinem Stiefel an. „Wo ist das Bild?"

„Fick dich", gab der Mann zurück.

Vander ging in die Hocke und murmelte ihm etwas zu, so leise, dass Haven es nicht hören konnte.

Volkovs Augen weiteten sich und seine Lippen begannen zu zittern. „Kelleretage. Der Käufer ist gekommen, um es abzuholen, und damit ist das Geschäft abgeschlossen."

„Na los, Leute", sagte Vander.

Haven schüttelte den zweiten Stiletto ab und folgte den Männern nach draußen. Rhys blieb dicht neben ihr, als sie sich laufend den Flur hinunterbewegten.

„Ace, zeig mir den schnellsten Weg ins Kellergeschoss", sagte Vander.

Im Wohnbereich trafen sie auf Saxon, Rome und Easton.

„Haven", umarmte Easton sie.

„Mir geht es gut."

„Hier entlang." Vander führte sie durch eine riesige Küche mit glänzenden Geräten und Arbeitsflächen. Er öffnete eine Tür und eine breite Treppe führte in das Geschoss darunter. Die Lichter entlang der prächtigen Steinwände aktivierten sich dank eingebauter Bewegungsmelder automatisch.

Im Kellergeschoss säumten beeindruckende, mit Weinflaschen gefüllte Regale eine lange Wand. Daneben stapelten sich mehrere große Fässer und als sie weitergingen, kamen sie an einem Verkostungsraum mit einem langen Tisch und einigen Stühlen vorbei.

Am Ende des Ganges drückte Vander eine Tür auf und trat zielstrebig hindurch. Dahinter befand sich eine Art überdachter Lieferbereich, dessen Tor offenstand und den Blick auf eine Auffahrt freigab. Unter dem Dach parkte ein Kastenwagen, dessen Hecktüren weit offenstanden.

Zwei Männer drehten sich um und sahen das Norcross-Team. Sofort hoben sie ihre Hände in die Luft.

„Der Käufer ist ein Tech-Milliardär", sagte Haven.

„Wo ist euer Boss?", fragte Rhys.

Die Männer zuckten nur mit den Schultern.

„Das Gemälde?", setzte er nach.

„Mr. Allcroft ist noch nicht damit zurückgekommen."

Vander fluchte, griff in die Fahrerkabine und zog den Schlüssel ab. „Schwärmt aus", lautete der Befehl an das Team. „Findet ihn."

Rhys wandte sich an Haven. „Ich möchte, dass du zurück nach oben läufst und dich irgendwo versteckst, bis –"

„Vergiss es." Sie drehte sich um und ging zurück zur Treppe. „Ich werde dieses verdammte Gemälde finden, Rhys."

Er hob seinen Blick an die Decke und es sah so aus, als ob er gegen den Drang ankämpfte, sie irgendwo anzuketten.

„Komm schon", sagte sie. „Wir dürfen keine Zeit verlieren."

Sie hörte Rhys leise vor sich hinmurmeln und war sich ziemlich sicher, dass es etwas damit zu tun hatte, dass sie wieder einmal ihren Willen durchsetzte.

RHYS GING vor Haven die Treppe hinauf. Oben angekommen, hielt er inne. Aus der Küche war kein Geräusch zu hören. Sie hatten zwar viele von Volkovs

Männern ausgeschaltet, aber Rhys schätzte ihn wie jemanden ein, der seine eigene private Armee hatte.

Er winkte Haven zu, ihm durch die große Küche zu folgen.

Plötzlich stürmte ein riesiger Kerl aus einer Türöffnung und krachte gegen Rhys.

Haven schrie auf. „Rhys!"

Seine Glock flog durch die Luft und schlug auf dem Fliesenboden auf. Der Bodyguard riss einen Ellbogen hoch, den Rhys abwehrte. Sie stürzten sich aufeinander und knallten auf den Boden.

Rhys stemmte sich gegen den Mann und sie rollten über den Küchenboden, stöhnend, während jeder von ihnen versuchte, die Oberhand zu gewinnen.

Sie rollten noch ein Stück weiter und stießen schließlich gegen einen Geschirrschrank. Teller fielen aus den offenen Regalen und zerschellten auf dem Boden.

Rhys gelang es, dem Mann einen Schlag in den Bauch zu versetzen, woraufhin der Bodyguard schmerzerfüllt aufwimmerte. Diesen kurzen Augenblick nutzte er, um seine Beine um die des Mannes zu schlingen, sich zu verdrehen und einen Arm um den Hals des Bodyguards zu legen, um ihn in einen engen Würgegriff zu nehmen.

Der Mann gab ein wütendes Geräusch von sich. Er wehrte sich so heftig, dass er es beinahe schaffte, Rhys abzuschütteln.

Mit einem Aufschrei tauchte Haven neben ihnen auf. Sie hielt einen Besen in der Hand, holte aus, und schlug dem Bodyguard mit dem Stiel in die Seite. Der Mann stöhnte auf und zuckte zusammen.

Rhys versuchte mit aller Kraft, ihn zu überwältigen, aber als Haven erneut zuschlug, erwischte sie versehentlich Rhys' Rücken.

„Scheiße, Haven."

„Gott, tut mir leid. Ich versuche nur zu helfen."

Er zog seinen Arm enger um den Hals des Bodyguards, bis der Mann endlich das Bewusstsein verlor. Als er sich nicht mehr rührte, ruckte Rhys mit dem Kopf. „Hol ein paar Kabelbinder aus meiner Tasche."

Sie ging in die Hocke, schnappte sich ein paar der Plastikbänder und machte sich daran, dem Bodyguard damit die Hände zu fesseln. Sie zog sie fest.

„Babe." Rhys erhob sich. „Du wirst noch seine Blutzufuhr unterbrechen."

„Meine Toleranzgrenze bei Arschlöchern ist niedrig, Rhys. Sehr niedrig."

Er streichelte ihre Wange. „Na komm. Suchen wir die *Seerosen*."

Dann schnappte er sich seine Glock und sie machten sich auf den Weg in den Wohnbereich. Es war weder ein Mensch zu sehen noch ein millionenschweres Gemälde.

„Rhys, sieh mal", zischte Haven.

Er folgte ihrem Blick. Eine der Flügeltüren, die nach draußen führten, stand offen.

Leise bewegten sie sich in die Richtung. Als sie näher kamen, sah Rhys einen schlanken Mann im Anzug, der die *Seerosen* trug und dabei war, den Pool zu umrunden.

„Oh nein, er darf nicht entwischen", murmelte Haven.

Sie eilten nach draußen.

„Halt!", schrie sie.

Der Mann zuckte erschrocken zusammen und eine Sekunde lang dachte Rhys, er würde in den Pool fallen. Stattdessen drehte er sich zu ihnen um und schluckte so hart, dass sein Adamsapfel wippte.

Rhys erkannte den Mann. Mark Allcroft. Er hatte ihn in den Nachrichten gesehen. Er betrieb eine Social-Media-Plattform, die die Teenager liebten. Er war jung, schmal gebaut und sein Gesicht war über und über mit Sommersprossen bedeckt.

„Rühren Sie sich nicht vom Fleck", warnte Rhys ihn.

Allcroft schluckte erneut und beäugte nervös Rhys' Waffe. „Bitte –"

„Halten Sie die Klappe", fauchte Haven. „Das Gemälde ist gestohlen."

„Wirklich?" Der Mann log nicht besonders überzeugend.

„Oh, bitte. Das wussten Sie doch." Sie ging auf ihn zu.

Rhys blieb stehen und richtete seine Waffe auf den Mann.

Haven riss Allcroft das Bild aus der Hand. „Gott sei Dank. Das hier bringe ich jetzt dorthin zurück, wo es hingehört."

„Aber ... aber ... ich habe dafür bezahlt."

„Oh, Sie haben Geld für ein gestohlenes Gemälde bezahlt? Buhuu."

Rhys näherte sich. „Das können Sie alles der Polizei erklären."

„Der Polizei?" Allcrofts Stimme überschlug sich fast und aus seinem Gesicht wich jede Farbe.

Haven schnaubte und bevor Rhys realisierte, was sie vorhatte, schubste sie den Geschäftsmann.

Mit einem Aufschrei und wild rudernden Armen stürzte Allcroft platschend in den Pool.

Rhys schüttelte den Kopf. Haven warf ihren Pferdeschwanz zurück. „Das hat gutgetan."

Er steckte seine Waffe in sein Holster, nahm das Gemälde und legte es auf einem der Liegestühle ab.

Ihre Augenbrauen hoben sich. „Was tust du –"

Im nächsten Moment hob er sie hoch und küsste sie. Mit einem heiseren Stöhnen schlang sie ihre Beine um seine Taille und erwiderte seinen Kuss.

Es fühlte sich so richtig an. Sie zu halten, sie zu küssen. Er küsste sie immer weiter und genoss das Gefühl von ihr an seinem Körper, während sie sich an ihn schmiegte. Sie war in Sicherheit und das war alles, was zählte.

Dann hörte Rhys ein Räuspern. Er hob den Kopf und sah Vander und die anderen auf der Terrasse stehen.

„Es wird dich freuen zu hören, dass wir das Haus gesichert haben." Dann sah Vander zu dem Mann, der klatschnass im Pool stand. „Ist das unser Käufer?"

„Ja." Rhys setzte Haven ab, drückte sie aber eng an sich.

„Die Polizei ist auf dem Weg", sagte Vander.

„Wie ist er im Pool gelandet?", fragte Rome.

„Haven hat ihn hineingestoßen", antwortete Rhys.

Sie hob ihr Kinn. „Es tut mir nicht leid."

„Holt ihn raus", sagte Vander nur.

Saxon und Rome machten sich auf den Weg zum Pool.

Haven lehnte sich an Rhys. „Danke, dass du gekommen bist, um mich hier rauszuholen."

Er hob ihr Gesicht an. „Hast du etwas anderes erwartet?" Verdammt. Er hatte gedacht, er würde endlich zu ihr durchdringen.

„Natürlich nicht. Ich war mir nur nicht sicher, ob du mich finden würdest, bevor Volkov mit mir nach Mexiko abhaut." Sie verzog das Gesicht.

Rhys' Magen verkrampfte sich wieder und sein Bedürfnis, dem Mann Schmerzen zuzufügen, erwachte von Neuem. „Ich bin der beste Ermittler in ganz San Francisco, schon vergessen?"

Saxon, der gerade mit dem durchnässten Tech-Milliardär an ihnen vorbeikam, schnaubte. „Willst du ihr immer noch nicht von dem Peilsender erzählen?"

„Peilsender?" Ihre Augen weiteten sich und sie griff nach dem Diamanten, der auf ihrem Brustbein lag. „Du hast mir einen Peilsender umgehängt?"

„Haven ..."

Sie begann zu grinsen. „Nach allem, was passiert ist, ist das völlig in Ordnung für mich." Sie drückte ihm einen Schmatzer auf die Lippen.

Er ließ eine Hand in ihr Haar gleiten und so viele Gefühle und Empfindungen strömten gleichzeitig durch seinen Körper. Verdammt, sie stellte seine Welt auf den Kopf.

„Die Polizei ist in zwei Minuten vor Ort", gab Ace ihnen durch.

„Es ist vorbei", murmelte Haven. Sie sah erst auf das Gemälde und ließ ihren Blick dann über Volkovs Villa wandern. „Die Gefahr ist vorbei."

„Ja, Baby."

Sie begann zu zittern. „Oh, Gott. Ich habe so lange durchgehalten. Warum flippe ich ausgerechnet jetzt aus?"

„Weil jetzt das Adrenalin schlagartig nachlässt. Das ist ganz normal."

„Aber du zitterst nicht."

„Mein Körper hat gelernt, damit umzugehen." Er zog sie an sich, legte eine Hand in ihren Nacken und massierte sie sanft. „Atme einfach, Haven."

„Ich bin es leid, auszuflippen. Und ich bin es definitiv leid, entführt zu werden."

Rhys' Lippen pressten sich zu einer schmalen Linie zusammen. „Das bin ich auch leid." Er hob sie von ihren Füßen und in seine Arme. „Aber darüber musst du dir keine Sorgen mehr machen." Dann trug er sie ins Haus. Er würde Volkovs Keller plündern und ihr etwas zu trinken besorgen.

Haven würde eine Aussage machen müssen, aber das konnte sie auch tun, während er sie hielt.

„Warte", sagte sie, „das Gemälde."

Scheiß auf das Gemälde. „Das holen wir später."

Sie wirkte, als wolle sie widersprechen, doch dann schmiegte sie sich an ihn und kuschelte sich an seine Brust. „Okay."

KAPITEL ZWANZIG

Haven stöhnte, als sie rittlings auf Rhys saß und ihn hart ritt. Seine Finger gruben sich in ihre Hüften. Fleisch klatschte auf Fleisch.

Sie sah nach unten, von wo aus er seinen leidenschaftlichen Blick auf ihr Gesicht gerichtet hatte. Seine Hand glitt erst über ihren Kiefer, bevor er ihr einen Finger in den Mund schob. Sie saugte fest daran.

Sie verlor sich in ihm, verlor sich an ihn. Die Lust, mit der er ihren Körper in Brand steckte, war so intensiv, dass sie sie überall spürte. Sie saugte seinen Finger tief ein und er fluchte, während sich seine Hüften unter ihr aufbäumten.

„So verdammt schön, Haven. *Meine Haven.*"

Seine zweite Hand löste sich nun auch von ihrer Hüfte und glitt zu ihrer Klitoris.

Sie beugte sich über ihn und ihre Hüften bewegten sich schneller. Ihr Höhepunkt baute sich gnadenlos in ihr auf. Sie war kurz davor zu kommen und sehnte sich nach ihrer Erlösung.

Sie glitt an seiner Länge abwärts, sein dicker Schwanz dehnte sie, sein Daumen massierte ihre Klitoris. Mehr hatte sie nicht gebraucht. Ihr Körper bebte, als ein heftiger Orgasmus sie durchzuckte.

„Rhys." Ihr heiserer Schrei hallte von den Wänden wider.

„Ja, Haven. Ich bin hier und sehe dir dabei zu, wie schön du aussiehst, wenn du meinen Schwanz nimmst, wenn du auf ihm kommst."

Alles in ihr verkrampfte sich und mit einem Knurren drückte er sich von der Matratze hoch.

Im Handumdrehen lag sie auf dem Rücken und Rhys war über ihr und glitt mit schnellen, harten Stößen immer wieder in sie.

Gott, war dieser Mann schön. *Ein Prachtkerl.*

Mit einem tiefen Stöhnen kam er, seine Muskeln angespannt, sein Gesicht konzentriert.

Kurz darauf lagen sie verausgabt auf dem Bett und genossen die Nähe des anderen, während sie wieder zu Atem kamen. Sie zeichnete eines der Tattoos auf seinem Arm nach. „Ich muss mich beeilen. Eigentlich sollte ich schon im Museum sein."

Er stöhnte auf, küsste sie und rollte sich von ihr herunter.

Als sie sich auf den Weg zur Dusche machte, warf sie einen Blick zurück. Ein elektrisierendes Kribbeln durchfuhr sie.

All diese köstlichen, harten Muskeln an seinem grandiosen Körper, der sich nun auf dem Bett ausstreckte. Es waren vier glorreiche Tage vergangen, seit sie die

Seerosen von Volkovs Anwesen in Napa zurückgeholt hatten.

Die ersten beiden Tage hatten sie im Bett verbracht. Sie hatten unzählige Male kreativen Sex gehabt, gegessen, geschlafen und sich Filme angesehen. Dabei hatten sie festgestellt, dass sie beide das Science-Fiction-Genre liebten. Sie war sich sicher gewesen, dass er Actionfilme bevorzugen würde, aber es machte ihn verrückt, wie unrealistisch diese oft waren. Er hingegen war überzeugt gewesen, dass sie romantische Komödien lieben würde, aber die übertriebenen und peinlichen Situationen in Liebesfilmen konnte sie nicht ertragen.

Heute war ihr erster Arbeitstag seit den Ereignissen in Napa. Haven war in Sicherheit und der Monet hing wieder an der Wand im Hutton-Museum, wo er hingehörte. Das Leben verlief wieder in geordneten Bahnen.

Sie sah sich den sexy Mann auf dem Bett an. Sein Körper war entspannt, aber in den letzten Tagen hatte er ... nachdenklich gewirkt. Selbst jetzt sah sie das verhaltene grüblerische Stirnrunzeln in seinem Gesicht.

Ein Kloß bildete sich in ihrem Hals und sie verschwand im Bad. Sie schaltete die Dusche ein und sah in den Spiegel. Ihr Haar war völlig zerzaust. Sie sah aus, als hätte sie gerade wilden Sex gehabt. Ihre Wangen waren gerötet, ihre Augen leuchteten. Sie hatte einen Knutschfleck am Hals. Jedes Mal, wenn er zu verblassen drohte, verpasste Rhys ihr einen neuen.

Aber dann verblasste ihr Lächeln. Sie hatte ihm gesagt, dass sie ihn liebte, aber er hatte die Worte nicht erwidert.

Vielleicht wollte er lieber, dass sie ging? Sie war im Grunde bei ihm eingezogen, aber die gefährlichen Umstände, die diese Situation erzwungen hatten, existierten nicht mehr. Vielleicht hatte er genug von ihr?

Sie berührte den Fleck an ihrem Hals. *Nein.* Die misstrauische, unsichere Haven gab es nicht mehr. Sie war durch die Hölle gegangen und hatte überlebt. Sie war stärker.

Rhys mochte sie. Er empfand etwas für sie. Und sie selbst stand zu ihren Gefühlen für ihn. Sie hatte ihm ihre Liebe gestanden und würde im Gegenzug nichts dafür verlangen.

Sie war in Sicherheit. Sie hatte einen heißen Mann in ihrem Bett. Sie arbeitete wieder in dem Job, den sie liebte.

Das Leben war schön.

Aber es war auch an der Zeit, sich auf die Suche nach einer neuen Wohnung zu machen. Der Geldbetrag von der Versicherung würde bald ausbezahlt werden. Sie hatte sich vorhin Rhys' Laptop ausgeliehen und ein paar Websites aufgerufen, um sich Wohnungen in ihrer Preisklasse anzusehen.

Bei dem Gedanken, aus Rhys' Wohnung auszuziehen, verkrampfte sie sich innerlich. Sie warf einen Blick auf ihre Toilettenartikel, die auf dem Waschtisch aufgereiht standen. Sie liebte es, mit ihm zu kochen und jeden Tag neben ihm aufzuwachen.

Aber sie musste ihr Leben wieder vollständig in den Griff bekommen und wollte keinesfalls bleiben, wenn sie hier nicht mehr willkommen war.

Sie schlüpfte unter die Dusche und machte sich dann für die Arbeit fertig. Etwas später, geschminkt, mit hochgesteckten Haaren und in einen schwarzen Bleistiftrock und eine frische weiße Bluse gekleidet, betrat sie die Küche, wo sie Rhys vorfand, der mit nacktem Oberkörper an der Kücheninsel lehnte und einen Kaffee trank. *Lecker.*

„Frühstück?" Sein Blick verweilte auf ihrem Rock.

„Ich muss mich beeilen. Wir sind fast bereit, die interaktive Ausstellung in Betrieb zu nehmen, und ich muss noch ein paar Dinge überprüfen."

„Mhm."

Er war eindeutig von ihrem Rock abgelenkt. Der Mann hatte eine Vorliebe für ihre Röcke.

„Außerdem müssen wir die Planung der Benefizveranstaltung abschließen. Die Gala findet dieses Wochenende statt. Bei all dem Wirbel und dem großen Interesse der Leute seit dem Kunstraub –" Haven verzog das Gesicht. Sie wäre froh gewesen, wenn die Sache nicht so spektakulär verlaufen wäre. „Nun, Gia sagte, wir sollten daraus Kapital schlagen und die Menschen dazu bringen, für den guten Zweck tief in ihre Taschen zu greifen." Die Spenden würden an eine Organisation gehen, die Schulen mit Kunstmaterialien versorgte.

„Das klingt nach Gia." Rhys drückte ihr einen Kuss auf die Lippen. „Ich wünsche dir einen schönen Tag, Engel."

„Sieh zu, dass niemand auf dich schießt."

Er lächelte.

„Oder dich in eine wilde Verfolgungsjagd verwickelt."

Er schüttelte amüsiert den Kopf.

„Oder dich zwingt, eine wunderschöne hilflose Frau zu retten, die sich in dich verliebt und im Gegenzug mich zwingt, ihr die Augen auszukratzen."

Sein Lächeln verblasste. „Nur dich, Baby."

Charmeur. Sie gab ihm noch einen flüchtigen Kuss und winkte ihm dann zu, als sie zur Tür hinausging.

Den Weg zum Museum legte sie zu Fuß zurück. Zugegeben, sie musste erst wieder lernen, auf sich allein gestellt zu sein und zu wissen, dass sie hingehen konnte, wohin sie wollte, ohne dass ein Krimineller versuchen würde, sie zu entführen.

Als sie im Museum ankam, stellte sie ihre Tasche in ihrem Büro ab. Dann stürzte sie sich in ihre Arbeit und begann, offene Punkte abzuarbeiten.

Sie spielte die interaktive Ausstellung durch. Die Touchscreens waren alle einsatzbereit. Ein wunderbarer Zugang, der es allen Besuchern, aber speziell den Kindern, ermöglichte, zu interagieren und ein besseres Verständnis für Kunst zu entwickeln. Mit den Bildschirmen wurde Kunst, die sonst etwas Unberührbares, etwas Teures an der Wand war, zu etwas, das sie auskosten und genießen konnten.

„Haven."

Sie drehte sich um und sah Gia auf sich zukommen. Ihre Freundin trug ein dunkelblaues Etuikleid und hatte ihre Haare zu einer französischen Rolle eingedreht. Aber obwohl sie wie immer sehr zurechtgemacht aussah, hatte sie heute Falten um den Mund und dunkle Ringe unter den Augen.

„Hey." Haven umarmte sie. „Du siehst müde aus."

Gia sah weg. „Ich habe viel zu tun. So unfassbar viel zu tun."

„In deinem Job?"

„Ja. In meinem Job ist immer so viel los."

Es war nicht Gias Art, ihr auszuweichen. „G?"

Ihre Freundin seufzte. „Du kennst doch noch Willow."

Haven hielt ihren Gesichtsausdruck neutral. Willow war Gias Freundin aus der Highschool. Offenbar waren sie in der Schule beste Freundinnen gewesen und hatten davon geträumt, aufs College zu gehen und danach gemeinsam eine schicke PR-Agentur zu eröffnen.

Nur war Willow beim Sex mit ihrem Professor erwischt worden und vom College geflogen und hatte kurz darauf angefangen, Drogen zu nehmen. Seither ging sie immer wieder auf Entzug und in diesen Phasen suchte sie den Kontakt zu Gia.

Wann immer sie sich meldete, war Gia unglücklich.

„Sie hat ein Problem", sagte Gia.

Haven drückte den Arm ihrer Freundin. „Tut mir leid. Vor allem, wo du dich doch gerade erst um mein Problem kümmern musstest."

„Für das du nichts konntest." Gia richtete sich auf und holte tief Luft. „Ich werde tun, was ich kann, um Willow zu helfen. Und du versuchst in der Zwischenzeit einfach, keine neuen Probleme anzuziehen, ja?"

Haven nickte. Ein Teil von ihr bewunderte die Loyalität ihrer Freundin. „Hey, hast du Lust, nachher mit mir ein paar Wohnungen zu besichtigen?"

Gia machte ein langes Gesicht. „Wohnungen?"

„Ja. Meine ist in die Luft geflogen, weißt du noch?"

„Aber du wohnst doch jetzt bei Rhys."

„Weil ich in Gefahr war. Aber jetzt bin ich in Sicherheit."

Gia sah sie prüfend an. „Hast du schon mit Rhys darüber gesprochen?"

„Noch nicht."

„Mmm. Okay, ich muss los. Da sind noch ein paar Anzeigen für die Benefizgala, für die ich deine Freigabe brauche."

„Schick sie mir per E-Mail."

Sie küssten sich auf die Wange.

„Dein Kleid muss der Knaller werden", sagte Gia. „Es sind nur noch ein paar Tage."

„Was mich daran erinnert, dass ich mit dem Caterer sprechen muss", in Havens Kopf überschlugen sich die Gedanken, als sie eine mentale Liste erstellte, „und mit meinem Team über die Dekoration. Na los, geh schon, damit ich weiterarbeiten kann."

Gia winkte ihr zu und ging.

Haven besprach sich mit einem ihrer Teams, das an einer neuen Skulpturenausstellung arbeitete. Dann sah sie in der großen Ausstellungshalle nach dem Rechten, in der die Gala stattfinden würde. Es war ein weitläufiger Bereich mit einer voll verglasten Seitenwand und einem langgezogenen Balkon im Freien. Sie würden alles mit Lichterketten und Laternen dekorieren. Es würde fantastisch aussehen.

Ihre Absätze klackten, als sie zurück in die Haupthalle ging und vor den *Seerosen* stehenblieb.

Ein stimmiges Gefühl überkam sie. Die Dinge mit Rhys waren noch in der Schwebe, aber sie war glücklich. Sie saugte die Stimmung des Gemäldes in sich auf und für einen Moment war alles in ihrer Welt in Ordnung.

„Haven."

Sie erstarrte und drehte sich um. Leo stand ein paar Meter entfernt. Er trug eine dunkle Hose und ein dunkles Hemd, die Hände hatte er in die Taschen gesteckt.

Das durfte doch nicht wahr sein.

„Ruf nicht den Sicherheitsdienst", sagte er. „Ich bleibe nicht lange."

Sie sah ihn einfach nur an. Für einen flüchtigen Moment konnte sie erkennen, warum sie sich einst zu ihm hingezogen gefühlt hatte. Er war ein gut aussehender Mann.

„Ich wollte dir nur sagen ...", er holte tief Luft, „dass es mir leidtut. Alles."

Sie nickte, aber ihr wurde klar, dass seine Worte ihr nichts bedeuteten. Leo war ihre Vergangenheit.

Er betrachtete ihr Gesicht. „Verdammt, du bist wirklich über mich hinweg."

„Ja, Leo."

„Macht er dich glücklich?"

„Ja. Ich weiß, dass ich ihm vertrauen kann, dass er loyal ist und immer für meine Sicherheit sorgen wird."

Leo nickte. „Ich möchte, dass du glücklich bist." Damit drehte er sich um und ging.

„Leo?"

Er warf einen Blick zu ihr zurück

„Bist du in Sicherheit?", fragte sie.

Er nickte. „Der Käufer hatte bezahlt, bevor dein Kerl ihm das Gemälde abgenommen hat. Dieses Geld hat mir Zakharov vom Hals geschafft."

Uff. Es fühlte sich falsch an, dass die kriminellen Drahtzieher trotz allem ein gutes Geschäft gemacht hatten.

„Allerdings hat sich ein mysteriöser Hacker den größten Teil des Geldes unter den Nagel gerissen. Die Zakharovs haben nur einen Bruchteil bekommen. Trotzdem war es mehr als das, was ich ihnen geschuldet habe, also bin ich aus dem Schneider."

Ein mysteriöser Hacker? Sie verengte nachdenklich ihren Blick. Rhys hatte erwähnt, dass Ace ein guter Hacker war und Ace selbst hatte auch keinen Hehl aus seinen Fähigkeiten gemacht.

Leo sah sie an.

„Finde dein Glück, Leo. Im Idealfall ohne die Hilfe der russischen Mafia."

Er lächelte. „Machs gut, Haven."

Dann ging er und sie hoffte, dass sie ihn nie wieder sehen würde.

„Haven." Eine Assistentin eilte herein. „Wir brauchen deine Hilfe bei ein paar Entscheidungen für die Restauration."

„Ich komme."

RHYS BEENDETE sein Telefonat und sah auf seinen Schreibtisch. Zwei neue Fälle warteten auf ihn. Für einen davon hatte er bereits seine Kontakte angezapft.

„Hey." Vander erschien in der Tür.

Rhys schnippte mit dem Finger in Richtung seines Bruders.

„Hast du in letzter Zeit mit Gia gesprochen?", fragte Vander.

„Nein."

„Ich schon, heute Morgen. Willow zieht sie wieder in ihre Probleme mit rein."

Rhys verzog das Gesicht. Kein Mitglied der Familie Norcross, abgesehen von Gia, konnte die Frau leiden. Schon als Teenager war sie außer Rand und Band gewesen. Sie hatte sich so oft an Rhys und seinen Bruder rangemacht, dass sie irgendwann aufgehört hatten, zu zählen. Einmal hatte Willow bei Gia übernachtet und er hatte sie dabei erwischt, wie sie sich nackt in sein Bett schleichen wollte.

Sie war bedürftig und egoistisch, aber Gia weigerte sich, ihre Freundschaft ein für alle Mal zu beenden.

„Wir müssen ein Auge darauf haben", sagte Rhys. „Gia tut gerne so, als wäre sie knallhart, aber unter dieser harten Schale hat sie einen verdammt weichen Kern."

„Du hast recht. Ich werde das übernehmen, da du ganz offensichtlich damit beschäftigt bist, auf Wolke sieben zu schweben."

Rhys grinste. „Jepp."

Haven war Becker und seine Machenschaften los und sie war in Sicherheit. Die *Seerosen* hingen wieder in Eastons Museum. Volkov saß im Knast. Haven lag jede

Nacht in seinem Bett, und das Beste von allem: Sie liebte ihn.

Sein Herz schwoll an. Sie liebte ihn. Alles, was er jetzt tun musste, war, sie davon zu überzeugen, dass sie zusammengehörten. Er wollte, dass sie blieb, und wenn die Zeit reif war, wollte er sie heiraten.

„Glaubst du, Ma würde mir helfen, einen Ring auszusuchen?", fragte Rhys.

Vander hob eine Augenbraue. „Du willst Haven einen Heiratsantrag machen?"

„Ja." Bald. Denn nicht lange danach wollte er Kinder, wollte Haven über ihren geschwollenen Bauch streicheln.

Vander schüttelte den Kopf. „Wenn du Ma mitnimmst, wirst nicht du es sein, der den Ring aussucht."

Da hatte er recht. Clara Norcross war der eigensinnigste Mensch, den er kannte.

„Ich glaube, ich fahre rüber ins Museum und esse mit Haven zu Mittag."

„Du meinst wohl, du fährst rüber ins Museum für einen Quickie mit Haven."

Rhys grinste. „Du brauchst dringend eine Frau, Vander. Wirklich."

Sein Bruder schüttelte den Kopf und machte sich schnell aus dem Staub. *Feigling.*

Rhys klappte seinen Laptop auf. Er würde ein paar E-Mails bearbeiten und sich dann auf die Suche nach seiner Frau machen.

Saxon tauchte mit einem finsteren Gesichtsausdruck auf.

„Was ist los?", fragte Rhys.

„Vander hat mir gesagt, dass Willow wieder ihre Spielchen mit Gia spielt. Ich hasse diese Frau."

Sax wirkte ziemlich aufgebracht. „Nun, wir werden verhindern, dass sie Gia zu weit hineinzieht."

„Sie muss dieser Schlampe die Freundschaft kündigen."

„Sie hat es in all den Jahren nicht getan, also bin ich mir nicht sicher, ob sie es überhaupt kann."

Ein Muskel in Saxons Kiefer zuckte, dann stapfte er davon.

Rhys öffnete seinen Browser und wunderte sich über einen der geöffneten Tabs. Es war eine Immobilien-Website, auf der er man nach Mietangeboten suchen konnte.

Was sollte das?

Er scrollte nach unten. Haven hatte sich Wohnungen angesehen und sogar mehrere als Favoriten markiert? Hatte sie etwa vor, auszuziehen? *Auf keinen Fall.*

Er schnappte sich seine Schlüssel und sein Handy und machte sich auf den Weg. Den ganzen Weg zum Hutton verbrachte er damit, zu grübeln. Schließlich hielt er vor dem Gebäude. Als er hineinging, winkte er dem Wachmann zu.

Schließlich fand er Haven in einer Seitengalerie, wo sie mit zwei Assistentinnen sprach. Sie hängten gerade einige Gemälde auf. Haven lächelte, während sie ihnen Anweisungen gab. Er beobachtete, wie sie ein paar Vorschläge machte, wieder lächelte und dann innehielt, um eine kleine Statue auf einem Sockel zurechtzurücken.

Fuck, er könnte ihr den ganzen Tag bei der Arbeit zusehen. Hier war sie glücklich.

Irgendwann bemerkte sie ihn.

„Rhys." Sie lächelte und er stellte fest, dass sie ihn genauso ansah.

Er ging mit schnellen Schritten auf sie zu und sah, wie sich ihre Augen weiteten.

„Du wirst *nicht* ausziehen."

Sie blinzelte. „Was?"

„Ich habe gesehen, dass du nach Wohnungen gesucht hast. Du wirst nicht ausziehen."

Ein neutraler Ausdruck legte sich auf ihre Züge. „Ich bin jetzt in Sicherheit. Es besteht keine Gefahr mehr. Ich kann nicht für immer bei dir bleiben."

Er bemerkte, dass die beiden Assistentinnen sie gebannt beobachteten, aber das war ihm egal. „Und warum nicht?", fragte er.

Ihre Mundwinkel spannten sich an. „Na, weil ..."

„Weil was?"

„Weil du mich nicht gefragt hast, ob ich mit dir zusammenleben will!", platzte sie mit der Wahrheit heraus. „Weil du mir nicht gesagt hast, dass du mich liebst."

Rhys blinzelte langsam. „Ich dachte, ich hätte dir gezeigt, wie sehr ich dich brauche und wie sehr ich will, dass du bleibst?"

Ihr Brustkorb hob und senkte sich hektisch. „Ich muss die Worte hören, Rhys. Seit meine Mutter gestorben ist, hat sie niemand mehr zu mir gesagt." Auf ihrem Nasenrücken bildeten sich Fältchen. „Außer Leo und der zählt nicht."

„Sag nicht den Namen von diesem Trottel." Rhys legte einen Arm um sie und zog sie auf ihre Zehenspitzen. Sie stieß ein kleines Quietschen aus.

„Haven Amelia McKinney, ich bin unsterblich, mit Leib und Seele und Hals über Kopf in dich verliebt."

Ihre Züge wurden weicher und Tränen schimmerten in ihren Augen. „Das bist du?"

„Ja." Er küsste sie zärtlich. „Und du wirst nicht ausziehen, weil ich es nicht zulassen werde."

„Du hast gerne das Sagen."

„Und das gefällt dir." Er küsste sie so, wie der Anlass es verlangte – innig, gefühlvoll und mit all der Liebe, die er für sie empfand.

Hinter ihnen begannen ihre Assistentinnen zu klatschen. Haven lachte und drückte ihn fest an sich. „Ich liebe dich, Rhys. Danke, dass du für mich da warst, als ich dich gebraucht habe."

„Das ist jetzt meine Aufgabe. Ich werde immer für dich da sein, mein Engel."

DIE GLÄSER KLIRRTEN, die Gespräche waren lebhaft und die Gala lief großartig. Haven hoffte, dass alle sich motiviert fühlten, zu spenden. Viel zu spenden.

Sie hoffte, genügend Geld einzuspielen, um allen Schulen im Raum San Francisco helfen zu können.

Jetzt schlängelte sie sich durch die Festhalle, begrüßte Gäste, sah nach, ob die Kellner zurechtkamen, und ließ ihren Blick über die Kunstwerke an den

Wänden und auf den vielen Sockeln schweifen, die im Raum verteilt waren. Alles sah fabelhaft aus.

Dann sah sie nach oben. Von der Decke hingen schwebende rote Laternen und die Wände waren mit tausenden winzigen Lichtern geschmückt. Die Stimmung war magisch.

Sie war sich jedoch bewusst, dass die Halle hauptsächlich wegen der Ereignisse rund um den Raub der *Seerosen* aus allen Nähten platzen würde. Sie war sich sicher, dass alle hofften, es würde etwas Schockierendes passieren.

Für die Gala hatte sie sich für ein schwarzes Kleid im Meerjungfrauen-Stil mit einem tiefen, aber geschmackvollen Ausschnitt entschieden. Das gesamte Kleid schimmerte dank der eingewebten Silberfäden.

Sie nickte einigen Gästen zu und entdeckte schließlich Easton, der in seinem Smoking umwerfend aussah, während auch er sich unter die Gäste mischte.

In seiner Nähe stand Vander mit seinen Eltern. Mr. und Mrs. Norcross wirkten, als würden sie sich gut amüsieren. Mrs. Norcross sah aus wie eine ältere Version von Gia und das graue Kleid, das sie trug, stand ihr fantastisch. Während alle vier der Geschwister im Gesicht eher nach ihrer Mutter kamen, hatte Mr. Norcross seinen Söhnen seinen großen, schlanken Körperbau vererbt. Außerdem hatten Vander und Easton ihre blauen Augen von ihm.

Mrs. Norcross hatte keinen Hehl aus ihrer Freude darüber gemacht, dass Haven und Rhys ein Paar waren. Tatsächlich war sie am Tag zuvor im Museum vorbeigekommen und hatte Haven einen Stapel Hochzeitszeit-schriften dagelassen.

Jetzt sah Haven sich um und fragte sich, wo ihr heißer Norcross-Bruder geblieben war. Sie entdeckte Gia, die sich mit einer Gruppe von Männern unterhielt und eine fuchtelnde Bewegung mit einer Hand machte, während sie in der anderen eine Champagnerflöte hielt.

Ihre Freundin trug ein mitternachtsblaues One-Shoulder-Kleid. Der fließende Stoff fiel bis zum Boden und ließ sie aussehen wie eine kleine griechische Göttin. Ein großzügiger Schlitz gab den Blick frei auf viel von ihrem schlanken Bein.

G brachte mit ihrem Charme zweifellos die reichen, alten Männer dazu, viel, viel Geld zu spenden.

Lächelnd schlenderte Haven an der Wand entlang und prüfte die ausgestellten Kunstwerke. Die *Seerosen* hingen an einem Ehrenplatz. Sie lächelte sie an. Nachdem sie Rhys mit mehreren sexuellen Gefällig-keiten bestochen hatte, hatte er zugegeben, dass Ace das Konto der Zakharovs gehackt und so viel von dem Geld zurückgeholt hatte, wie er konnte. Es war alles der Polizei übergeben worden und Gerüchten zufolge würde es gespendet werden.

Ein Arm legte sich um sie und zerrte sie in eine schat-tige Nische.

Sie war aber nicht erschrocken oder panisch, wieder entführt zu werden, sondern schmiegte sich genüsslich an den harten Körper des Mannes, der jetzt vor ihr stand.

„Du siehst so heiß aus, am liebsten würde ich dich gleich hier vernaschen", murmelte Rhys in ihr Ohr.

Obwohl sie einen köstlichen Quickie auf dem

Waschtisch ihres Badezimmers gehabt hatten, bevor sie auf die Party gekommen waren, hatte sie heute Abend viel Zeit damit verbracht, ihn aus der Ferne zu beobachten. Er war so unfassbar attraktiv in seinem Smoking und mit seinem dichten, dunklen Haar, das frech in alle Richtungen stand. Kurz gesagt, er war umwerfend – und er gehörte ihr ganz allein.

Sie neigte ihren Kopf zurück und küsste ihn.

„Wann können wir endlich gehen?" Seine Hände glitten an ihrem Körper hinunter.

„Das wird leider noch ein paar Stunden dauern."

Er stieß ein frustriertes Knurren aus. „Ich will mit dir nach Hause fahren und dir dieses sexy Kleid ausziehen." Er knabberte an ihrem Ohrläppchen.

Haven stöhnte. Nach Hause. In ihr *gemeinsames* Zuhause. Sie war mittlerweile offiziell bei Rhys eingezogen.

„Ich liebe dich", murmelte sie.

„Ich liebe dich auch, Engel. Und ich bin sehr, sehr froh, dass ich es geschafft habe, deine Mauern niederzureißen."

Sie lächelte. Er hatte sie nicht niedergerissen, er hatte sie in Schutt und Asche verwandelt und dem Erdboden gleichgemacht.

Sie hatte ihren Vater angerufen und ihm von Rhys erzählt. Er hatte sich auf seine distanzierte Art für sie gefreut. Ihre Mutter hätte Rhys *geliebt*.

„Vielleicht könnten wir uns in mein Büro schleichen." Sie sah zu ihm auf. „So schnell vermisst uns hier niemand."

In seinem Grinsen lag raubtierhafte Begierde.

Plötzlich gab es einen Aufruhr in der Menge. Stirnrunzelnd drehte sich Haven um.

Die Gäste starrten auf den Balkon hinaus. Ein paar Leute standen draußen unter freiem Himmel und genossen die Abendluft. Haven versuchte, über die Köpfe der Menge hinweg etwas zu erkennen.

„Was ist denn da draußen los?", fragte sie.

Rhys zog die Augenbrauen zusammen und zerrte sie mit sich vorwärts. „Ich weiß nicht genau."

Die Leute schnappten nach Luft und die Menge teilte sich.

Haven riss die Augen auf. *Was zur Hölle?*

Ein Mann im Smoking schritt zielgerichtet über den Balkon. Durch das Glas konnte sie sehen, wie er eine Pistole hervorzog. Ihre Kehle schnürte sich zusammen und sie spürte, wie Rhys sich neben ihr versteifte.

Ein paar warnende Rufe wurden laut.

Der Mann sah gewöhnlich aus. Er hatte ein durchschnittliches Gesicht – nicht gut aussehend, nicht unattraktiv, einfach nichtssagend. Auch seine Statur war nicht auffällig – er war weder besonders groß noch besonders klein.

Haven schwenkte ihren Kopf.

Er richtete seine Waffe auf *Gia*.

Haven blieb das Herz stehen. Ihre beste Freundin schritt aus der anderen Richtung geradewegs auf den Mann zu, ihr blaues Kleid wallte hinter ihr in der Luft. Sie griff durch den Schlitz in ein Holster an ihrem Bein und zog ihre eigene Waffe heraus.

Oh, mein Gott! Rhys' Hand legte sich enger um Havens.

Der Mann feuerte einen Schuss ab und Gia zuckte nicht einmal zusammen, als der Knall ertönte. Dann, gelassen wie ein Profi, zielte Gia und drückte ab. Der Mann duckte sich aus dem Weg.

Gia wirbelte herum und rannte los, wobei ihr Kleid wie eine Fahne hinter ihr durch die Luft flatterte.

Der Mann sprang auf, schoss erneut auf sie und nahm dann die Verfolgung auf. Bruchteile einer Sekunde später verschwanden der Fremde und Gia aus ihrem Blickfeld.

Haven sah, wie Saxon loslief. Er sprintete durch die Menge, stürmte durch die offenen Türen auf den Balkon hinaus und rannte den beiden hinterher.

Vander lief an ihnen vorbei, Easton dicht hinter ihm.

„Rhys, bleib hier. Du übernimmst die Gäste und passt auf Haven, Mom und Dad auf."

„Verstanden", antwortete Rhys.

„Seid vorsichtig", rief Haven ihnen zu.

Dann sah sie zu, wie Vander und Easton zur Tür hinaus und ihrer Schwester hinterherliefen. Rhys legte einen Arm um sie.

„Gia kommt klar", sagte er.

Haven nickte. Gott, gerade erst hatte sich ihr Leben wieder eingependelt, und jetzt das. Sie holte tief Luft und kämpfte gegen einen Anflug von Angst an. Dann hob sie eine Hand und gab den uniformierten Sicherheitsleuten ein Zeichen, die Balkontüren zu schließen.

„Ms. McKinney." Die Leiterin ihres Sicherheitsteams kam mit schnellen Schritten auf sie zu. Die Frau trug einen adretten dunkelgrauen Hosenanzug und ihr grau meliertes Haar ging ihr in einem gepflegten Bob bis zum Kinn. „Wir möchten, dass alle Gäste drinnen bleiben, bis wir wissen, womit wir es zu tun haben."

„Natürlich, Rachel."

Die Frau nickte. „Wir kriegen das unter Kontrolle, also keine Sorge." Rachel warf einen Blick auf Rhys. „Und Ihre Brüder können auf sich selbst aufpassen."

Rhys hob sein Kinn und die Frau schritt davon und rief ihren Wachen scharfe Befehle zu.

Im Moment machte sich Haven mehr Sorgen um Gia. „Nun, eines ist sicher, unser Leben ist *nicht* langweilig."

Er gab ihr einen Kuss auf den Scheitel.

Haven verbarg ihre Sorge und wandte sich dann mit klarer Stimme an die Gäste. „Nun, im Hutton ist immer etwas los."

Schallendes Gelächter brach aus.

„Bitte essen Sie, trinken Sie und genießen Sie weiterhin den Abend. Unser ausgezeichnetes Sicherheitsteam hat die Situation bereits im Griff." *Bitte hab alles im Griff und pass auf dich auf, Gia.*

Haven schnappte sich ein Glas Champagner und trank es in einem Zug leer.

Rhys nahm ihr das Glas ab. „Mach dir keine Sorgen."

„Natürlich mache ich mir Sorgen, Rhys. Ein Mann hat auf Gia *geschossen* und sie hat auch noch zurückgeschossen."

Er senkte seinen Kopf und küsste Havens Lippen. „Ich schätze, ich muss wohl einen Weg finden, dich abzulenken."

Sie ließ sich an seine Brust sinken. In diesem Moment wusste sie, dass er immer für sie da sein würde, wie ein Fels in der Brandung, an dem sie sich festhalten konnte. Sie musste nicht mehr alles allein bewältigen. „Ich liebe dich."

„Ich liebe dich auch."

Haven wusste, dass sie sich auf ihren heißen Ermittler und seine Liebe verlassen konnte, jeden Tag, für den Rest ihres gemeinsamen Lebens.

ICH HOFFE, dir hat die Geschichte von Rhys und Haven gefallen!

Die Serie rund um das Team von Norcross Security geht mit *Der Troubleshooter* weiter. In diesem Band lernst du Gia Norcross und Saxon Buchanan näher kennen. **Lies weiter und erhalte einen Vorgeschmack auf das erste Kapitel.**

Verpasse nichts! Für Informationen über Neuerscheinungen, kostenlose Bücher und andere Geschenke, melde dich für meine VIP-Mailingliste an und erhalte deine kostenlose Bücherbox, bestehend aus drei englischen Liebesromanen, in denen es auch an Action nicht fehlt.

Hier klicken und anmelden: www.annahackett.com

Would you like a FREE BOX SET of my books?

VORGESCHMACK: DER TROUBLESHOOTER

Okay, diese Nacht war *nicht* so verlaufen, wie sie es geplant hatte.

Gia Norcross rannte über den Balkon, ihre Aquazzura-Absätze klackten, ihr Alberta-Ferretti-Kleid wehte hinter ihr wie eine Fahne im Wind.

Ganz zu schweigen von der Ruger in ihrer Hand und dem Bösewicht, der sie verfolgte.

Nein, ihr Abend war eindeutig *nicht* nach Plan verlaufen.

Sie erreichte eine Steintreppe und hetzte die Stufen hinunter, die sie in einen winzigen, schattigen Innenhof an der Rückseite des Hutton-Museums in San Francisco führten. Der Innenhof war von Bäumen gesäumt, die langsam ihre Blätter verloren. Ein Springbrunnen plätscherte leise in der Mitte der gepflegten Fläche.

Normalerweise war dies ein friedlicher Ort. Gia hatte hier ein paar Mal mit ihrer besten Freundin, Haven McKinney, zu Mittag gegessen. Haven war die Kuratorin des Huttons und Gias ältestem Bruder, Easton, gehörte das Museum.

Gia lief blitzschnell zwischen die Bäume und verschmolz mit ihren Schatten. Die Ruger hielt sie fest im Griff. Die Handfeuerwaffe war klein und leicht, sodass sie leicht zu verbergen und zu benutzen war.

Sie war eine Norcross. Sie wusste, wie man schoss. Alle drei ihrer Brüder waren ehemalige Soldaten. Zwei von ihnen hatten in einem geheimen Spezialeinsatzkommando gedient, dessen Tätigkeiten über jene normaler verdeckter Operationen weit hinausgingen. Sie hatten ihr nicht wirklich eine Wahl gelassen, wenn es darum ging, schießen und sich zu verteidigen zu lernen.

Gia atmete tief und ruhig ein, um gegen das Adrenalin anzukämpfen, das durch ihren Körper pulsierte. Die Wohltätigkeitsgala des Museums hätte ein entspannter und angenehmer Abend werden sollen.

Dabei hatte alles so gut angefangen. Sie war so glücklich gewesen, Haven und Gias jüngsten Bruder Rhys zusammen zu beobachten. Die beiden waren so schwer verliebt, dass man die Herzchen, die um sie herum in der Luft schwebten, förmlich sehen konnte. Haven war erst kürzlich in Gefahr geraten, als ein millionenschweres Gemälde aus dem Museum gestohlen worden war. Als dann auch noch ihr zwielichtiger Ex-Freund und die russische Mafia hinzugekommen waren, war die Lage völlig außer Kontrolle geraten.

Selbstredend hatte Rhys alles getan, um Haven zu beschützen, als ihr Leben auf dem Spiel gestanden hatte. Haven hatte die intensive Anziehungskraft zwischen sich und Rhys nicht länger ignorieren können.

Ein scharrendes Geräusch ertönte und Gia erstarrte.

Kurz darauf bewegte sich ein großer Schatten in ihr Blickfeld. *Verflucht.* Er war bereits hier unten. Sie hatte ihn nicht einmal kommen gehört.

Der Mann bewegte sich unauffällig vorwärts wie eine Raubkatze.

Auf der Jagd nach ihr.

Gias Puls beschleunigte sich und trieb ihr die Angst in die Glieder. Aber sie schob sie beiseite – sie hatte keine Zeit, sich zu fürchten.

Dieses Arschloch hatte Gias Freundin aus Kindheitstagen bedroht. Willow hatte sicher etwas ausgefressen, aber Gia wollte trotzdem nicht, dass ihr etwas zustieß.

Willow war Hilfe suchend zu Gia gekommen. Sie seufzte leise auf. Sie konnte ihrer ehemaligen besten Freundin aus High-School-Tagen einfach keine Abfuhr erteilen. Aber natürlich hatte Willow vergessen zu erwähnen, dass sie etwas von einem nicht sehr netten Typen gestohlen hatte. Und der wiederum hatte einen *wirklich* nicht sehr netten Kerl geschickt, um es zurückzuholen. Er hatte sie gefunden und bedroht, aber Gia war mit ihrer Ruger dazwischen gegangen und hatte ihn zum Teufel geschickt.

Doch der Blick des Mannes hatte vonVergeltung versprochen.

Und nun war er gekommen, um sich zu rächen.

Leider hatte der Bösewicht sie auf der Gala ausfindig gemacht. Gia hatte ihn in der Menge entdeckt und sofort gewusst, dass sie ihn von den Gästen fortlocken musste, bevor er jemanden verletzte.

Bevor sich ihre Brüder einmischten.

Ihr Magen verkrampfte sich. Sie hatte nicht damit gerechnet, dass der Idiot sie mitten auf dem Balkon des Museums mit einer Pistole bedrohen würde, vor den Augen der vielen anwesenden Gäste, die durch die weitläufige Glasfront alles mitansehen hatten können.

Ihre Brüder würden in wenigen Minuten hier auftauchen, also hatte sie keine Zeit zu verlieren.

Das war es, was Gia tat. Sie räumte das Chaos auf, half den Menschen, brachte Angelegenheiten in Ordnung. Ihre PR-Agentur war die beste in San Francisco und hier lebten mehr als genug Menschen in chaotischen Umständen, um sie Tag und Nacht auf den Beinen zu halten.

Der Mann drehte sich um.

Gia sprang aus den Schatten und trat mit einem Fuß nach ihm. Sie spürte, wie sich ihr Absatz in einen Muskel seines Beins bohrte. Er stolperte zur Seite und stöhnte auf.

Sie versetzte ihm einen weiteren Tritt gegen dasselbe Bein, woraufhin er in die Knie ging.

Der perfekte Zeitpunkt, um ihm ihre Waffe an die Schläfe zu drücken. Er erstarrte.

„Keine Bewegung", warnte sie.

„Sie werden mich nicht erschießen." Seine Stimme klang normal, war nichts Besonderes. Er sah auch nicht besonders aus. Gewöhnlich. Wahrscheinlich war es einfacher, die Drecksarbeit für seinen Boss zu erledigen, wenn man in der Menge unterging.

„Sie kennen mich nicht", sagte sie. „Sie haben keine Ahnung, wozu ich fähig bin." Sie legte Selbstvertrauen und Autorität in ihre Stimme. Es war ihre ‚Arbeitsstimme'. „Lassen Sie mich und Willow in Ruhe."

„Mein Boss will seine Juwelen zurück."

„Juwelen?"

„Ja. Ihre Freundin hat sich an einem Beutel wertvoller Edelsteine bedient. Saphire, Smaragde, Rubine."

Dumme, dumme Willow. Alles, was sie Gia erzählt hatte, war, dass sie mit diesem Kerl ausging, und dann war alles den Bach hinuntergegangen. Und nun stellte sich heraus, dass sie ihm *Juwelen* gestohlen hatte. *Gott, Willow.*

„Ich werde mit ihr reden."

„Das reicht nicht. Mr. Dennett braucht mehr als das."

„Ich werde mit ihr *reden*", betonte Gia ihre Worte neu. „Er bekommt seine Steine zurück."

„Ich denke, es ist besser, wenn Sie mit mir kommen. Ihr Leben könnte Ihre Freundin überzeugen."

Der Mann stieß sich unerwartet aus seiner knienden Position nach oben. Er schlug Gia die Pistole aus der Hand, sodass sie über das Steinpflaster schlitterte.

Verflucht.

Im nächsten Moment stürzte er sich auf sie. Gia wich aus, wohl wissend, dass er größer und stärker war als sie.

Aber Gia war schlauer.

Er griff nach ihr und stieß dabei gegen ihre Schulter. Sie erlaubte ihrem Körper, rückwärtszutaumeln, und keuchte auf.

Er packte den Stoff ihres Kleides. *Du ruinierst es besser nicht, Arschloch.* „Bitte ... bitte tun Sie mir nicht weh." Sie wollte ganz bewusst klein und hilflos wirken.

„Kommen Sie mit, ohne Ärger zu machen, und ..."

Gia schlug ihm mit ihrem seitlichen Handballen gegen den Kehlkopf. Er ließ sofort von ihr ab und begann zu würgen.

Als Nächstes bohrte sie ihm ihre Daumen in die Augenhöhlen, woraufhin er wild aufknurrte und sich vornüber beugte. Dann packte sie seinen Kopf und rammte ihm ihr Knie in die Nase.

Sie hörte ein Knirschen und er fluchte wie der Teufel.

Die Genugtuung, die sie dabei verspürte, war nicht zu leugnen. Sie hatte schon immer Tyrannen gehasst, die versuchten, andere allein mit ihrer Größe einzuschüchtern.

Sie suchte nach ihrer Waffe. *Wo zum Teufel war sie?* Als sie ein schwaches Schimmern im spärlichen Licht erkannte, rannte sie darauf zu.

Hinter ihr ertönte Gebrüll, als der Mann sich in Bewegung setzte. Er packte sie um ihre Taille und zusammen schlugen sie hart auf dem Boden auf.

Die Luft entwich zischend aus Gias Lungen und sie

verspürte explosionsartige Schmerzen an einem Dutzend Stellen in ihrem Körper gleichzeitig. *Autsch.*

„Schlampe, dafür werden Sie bezahlen."

Sie wehrte sich und trat nach ihm. Er lag halb auf ihr, drückte sie mit seinem Gewicht nieder und ihr Kleid schränkte sie noch weiter in ihrer Bewegungsfreiheit ein. „Sie haben es auf *mich* abgesehen und sind sauer, dass ich mich gewehrt habe? Werden Sie erwachsen."

Er stand auf, hob sie wie einen Football hoch und drückte sie an seine Flanke, während er ein verärgertes Grummeln ausstieß.

Dann schritt er mit ihr quer durch den Innenhof, vorbei an einer kleinen Baustelle, wo eine niedrige Steinmauer wieder aufgebaut wurde.

„Glauben Sie mir, das wollen Sie nicht tun", sagte sie. „Sie wollen *ganz bestimmt nicht* Bekanntschaft mit meinen Brüdern machen." Apropos, wo zum Teufel blieben die drei?

Der Bösewicht grunzte.

„Sagen Sie nicht, ich hätte Sie nicht gewarnt", sprach sie mit lässiger Stimme weiter.

„Halten Sie Ihr verdammtes Mundwerk", gab er zurück.

Sie versuchte, ihm ihren Ellbogen in die Seite zu rammen.

Als Antwort ließ er seine Hand nach unten schnellen und verpasste ihr eine schallende Ohrfeige. *Autsch.* Sie presste eine Hand an ihre Wange. *Arschloch.*

Der Angriff kam aus heiterem Himmel.

Gia nahm nur eine winzige blitzschnelle Bewegung

wahr und plötzlich war sie frei. Sie fiel zu Boden, landete aber auf ihren Händen und Knien.

Ihr Angreifer taumelte rückwärts und ein großer dunkler schlanker Schatten griff ihn an.

Gias Herz schlug ihr bis zum Hals. Sie beobachtete die gnadenlosen Tritte und methodischen Schläge. Ihr Retter bewegte sich fast elegant, als er seinen Gegner vernichtete.

Nur, dass in seinen Schlägen zu viel brutale Kraft steckte, um noch elegant zu sein.

Selbst in der Dunkelheit wusste sie, wen sie vor sich hatte.

Sie unterdrückte ein inneres Stöhnen. Natürlich war *er* es, der zu ihrer Rettung geeilt war. Der Fluch ihrer Existenz. Ihr Erzfeind.

Ein Lichtstrahl erhellte für einen flüchtigen Augenblick sein Gesicht.

Und was für ein Gesicht es war. Saxon Buchanan war keiner ihrer Brüder. Er war der beste Freund ihres Bruders Vander und Gia kannte ihn schon ihr halbes Leben lang.

Er war groß und hatte einen muskulösen Körper, doch seine wahre Kraft sah man ihm nicht wirklich an. Seine Sammlung perfekt geschnittener Anzüge – zu denen auch der Designer-Smoking gehörte, den er heute Abend trug – verbarg nur, wie muskulös und stark er tatsächlich war. Seine breiten Schultern und kräftigen Beine verschwanden darunter auf wundersame Weise. Ihr Blick wanderte zurück zu seinem Gesicht.

Saxon war mit Vander bei der Armee gewesen. Er kam aus einer wohlhabenden Familie hier in San Francisco, deren Stammbaum viele Generationen zurückging, und seine Eltern hatten ihm verboten, Soldat zu werden. Er hatte es trotzdem getan.

Saxon machte sich seine eigenen Regeln.

Gerade verpasste er ihrem Angreifer ein paar letzte Schläge und der Mann rollte sich auf dem Boden zusammen.

Saxons Kopf hob sich, sein Blick auf sie gerichtet. Das Licht verfing sich jetzt in seinem Haar und sie konnte nicht genau sagen, ob es dunkelblond oder goldbraun war.

„Du bist mir eine Erklärung schuldig", sagte er.

Sie schnaubte.

Seine guten Gene zeigten sich im attraktivsten Gesicht, das sie je gesehen hatte: ein kräftiger Kiefer, eine gerade Nase, aristokratische Züge und grüne Augen. Augen, die nun aufleuchteten. Er schritt auf sie zu und ergriff ihre Unterarme.

Seine schlanken sehnigen Finger auf ihrer Haut ließen ein elektrisierendes Kribbeln über ihre Armen wandern. Sie keuchte. „Ich brauchte nur etwas frische Luft."

Ein Muskel zuckte in seinem Kiefer. „Jetzt ist nicht die Zeit für schlaue Worte und deine ewigen Spielchen, Gia."

„Es ist alles in Ordnung. Ich hatte die Situation unter Kontrolle."

Saxon lachte rau und verächtlich auf. „Unter Kontrolle? Er war dabei, dich hier rauszutragen."

Wow, Saxon war wirklich stinksauer. Normalerweise war er so gelassen und geschmeidig, dass es interessant war, zur Abwechslung eine gewisse Anspannung in seinem Gesicht und Körper wahrzunehmen.

„Es war alles *bestens*." Verdammt, er hatte die Angewohnheit, sie in ihren schlimmsten Momenten zu erwischen und ihr ihre Schwäche auch noch unter die Nase zu reiben.

Er schnaubte. „In was bist du da nur wieder hineingeraten?"

„Das geht dich nichts an." Sie stellte sich knapp vor ihn. Sie hasste es, dass ihre mickrigen ein Meter sechzig es ihm erlaubten, sie so arrogant zu überragen. „Du versuchst immer, deine Nase in meine Angelegenheiten zu stecken. Ich habe schon drei Brüder. Ich brauche nicht noch einen vierten."

Saxon funkelte sie an. „Glaube mir, ich sehe mich definitiv nicht als einer deiner Brüder."

Sie starrten einander an, ihre Blicke unnachgiebig und starr. Dann glitt eine seiner Hände nach oben und legte sich um ihre Wange. Ihr verräterischer Körper erschauderte unter seiner warmen Haut.

„Ich habe dich gerade gerettet und das ist der Dank?"

„*Danke*." Sie war sich bewusst, dass sie überhaupt nicht dankbar klang, als sie ihm die Worte hinspuckte und um ein wenig Selbstbeherrschung rang. „Ich hatte alles im Griff."

Er warf einen Blick auf den Mann, bevor er wieder Gia ansah. „Willow hat dich in etwas hineingezogen, nicht wahr?"

Gia hob ihr Kinn. „Wie gesagt, ist das nicht deine Angelegenheit."

Saxon lehnte sich näher heran. „Contessa, nachdem

ich gesehen habe, wie dieses Arschloch auf dich geschossen hat, mache ich es zu meiner Angelegenheit."

Was? „Benutz nicht diesen lächerlichen Namen."

„Was zum Teufel ist hier los?"

Die tiefe Stimme mit dem knallharten Unterton bescherte Gia eine Gänsehaut auf ihren nackten Armen.

Sie drehte ihren Kopf zur Seite und sah zuerst Easton. Ihr älterer Bruder trug einen Smoking und sah darin hinreißend aus. Das italienisch-amerikanische Erbe der vier Geschwister zeigte sich in Eastons dunklem Haar und seinem guten Aussehen. Er strahlte eine gewisse Autorität aus, ganz der große Bruder und erfolgreiche Geschäftsmann. Jetzt betrachtete er mit zusammengezogenen Augenbrauen erst ihren Angreifer, der immer noch zusammengesackt auf dem Boden lag, bevor er erleichtert seine Schwester musterte.

Aber es war Vander, der die Frage gestellt hatte. Er stand im Hintergrund, verborgen von der Dunkelheit, die ihm sichtlich behagte.

Erst jetzt trat er aus den Schatten. Vander war sein knallhartes Wesen in die Wiege gelegt worden. Obwohl sie ihn über alles liebte, gab es Momente, in denen er sogar ihr Angst machte.

Er war nichts für schwache Nerven und nährte sich davon, die Kontrolle zu haben. Sie war sich darüber im Klaren, dass er gefährlich war.

Sein Smoking verbarg im Gegensatz zu Saxons nichts von seiner wahren Stärke.

Saxon schüttelte sie leicht, um ihre Aufmerksamkeit auf sich zu lenken. Ihr Blick wanderte zurück zu ihm und sie erschrak.

Als sie ihn ansah, erkannte sie zum ersten Mal, dass dasselbe gefährliche Funkeln auch in seinen grünen Augen lag. Er verbarg es nur besser als Vander.

Sie räusperte sich. *Zeit für meine Standpauke.*

Saxon Buchanan war stinksauer.

Er sah, wie sich der Mann am Boden bewegte, und warf ihm einen bösen Blick zu. Der Kerl hielt augenblicklich inne. Dieses Arschloch hatte auf Gia geschossen. Hatte versucht, sie zu entführen. Hatte sie in Gefahr gebracht.

Saxons Finger zogen sich enger um ihren Arm. *Schwerer Fehler.*

Er blickte auf Gia hinunter. Wie immer hatte sie ihr Kinn widerspenstig angehoben, als sie Vander schweigend die Stirn bot. Und wie immer fühlte Saxon sich hin und hergerissen zwischen dem Bedürfnis, ihr Kinn mit seinen Fingern zu packen und in eine demütigere Haltung nach unten zu ziehen, und dem verzehrenden Bedürfnis, Küsse darauf zu verteilen und neckisch daran zu knabbern.

Der Gedanke, an Gia Norcross zu knabbern – an so vielen verschiedenen Stellen ihres köstlichen Körpers – brachte sein Blut in Wallung.

Fuck.

Er verdrängte den Gedanken daran fast schon mit Leichtigkeit. Schließlich hatte er jahrelange Übung darin. Er versuchte, sie sich als die rechthaberische Zwölfjährige in Erinnerung zu rufen, die sie gewesen war, als er sie kennenlernte. Mit sechzehn war Saxon, nachdem er von seiner teuren Privatschule geflogen war, auf eine öffentliche High School geschickt worden. Trotz ihrer Differenzen waren er und Vander sofort ein Herz und eine Seele gewesen. Von diesem Tag an hatte er so viel Zeit im Haus der Familie Norcross verbracht, wie er nur konnte. Dort war es viel besser gewesen als in dem erdrückenden Mausoleum, das seine Eltern ihm als sein Zuhause hatten verkaufen wollen.

Und so hatte er miterlebt, wie Gia sich von der nervigen kleinen Schwester seines besten Freundes in eine hinreißende, temperamentvolle und kluge Frau verwandelt hatte.

Am Anfang war sie ihm unangenehm gewesen – die Lust, die er für sie empfunden hatte, als ihr Brüste gewachsen waren. *Eindeutig* unangemessen.

Aber von Anfang an war sie tabu für ihn gewesen – viel zu jung und noch dazu Vanders kleine Schwester.

Vander mochte vielleicht nicht mit Saxon blutsverwandt sein, aber in jeder anderen Hinsicht waren sie Brüder. Saxon hatte sich geschworen, dass er niemals die Grenze überschreiten würde, sich mit der Schwester seines besten Freundes einzulassen.

Es half auch nicht, dass er und Gia einander aufzureiben schienen, ohne sich auch nur anstrengen zu müssen. Verdammt, Saxon liebte es jedes Mal aufs Neue, Zeuge davon zu werden, wenn ein leidenschaftliches Feuer in ihren schokoladenbraunen Augen aufflammte.

Heute war sie nicht mehr minderjährig, aber nach zehn Jahren beim Militär, von denen er viele in einer Ghost-Ops-Einheit verbracht hatte, die mit den schmutzigsten, brutalsten und härtesten Aufträge beauftragt worden war, die die Regierung zu vergeben hatte ...

Saxon stieß einen Atemzug aus. Ganz zu schweigen von seiner verkorksten Familie. Er hatte viel Gepäck, das er niemals in eine langfristige Beziehung mit einer Frau mitbringen könnte. Er bevorzugte seine Affären kurz, unkompliziert und einfach.

Und Gia würde für alle Ewigkeit Vanders kleine Schwester sein.

Aber zu sehen, wie dieses Arschloch eine Waffe auf sie richtete ... sie in Gefahr zu sehen ... es hatte etwas mit Saxon gemacht, als hätte sich ein Knoten gelöst. In diesem Moment wäre ihm jedes Mittel recht gewesen, um Gia zu beschützen.

„Willow hat ein Problem", sagte Gia lediglich.

Vander fluchte und Easton hob seinen Blick in den Nachthimmel, während er die Zähne zusammenbiss.

Saxon hatte es *gewusst*. Wo diese Frau war, war der Ärger nicht weit.

Vander legte den Kopf schief. „Willow ist also schuld daran, dass dieser Kerl auf dich geschossen und dich fast entführt hat?"

„Ja." Gias Kinn hob sich noch einen Zentimeter weiter.

„Du musst eure Freundschaft beenden", sagte Vander. „Ich werde dafür sorgen, dass derjenige, der hinter ihr her ist, weiß, dass du *nichts* mit der Sache zu tun hast."

Der Mann am Boden schüttelte seine Benommenheit ab und hob den Kopf. Er sah Vander an und erstarrte. „Sie sind Vander Norcross."

Vander erwiderte schweigend seinen starrenden Blick.

„Und sie ist seine Schwester", fügte Saxon hinzu.

„Verflucht", keuchte der Mann, sammelte sich aber schnell. „Nun, das wird meinen Boss nicht aufhalten. Er will seine Juwelen zurück."

„Juwelen?" Saxon warf Gia einen fragenden Blick zu.

Sie seufzte. „Willow war mit diesem Typen zusammen. Eines Tages hatten sie einen heftigen Streit –"

„Er hat ihren drogensüchtigen Arsch abserviert", unterbrach ihr Angreifer sie.

„Sie hat ihm einen Beutel mit Edelsteinen gestohlen", ergänzte Gia.

„Mein Gott", sagte Vander finster. „Du musst sie loswerden."

„Vander, nein." Gia packte den Arm ihres Bruders. „Du weißt, dass sie eine schwere Kindheit hatte. Sie –"

„Sie ist erwachsen", fiel Saxon ihr ins Wort. „Sie kann ihre Vergangenheit nicht für immer als Ausrede benutzen, um Scheiße zu bauen."

Gias Augen verengten sich. „Du bist vielleicht mit einem Silberlöffel im Mund aufgewachsen, aber so viel Glück hatte sie nicht."

„Sie macht nur Ärger, Gia", warf Easton ein. „Das war schon immer so, auch, wenn du es nicht sehen konntest. Deine Loyalität ist bewundernswert ..."

„Nein, das ist sie nicht", schaltete sich Saxon ein. „Sie ist dumm."

In ihren rehbraunen Augen – eingerahmt von ihren unfassbar langen Wimpern – entbrannte das Feuer von

343

Neuem. „Du lässt wirklich keine Gelegenheit aus, mich wissen zu lassen, für wie dumm du mich hältst."

„Contessa –"

„Nein." Sie machte eine schneidende Handbewegung quer durch die Luft. „Willow hat niemanden. Wie auch immer, sie ist ohnehin längst weg. Falls sie mich anruft, sage ich ihr, dass sie zurückgeben soll, was sie gestohlen hat."

Mist. Saxon bewunderte Gias Loyalität, aber er war trotzdem noch sauer. Er wusste, dass Gia jeden, den sie liebte, bis aufs Blut beschützte.

Vander hockte sich neben den Mann. „Wer ist Ihr Boss?"

Der Mann zögerte nicht. „Kyle Dennett."

Saxon konnte ein höhnisches Grinsen kaum unterdrücken. Ein aufstrebender Geschäftsmann, der dabei war, sich in der Drogenszene San Franciscos einen Namen zu machen. Der Typ besaß zwar ein paar legale Geschäfte – Bars und einen Club –, aber man musste nicht weit unter der Oberfläche graben, um Dreck zu finden.

„Sagen Sie ihm, dass Gia tabu ist, sonst bekommt er es mit mir zu tun", sagte Vander.

Der Mann nickte.

Saxon trat näher an Gia heran, als ihm etwas auffiel. Er griff nach ihrem Kinn und kippte es mit zwei Fingern nach oben.

„Hey, Hände weg!" Sie versuchte, sich ruckartig aus seinem Griff zu befreien.

„Deine Wange ist ja ganz geschwollen."

Drei männliche Augenpaare wanderten zu dem

Mann. Er wirkte, als bete er dafür, dass sich ein Loch im Boden auftat, in dem er versinken könnte.

„Haben Sie sie geschlagen?", fragte Saxon sehr langsam und sehr leise.

Gia räusperte sich. „Jungs –"

Saxon packte den Mann hinten am Hemd und begann, ihn daran quer durch den Innenhof zu schleifen.

„Saxon!" Sie wollte ihm nachlaufen.

Er marschierte unbeirrt weiter, während sie hinter ihm zu schimpfen begann wie ein Rohrspatz.

„Lass mich los, Easton!"

Saxon versetzte dem Mann einen harten Schlag ins Gesicht, sodass er aufstöhnte, und spürte, wie sich eisige, tödliche Ruhe in ihm ausbreitete.

Plötzlich sprang der Mann auf und griff ihn an. Er trat Saxon gegen das Knie, sodass er kurz taumelte, bevor er es schaffte, sich wieder aufzurichten.

Der Mann stürzte sich erneut auf Saxon. Offensichtlich hatte er seine Benommenheit nur gespielt und war gar nicht so verletzt, wie er vorgegeben hatte.

„Tut doch etwas!", rief Gia.

„Sax kriegt das schon allein hin", murmelte Easton.

Dennetts Mann stürzte sich wieder auf Saxon, der diesmal zuließ, dass er ihn erwischte. Seine Faust traf ihn hart in den Bauch, was zwar schmerzhaft war, den Mann aber gleichzeitig näher an Saxons Körper brachte sodass er ihm nun mit Leichtigkeit erst einen Kinnhaken und dann einen Schlag in den Nacken verpassen konnte. Saxon setzte seine ganze Kraft ein und mit einem Stöhnen ging der Mann in die Knie. Das Blut lief ihm übers Gesicht und färbte sein Hemd tiefrot.

„Tun Sie ihr noch einmal weh, und das hier wird Ihnen vorkommen wie die Aufwärmrunde", warnte Saxon den Kerl.

Dann drehte er sich um, rückte seine Anzugjacke zurecht und klopfte sich den Staub ab.

Gia starrte ihn an, ließ ihren Blick über seinen Körper wandern, als ob sie nach Verletzungen suchte, bevor sie sich auf etwas hinter Saxon konzentrierte. Schlagartig veränderte sich der Ausdruck in ihren Augen und er spannte sich instinktiv an.

Mit einem beherzten Ruck löste sie sich aus Eastons Griff und hob einen Felsbrocken auf, der neben ihr am Fuß der unfertigen Steinmauer lag. Sie schleuderte ihn durch die Luft.

Eine Sekunde lang dachte Saxon, sie zielte auf ihn.

Aber der Stein flog direkt an ihm vorbei und als er sich umdrehte, konnte er zusehen, wie er Dennetts Mann genau zwischen die Augen traf.

Der Kerl heulte auf und ließ die Waffe fallen, die er aus dem Nichts hervorgezaubert hatte.

Die beiden Norcross-Brüder stürmten vorwärts. Im Handumdrehen hatten sie den Mann mit Kabelbinder gefesselt und drückten ihn nun bäuchlings flach auf den Boden.

Saxon starrte Gia an. Er erhaschte einen Blick auf die Angst in ihren Zügen, bevor sie sie hastig verbarg.

„*Bastardo*", fauchte sie dem Mann auf dem Boden zu.

Saxons Mundwinkel zuckten. Mrs. Norcross war Italo-Amerikanerin und hatte eindeutig einige ihrer Schimpfwörter an Gia weitergegeben.

Gott, war diese Frau schön. Eine zierliche italienische Göttin.

„Gia." Saxon wollte sie unbedingt berühren, konnte es aber nicht riskieren.

Wenn er sie erst in die Finger bekam, würde er mehr wollen, sich mehr nehmen. Leider war er sich ziemlich sicher, dass es ihren Brüdern nicht gefallen würde, wenn er sie vor ihren Augen mit all der Leidenschaft küsste, die sich über die Jahre in seinem Herzen angesammelt hatte.

„Zum Glück warst du so verdammt gut im Softball, Gia", sagte Easton.

Vander und Easton hievten den Mann hoch.

„Ich kümmere mich um ihn." Vander warf Gia einen unglücklichen Blick zu. „Und du kümmerst dich verdammt noch mal um Willow, Gia. Sie hat keinen Platz mehr in deinem Leben."

Mit einer Hand umklammerte Vander den Arm des nun tatsächlich außer Gefecht gesetzten Mistkerls und zerrte ihn fort.

„Ich werde nach Rhys sehen", sagte Easton. „Er ist bei Haven, Mom und Dad und sorgt im Museum für Ordnung. Ich sage allen Bescheid, dass es dir gut geht." Damit drehte er sich um und ging die Treppe zurück zur Gala hinauf.

„Ich bringe dich nach Hause", sagte Saxon.

Gia schlang ihre Arme um ihre Taille, ihr Gesicht blass. „Ich rufe meinen Fahrer an."

„Ich bringe dich nach Hause", wiederholte er bestimmter.

„Nein." Sie schüttelte den Kopf. „Für heute Abend habe ich genug. Ich möchte allein sein."

„Du musst jeden Kontakt zu Willow abbrechen, Gia."

„Fang jetzt nicht damit an, Saxon."

Er packte ihren Arm. „Ihretwegen hättest du heute Abend sterben können. Die Dinge hätten auch ganz anders verlaufen können."

Gia wirkte traurig und müde. „Sie ist meine Freundin."

„Keine besonders gute."

„Es reicht. *Oh Gott.* Ständig stellst du mein Urteil in Frage. Verzieh dich, Saxon. Ich bin keine hirnlose Puppe."

Nein, sie war eine der klügsten und gerissensten Personen, die er kannte. Aber er wollte nicht, dass sie verletzt wurde. Willow würde sie wieder nur ausnutzen, wie sie es schon immer getan hatte.

„Ich habe nie gesagt, dass du hirnlos bist, aber manchmal triffst du fragwürdige Entscheidungen, wenn es um Menschen geht, die dir wichtig sind."

„Und du sorgst dafür, dass ich es niemals vergesse." Ihre Hände ballten sich zu Fäusten. „Hör endlich auf, immer nur auf mir herumzuhacken!"

Er streckte die Hand aus und zog sanft an einer ihrer langen Locken. Er liebte ihr dichtes, voluminöses, dunkles Haar. „Contessa, wenn ich nicht auf dir herumhacken würde, würde etwas in deinem Leben fehlen."

Sie gab einen verärgerten Laut von sich und stieß seinen Arm weg. „Lass mich in Ruhe, Saxon Buchanan!"

Er wartete einen Moment lang. Normalerweise wurde sie so schön kreativ, wenn sie sich erst einmal in Rage redete. „Ist das alles, was du drauf hast?"

Verdammt, mit ihr zu streiten, machte ihn so unsagbar scharf.

Die zarte Haut auf ihrer schmalen Nase legte sich in feinste Fältchen. „Ich hatte selbst auf etwas Dramatischeres gehofft, aber das ist das Beste, was ich heute noch zu bieten habe. Ich bin erschöpft und mir tut alles weh." Dann stürmte sie davon und ihr Kleid wehte hinter ihr her.

Saxon schüttelte den Kopf. Es fiel ihm immer schwerer, seine Gefühle für Gia zu ignorieren. Jahrelang hatte er sein Verlangen unterdrückt und die Finger von ihr gelassen. Seine Hände ballten sich zu Fäusten.

Bisher war Gia Norcross das eine in seinem Leben gewesen, das er nicht haben konnte.

Aber mit dem heutigen Abend würde sich das ändern.

BÜCHER VON ANNA

DEUTSCH

Norcross Security

Der Ermittler

Der Troubleshooter

Der Spezialist

Der Bodyguard

Der Hacker

Der Drahtzieher

Der Detective

ENGLISCH

Sentinel Security

Wolf

Hades

Striker

Steel

Excalibur

Hex

Also Available as Audiobooks!

Norcross Security

The Investigator

The Troubleshooter

The Specialist

The Bodyguard

The Hacker

The Powerbroker

The Detective

The Medic

The Protector

Also Available as Audiobooks!

Billionaire Heists

Stealing from Mr. Rich

Blackmailing Mr. Bossman

Hacking Mr. CEO

Also Available as Audiobooks!

Team 52

Mission: Her Protection

Mission: Her Rescue

Mission: Her Security

Mission: Her Defense

Mission: Her Safety

Mission: Her Freedom

Mission: Her Shield

Mission: Her Justice

Also Available as Audiobooks!

Treasure Hunter Security

Undiscovered

Uncharted

Unexplored

Unfathomed

Untraveled

Unmapped

Unidentified

Undetected

Also Available as Audiobooks!

Oronis Knights

Knightmaster

Knighthunter

Galactic Kings

Overlord

Emperor

Captain of the Guard

Conqueror

Also Available as Audiobooks!

Eon Warriors

Edge of Eon

Touch of Eon

Heart of Eon

Kiss of Eon

Mark of Eon

Claim of Eon

Storm of Eon

Soul of Eon

King of Eon

Also Available as Audiobooks!

Galactic Gladiators: House of Rone

Sentinel

Defender

Centurion

Paladin

Guard

Weapons Master

Also Available as Audiobooks!

Galactic Gladiators

Gladiator

Warrior

Hero

Protector

Champion

Barbarian

Beast

Rogue

Guardian

Cyborg

Imperator

Hunter

Also Available as Audiobooks!

Hell Squad

Marcus

Cruz

Gabe

Reed

Roth

Noah

Shaw

Holmes

Niko

Finn

Devlin

Theron

Hemi

Ash

Levi

Manu

Griff

Dom

Survivors

Tane

Also Available as Audiobooks!

The Anomaly Series

Time Thief

Mind Raider

Soul Stealer

Salvation

Anomaly Series Box Set

The Phoenix Adventures

Among Galactic Ruins

At Star's End

In the Devil's Nebula

On a Rogue Planet

Beneath a Trojan Moon

Beyond Galaxy's Edge

On a Cyborg Planet

Return to Dark Earth

On a Barbarian World

Lost in Barbarian Space

Through Uncharted Space

Crashed on an Ice World

Perma Series

Winter Fusion

A Galactic Holiday

Warriors of the Wind

Tempest

Storm & Seduction

Fury & Darkness

Standalone Titles

Savage Dragon

Hunter's Surrender

One Night with the Wolf

For more information visit www.annahackett.com

ÜBER DIE AUTORIN

Ich bin eine USA-Today-Bestsellerautorin für Liebesromane. Meine Leidenschaft sind Romane, in denen es an Action nicht mangelt, Science-Fiction Platz findet und auch die Liebe nicht zu kurz kommt. Ich liebe es, über Menschen zu schreiben, die entgegen allen Erwartungen die schwierigsten Situationen lösen und sich beim Erreichen ihrer Ziele selbst übertreffen.

Ich lebe mit meinem eigenen persönlichen Helden und zwei sehr aktiven Söhnen in Australien.

Für Erscheinungstermine, einen Blick hinter die Kulissen, kostenlose Bücher und andere tolle Goodies, melde dich hier an und verpasse nichts mehr: www.annahackett.com

www.ingramcontent.com/pod-product-compliance
Lightning Source LLC
Chambersburg PA
CBHW020241200626
46816CB00001BA/73